鉄の箱の中には小指の先ほどの大きさがある石が、
十個ほど入っている。
それは、スライムの核。
カーラは鉄のスプーンを手にすると
その一つを掬い上げた。
フェネルリエカ
フォンティーユでは娼婦をしていた。
異性を籠絡して生気を奪い、
人類を弱体化させるサキュバス。
「気持ちわる……」
「そうかい？　何もできないんだから、可愛いものじゃないか」
カーラ
女神ファサリナを信奉する神聖国家
リシュルアの中で、
変わり者とされている研究者。

口から漏れる苦悶の声に、
少しずつ甘いモノが混じり始めた。
目の奥に極彩色の火花が散り、眦から涙が零れ落ちる。
全身には疲労ではなく興奮の汗が浮き、
徐々にその肌が赤く
火照り始めてしまうのを止められない。
「ふぅう……ふぅうん!?」
フォーネリス
獣人の王国グラバルトで
最も有名な勇者と旅をした狼人族の美姫。
彼女の顔に、
蜘蛛のような形状をしたスライムが
張り付いていた。
八本脚を後頭部へ回し、
がっちり食い込んで剥がれない——
ジェナは必死に白魚のような綺麗な指で
蜘蛛を引き剥がそうと藻掻いていた。
「んぅうううう!?」
ジェナ
マリアベルの父『勇者』と
母レティシアと共に旅をした『聖女』。
レティシア
北の国『フォンティーユ』を統べる
魔導女王。
触手は暴れる両腕を難なく拘束し、
両足に絡みつき、親友二人と同じように
レティシアを床に押し倒す。
……向かってきたのは
イモムシと蜘蛛、両方だ。
「離してっ——離せっ!!」

ダッシュエックス文庫

異世界蹂躙―淫靡な洞窟のその奥で―4

ウメ種

プロローグ ― 魔物を食べる魔物

魔導の王国フォンティーユ。


二十年と少し前に異世界より勇者が召喚され、旅立った、始まりの国。

そして、勇者の妻が治めていた国。

人間とエルフ、ドワーフ――幾多の種族が集まる国。

異世界の知識によって栄華を極め、大陸のどの国よりも発展していた魔導士の国も、今は荒れ果て、人が住むには過酷《かこく》な国へと成り果てていた。

整えられていた街道は人の往来が皆無になって久しく、至るところに生えていた色とりどりの花々も枯れ果てた凄惨《せいさん》ともいえる光景が広がるフォンティーユの北の果て。

いまは廃坑となった精霊銀の鉱山から生まれた一匹の魔物により、美しい国は崩壊した。

魔王の脅威《きょうい》を乗り越えた人類にとっては、塵芥《じんかい》にも等しいただ一匹の魔物。

スライム。

ただ、ほかのスライムよりも少々特殊な――突然変異のブラックウーズ。人間の男を取り込んだことで雄《おす》となり、そして女を襲って子を生《な》す能力を身に付けてしまった漆黒《しっこく》の悪夢。

その悪夢によってフォンティーユは陥落《かんらく》し、女王や国に住む女性たちのほとんどが捕らえられ、逃げ遅れた男たちは全員が喰われた。

フォンティーユの国土にはスライムたちが我が物顔でのさばり、その脅威は他国にまで及んでいる。

獣人の国グラバルト。

女神を信奉する神聖国家リシュルア。

そのどちらもすでにスライムの脅威に襲われ、犠牲《ぎせい》を出している。

そしていま、人間や亜人、獣人に続く新たな犠牲者が出ようとしていた……。

＊

フォンティーユの北。

最初にスライムが生まれた地域。ここでは、スライムとはまた別の種族がその勢力を強めつつあった。

「ねえ、近くにあったゴブリンの村が襲われたらしいわよ」

そう言ったのは、青い髪が印象的な美女だった。

綺麗《きれい》な衣装で着飾った彼女は呟《つぶや》くと、傍にいる女性へ意見を求めるように目を向ける。衣装と同じように豪華な調度品《ちょうどひん》で飾られた部屋は、貴族か王族の令嬢が住む部屋のよう。

肩まである空色の髪が女の動きに合わせてわずかに揺れ、露《あらわ》になっている肩を撫《な》でる。

女の衣装はこの世界の住民には未知の、なんとも——表現に困るものだった。

この世界にはなかったもの……というのが正しいか。

異世界から召喚された勇者。その勇者の世界で着用されていたという衣装。

身体《からだ》にぴったりと張りついて肢体《したい》のメリハリを強調し、肩は丸出し。ローブのように長い丈。

腰の高い位置にまで刻まれた深いスリット。

チャイナドレス、と地球では呼ばれている衣装だ。

王とフォンティーユの好事家《こうずか》が集めていた服を、スライムの襲撃によって起きた混乱のどさくさに紛《まぎ》れて盗んできたのだ。

青い髪の女が着こなしを姿見で確かめている。

「ふーん。まだ騎士か冒険者の生き残りでもいたのかしら？」

返事をしたのは、赤い髪の女だ。こちらも、青い髪の女と同様に人間の服で着飾っている。

着ているのは、真っ赤な布地に黒のフリルが目立つ派手なドレス。赤い髪と赤いドレスが女の白い肌を際立《きわだ》たせ、その肌をひと目で高価と分かる装飾品が彩っている。

これも、つい先日、近くの村で一番大きな屋敷を漁《あさ》って盗んできたものだった。

この近隣にある村々で一番の金持ちだったらしく、たくさんの綺麗な服や貴金属が残されており、女たちは嬉々として戦利品を分けた。

他にも十人に近い人数の女たちが各々《おのおの》の戦利品を身に着け、あるいは仲間に自慢している。人間のような、けれど明らかに人間ではない――頭部には山羊《やぎ》を連想させる太くねじれた角《つの》があり、背には猛禽類《もうきんるい》のような小さな羽、お尻には先端が尖った尻尾《しっぽ》。

淫魔《いんま》、と呼ばれる魔物――この村は女性型のサキュバスが占領した村である。

ブラックウーズが王都フォンティーユを襲って、一年近い時間が流れていた。

勇者によって魔王が倒され、力ない魔物は森や洞窟《どうくつ》の奥へと追いやられて冒険者や騎士たちに狩られる日々。

その数は減る一方で、魔王がいなければ魔物たちは増えることもできない。

サキュバスも同じで、その絶対数を増やすことができず、しかし人間に近い容姿と本来の目的――異性を籠絡《ろうらく》して生気を奪い、人類を弱体化させる――もあって、人間に『化ける』ことも得意としていることから、フォンティーユの娼館《しょうかん》で生活し、そしてブラックウーズ襲撃の際には人間に交じって王都から逃走していた。

フォンティーユ国内で棄《す》てられた村のひとつを拠点とし、近隣の村々から物資を集め、生き残りの男から淫魔にとっての食糧である生気……生きるための気力、活力、生命力ともいえるものを奪って生活している。

今回の戦利品でもっとも希少な衣装で着飾っている青髪の女――サキュバス、アリアーデは村のサキュバスを束ねる長《おさ》のような立場だ。

「物騒ねえ。スライムのほうも人間を追いかけているみたいだし、早く退治してほしいわね」

「ほんと。そうしたら、私たちの生活も安全になるのに」

アリアーデの言葉に、赤髪の女淫魔が返事をする。

「でも、そのスライムにコボルトが襲われたらしいわよ？　レンティアが襲われるところを見たって言っていたわ」

「もう……食べるなら人間だけにしたらいいのに。やっぱりスライムは頭が空《から》っぽの大食いね。オークだって、食べるものは選ぶっていうのに」

「ほんとよねー。間違えて仲間を食べるなんて、どうしようもないわね」

ワイワイとにぎやかに戦利品を分けながら、女淫魔たちが世間話に花を咲かせていく。

戦う能力こそ低いが、言葉を理解し、知恵もそれなり。なにより、『男』相手ならその魅力で誘惑すること、洗脳すらも可能。

彼女たちは、魔物というくくりからすればスライムよりも格上だ。

彼女たちはスライムを思考する頭すらなく、『間違えて』仲間を捕食するような格下の魔物と嘲《あざけ》りながら話を進めていく。

「それじゃあ、私はそろそろ行くわね」

「あら。どこに行くの、フェネルリエカ？」

「ゴ・ハ・ン。今回の村、若い男がいなかったから」

そう言い残して赤髪の女淫魔――フェネルリエカは部屋を後にした。

そのまま建物から出ると、フェネルリエカは太陽に向かって手を伸ばし、背伸びをする。

魔物とはいえ吸血鬼というわけではなく、べつに太陽が苦手なわけではない。

むしろ、陽光の温もりは嫌いではなく、陽だまりでの昼寝が好きだったりする。

「んー……っ」

赤いドレスに包まれた形のいい大きな胸が突き出され、下着と服に包まれたまま柔らかく上下に揺れる。まるで大ぶりの果実をふたつ、胸元に実らせているかのよう。

腰は驚くほど細く、臀部《でんぶ》もフリルで飾られたスカート越しにもそうと分かる豊満さ。

人の男を魅了するための存在。美女揃いのサキュバスの中でも格別な美貌《びぼう》の持ち主——フェネルリエカは、ハイヒールでしっかりと地面を踏みしめながら歩いていく。

その仕草の、ひとつひとつが優雅で美麗《びれい》。

香水の類《たぐい》は使っていないはずなのに、異性を魅了するフェロモンが充満するかのよう。

そんな女性の魅力をまき散らしながら、フェネルリエカは自分の家へと戻った。

外観は普通の、どこにでもある木造の家だ。

だが内装は、そんな平凡な外観とは真逆——壁に絵画がいくつも飾られたリビング。純金の燭台《しょくだい》や細かな意匠《いしょう》に飾られたダイニング。食器棚《しょっきだな》には銀の皿。廊下《ろうか》には女淫魔の細身では使えない、斧槍《そうふ》を持つ武骨な全身鎧《ぜんしんよろい》が置かれている。

ここが赤髪の女淫魔フェネルリエカの家だった。

貴族のように家を飾り、王族のように豪奢《ごうしゃ》な衣装を纏《まと》う——そうして自身の魅力を、魔力の潜在力を高め、男を魅了するのだ。

女淫魔は男から生気を吸い取り、食料とし、そして自身の美貌を保つために使う。

スライムの襲撃から生き残って隠れていた男を誘惑し、気に入れば自分の家に囲う。

そして気が向いた時につまみ食いをするというのが、ブラックウーズによって崩壊したフォンティーユ国における……淫魔の村の日常だった。

「……んふ」

フェネルリエカが二階へ移動すると、ひとりの男が寝室にいた。

ほどよく年を取った、二十代半ばの男性だ。

肌は健康的に焼けていて、腕はフェネルリエカの二倍はあろうかというほど太い。

身体は筋肉質に引き締まっており、身嗜《みだしな》みを整える余裕などない生活のせいで、顎《あご》には無《ぶ》精髭《しょうひげ》が生えている。

着ているものは質素なシャツと厚手のズボンだけ。

手を麻の紐で縛《しば》られた状態で寝室の床に座っていた男は、フェネルリエカの顔を見ると、その表情に明らかな怯《おび》えを浮かべた。

その表情に嗜虐心《しぎゃくしん》を刺激されたのか、フェネルリエカの笑みが深まる。

怖がられているというのに、嬉しそうに。

「まっ。傷ついちゃうわねえ、その反応」

男は必死にフェネルリエカから少しでも離れようと後ずさる。

麻の紐で縛られた手首は赤くなり、逃走に使えそうなものを探したのか、寝室に飾られていた道具はいくつかが床に落ちてしまっていた。

それを目ざとく見つけたフェネルリエカは、そのひとつを手に取る。

フェネルリエカが王都に住んでいた時に使っていた、高価な香水だ。

ガラスの瓶《びん》には、うっすらと色づいた液体が半分ほど残っている。

おそらく腕を縛っている麻の紐を切るための刃物を探していたのだろう。ほかにもいくつか道具が転がっていた。

「悪い子ね。また逃げようとしたの？」

「も、もう許してくれ――何もしないからっ、帰るから！　助けてくれよっ」

「べつに殺すわけじゃないし、気持ちよくなれるんだからいいじゃない。ゴブリンなんかに捕まったら、嬲《なぶ》り殺されて、食べられちゃうのよ？」

淫魔に捕らえられることは、死ぬよりはずっとマシ。

淫魔たちはずっとそう言っているが、この男をはじめとして首を縦に振る者は少ない。

フェネルリエカはベッドサイドに置かれた高級酒――味が分からないソレを――瓶ごと呷《あお》ると、男の目の前で身を屈めた。

そうするとドレスで強調された深い谷間が男の目の前に現れ、助けてほしいと言いつつも、男の視線が深い谷間に向いてしまう。

「殺されないし、食べられないし、それどころか気持ちよくなれるのに……変なの。フォンティーユの王都じゃ、私とひと晩過ごすだけで、貴方《あなた》が一生働かないと稼《かせ》げないくらいのお金が必要だったのに……幸運なことよ？」

「ひ、ひと晩中なんて、もう無理なんだっ」

「大丈夫よ。ずっとってわけじゃないし。私は優しいから、休憩《きゅうけい》もあげるでしょ？」

床に座って必死に逃げようとあとずさる男の股間《こかん》に、白魚のように細く美しい指を伸ばす。

厚手のズボンの上からでもそうと分かるほど、男の股間は隆起していた。

フェネルリエカが発する体臭――異性を魅了する淫臭が強制的に男を発情させているのだ。

それは理性で我慢できるようなものではなく、男の本能を刺激してしまうもの。

フェネルリエカが近づくだけで陰茎《いんけい》は勃起《ぼっき》し、理性が薄くなる。恐怖に引き攣《つ》っていた吐息は興奮に乱れ、次第に視線を目の前の淫魔から外せなくなっていく……。

片手では到底摑《つか》めそうにない豊満な乳房が男の目の前で揺れると、自然、そこへ視線が集中してしまうのを止められない。

真っ白な肌。

深い谷間にはわずかに汗が浮かび、ほんのりと光を放っているかのような錯覚《さっかく》を覚える。

淫《みだ》らな体臭だけではない。――挑発的な瞳、蠱惑《こわく》的な唇、魅力的な胸。

美しいドレスと貴金属で着飾った美貌を最大限に利用し、ズボンの上から股間を撫でるだけで、筋肉質な田舎男《いなかおとこ》を普通の人生では経験できなかっただろう興奮の坩堝《るつぼ》へ堕《お》とそうとする。

「まあっ。口では嫌だと言いながら、もうこんなに硬くして……」

「うぅ……」

フェネルリエカの言葉に、男は悔《くや》しげにうめき声を漏《も》らすしかなかった。

しょうがない――というのがサキュバスを知る者の総意だろう。

彼女たちが放つ男を欲情させる香りには逆らえるものではない。戦う能力がほとんどないからこそ、彼女たちは性に対する技術、異能に特化している。

男を魅了し、欲情させ、性技を持って籠絡する。

それこそがサキュバスの武器であり戦い方。それ以外はなにもない――女には無力な魔物。

「気持ちいいのね？　ほら、こんな簡単に勃起して。……嫌なら耐えればいいじゃない。がんばって、ほら、ほら」

床に転がり上半身を起こしている男に身を重ね、胸を押しつけながらその耳元でささやく。

耳から入り込む言葉がゾクリと脳を犯す。男は目の前にある豊満な胸の谷間から視線を外せず、よりいっそう股間を勃起させてしまう。

指の動きは激しく、強くなっていく。

男の股間は徐々に硬く、大きくなっていき、快感をこらえる声もだんだんと大きくなっていった。

「くっ」

自分の身体《からだ》の反応――その屈辱《くつじょく》に、男が小さく呻《うめ》く。

そのあいだにもフェネルリエカの指は、男の股間を弱い力で上下に撫で続ける。

そしてフェネルリエカも興奮してくると、男を発情させる淫靡《いんび》な香りが更に強くなっていく。

より強い興奮に男の息が乱れ、そして股間からは女を犯したいという雄《おす》の匂《にお》いを放つ。

すでにフェネルリエカの手で摑めるほどに股間を膨《ふく》らませているというのに、男の表情には明らかな恐怖の感情が浮かび、その対比が女淫魔を昂《たかぶ》らせた。

——女を犯す。

本来なら気持ち良い行為のはずなのに、精気を吸われる感覚は死を連想させる脱力を孕《はら》み、男はそれが恐ろしかった。

「あら……こんなに、勃起しちゃったわねえ」

「は、あぁ——やめ、ろ。もう、こんなことは……」

いっそう、男が放つ淫臭……興奮の匂いが濃くなる。

なにもしていないのに股間は勝手にびくびくと震え、汗の量が増す。

その反応が面白くて、おかしくて、楽しくて、フェネルリエカは右の人差し指でクニクニと乳首を転がしながら、左手で男の股間を触れるか触れないかの絶妙な力加減で刺激する。

爪で股間をこすると、男は「あぅっ」と情けない声を上げた。

「もうやめてくれ……き、気持ちいいのが怖いんだ。気持ちよすぎるんだ……」

瞳に恐怖の感情を浮かばせながら震えている姿に背中がゾクゾクしてしまう。

フェネルリエカを蹴《け》り飛ばすことくらいはできるはずなのに、それもしない。できなくなっていた。

「ふ、く——あぅ……」

快楽に対する反応など、突き詰めれば男も女も変わらない。

抵抗する術《すべ》を制限されたなら、なおさらだ。

痛いわけではない。苦しいわけでもない。

ただただ気持ちいいだけなのだから、どれだけ嫌だったとしても、いずれ抵抗する意思は失われる。

「ほら、もう抵抗はおしまい？　逃げないの？　ほら、女に押し倒されて、乳首をいじられて、股間を嬲られて……なっさけないわねえ、人間の男って」

また今日も、この筋肉質な肉体を持つ男から精気を奪おう――フェネルリエカがそうほくそ笑みながら顔を近付け、口付けをかわそうとする。

男は逃げない。

拘束《こうそく》されているということもあるが、サキュバスとの性行為を知った彼はその快感に魅了され、その気になるとどうしても拒《こば》めなくなってしまうのだ。

文字通り、天にも昇る気持ち。

絶頂のまま意識を失って『逝《い》って』しまいそうな気持ち良さ。それを知れば、誰も拒めない。

「ぁ、あ……」

「んふふっ」

「……きゃぁあああっ!?」

――ただ、いつもと違っていたのは、村の入り口の方角から同族の淫魔の悲鳴が聞こえたこと。

戦闘は得意ではないが、長く生き、それなりに生き残るための知識もある。フェネルリエカはその悲鳴が娯楽《ごらく》によるものではなく、切羽詰《せっぱつ》まった事態によるものだと理解した。

今にも口付けをしようとしていた体勢から身体を起こすと、窓から村の入り口のほうを見る。

気分が盛り上がっていた男には見向きもしない。

「なにごと？」

フェネルリエカは意図して乱れさせていた衣服を乱雑に整えると、民家から飛び出した。

他の家からも数人の女淫魔が着の身着のまま出てきていた。中には裸の者までいる。

そこに飼っている男の姿はない。彼女たちにとって男とは糧《かて》ではあるが、特段、危険から救ってやろうという気持ちになるものでもない。

そうして女淫魔たちは村の入り口へ向かい、フェネルリエカも訳が分からないまま周囲の流れに合わせて村の外へと向かう――まず、少し離れた場所にいた緑髪の女淫魔が襲われた。

突然、草むらから飛び出してきた大きな『ナニカ』に押し倒されたのだ。

「むぐぅぅう!?」

悲鳴を上げる余裕すらない。

緑髪の淫魔を押し倒したソレは即座に全身に絡みつくと、そのまま口にナニカを挿入して悲鳴を封じる。

最初は獣かなにかだと思ったソレは、驚くほどの手際《てぎわ》のよさで緑髪の淫魔の四肢《しし》を拘束。

自由を奪い、あろうことか草むらの中に引きずり込んだ。

「ふぐぅううっ!?」

「え?」

それは、離れた位置にいたフェネルリエカには理解できないほどの早業《はやわざ》だった。一瞬、なにを見ているのか分からなくなったほど。

そうして押し倒された女淫魔に意識を向けていると、今度は物置として使っている建物から同じモノが飛び出し、別の淫魔を押し倒す。

「きゃあ!?」

フェネルリエカは反射的に悲鳴を上げた。

仲間の淫魔を捕らえたのが、薄汚れた液体——意思を持って蠢《うごめ》く、スライムだったからだ。

そのまま三人、四人と女淫魔があらゆる場所から飛び出してくるスライムに捕らえられる。翼を出して空に逃げようとする者もいたが、触手が伸びて地面に引きずり下ろしてしまう。

その段になってようやく、フェネルリエカは身の危険を理解してその場から逃げ出した。

仲間を助けようとした淫魔は一緒になって捕らわれ、どうしようもない。

村にある武器といえば剣や槍だが、それらは室内で調度品《ちょうどひん》として飾っており、すぐに手が届く範囲には鎌や鋤《すき》といった農具ばかり。

そんなものではスライムに効果がない……非力な淫魔とはいえ、人間大の存在を捕らえるほど巨大なスライムなのだ。

倒すなら強力な火の魔法か、スライムに効果がある特別な武器が必要だ。

それがこの国……フォンティーユを滅ぼしたブラックウーズとその子供だと理解せずとも、フェネルリエカは逃げるしかなかった。

悲鳴を聞いて他の女淫魔たちも建物から出てきたが、十数人の仲間があっという間に捕まり、スライムたちは民家の中にまで我が物顔で侵入していく。

フェネルリエカは突然の惨劇《さんげき》に驚きながら、咄嗟《とっさ》に人気《ひとけ》のない建物へと逃げ込んだ。

慌てて飛び込んだため着崩れて胸元が乱れたドレスをかき抱き、小屋の隅まで移動して息を潜める。……ここは、家畜小屋として使われていた場所だ。

スライムがフォンティーユの王城までを陥落《かんらく》させてから村の人間たちは逃げだし、その際に家畜も連れ出したのか空《から》っぽの小屋。

ただ枯れた藁《わら》だけが残る場所で、耳元で心臓が鳴っているような緊張感のなか――スライムが苦手とする魔法を使い、魔導女士が治める国を落としたという話が頭に浮かぶ。

(なんでそのスライムが私たちの村を襲うのよっ⁉)

激昂《げっこう》してそう叫びそうになった時、建物……小屋の入り口で物音がした。

スライムがフェネルリエカを追ってきたのだ。

呼吸の音が漏れないよう手で口を塞《ふさ》ぎ、身体を丸めて少しでも身を小さくしようとする。

ブラックウーズにとって、ソレが人間か魔物かなど関係なかった。国中の男を取り込んで食料とし、女は捕らえて犯し……子を産ませる。

そうしてフォンティーユという国のすべてを蹂躙《じゅうりん》したコレが、今度はこの国に住む魔物にその触手を伸ばしただけのこと。

女淫魔ばかりの村というのは、この突然変異のスライムにとって最高の狩り場だった。

ブラックウーズは建物に侵入すると、床に敷かれた藁を取り込みながら奥へと向かってくる。

元は家畜小屋だった建物は窓がいくつもあって風通しがよく、太陽の光もちゃんと入り込む。

その隅でフェネルリエカはスライムをやり過ごそうと考えたが、建物の中には隠れられる場所は多くなく、なによりフェネルリエカは裾《すそ》の長いドレス姿。隠れるには向いていない。

ブラックウーズはフェネルリエカを見つけるとすぐに触手を伸ばし、枷《かせ》のように女淫魔の両手首を壁に貼りつけた。

「このっ……放せ、放しなさいよっ！」

フェネルリエカは暴れるが、雑魚《ざこ》の魔物とはいえ、非力な女淫魔の腕力で外せるはずもない。

無駄に体力を消耗《しょうもう》し、元々乱れていた真っ赤なドレスが余計にひどい状態になってしまっただけである。

「このっ！　どうしてこんな所にまでスライムが来るのよっ!?」

薄気味悪く蠢く粘液が纏《まと》わり付いているというのに、女の声には嫌悪の感情こそあれ、恐怖といったものはなかった。

むしろ、スライムを下等なものと見下し、強気に反論する余裕すら感じられる。

「もうっ！　どうして仲間に襲いかかるのよっ、この馬鹿スライムっ！」

そう叫んでいる間にドレスの胸元にスライムが入り込み、深い胸の谷間に溜まった汗を舐《な》め取っていく。

まるで太く長い舌に舐められたような感触に、フェネルリエカは強気な表情からは想像もできない可愛《かわい》らしい悲鳴を上げてしまった。

「キャッ!?　バカ、そんなところ舐めないでよっ!?」

漏《も》れたのは、怒りや嫌悪ではなく、叱咤《しった》の声。

スライムだというのにそれほど嫌悪感を抱かないのは、種族こそ違えど同じ魔物だからだ。

「襲うならアリアーデたちにしなさいよっ！　わ、私なんか襲ってもなんにもならないわよ!?」

フェネルリエカは今の自分が置かれている状況を理解しながら、しかしそれでもスライム相手に強気な言葉を向ける。

サキュバスとスライムは確かに同じ魔物だが、階級的にはかなりの差がある。

魔物たちの価値観からするとスライムはサキュバスの命令に絶対服従であるはずなのに――。

「なんで言うことを聞かないのよっ、このバカっ、ヘンタイっ。だからっ、服の中に入り込むなっ！」

フェネルリエカは自慢の赤髪を振り乱して必死に粘液を引き剝《は》がそうとしていたが、ついにスライムがドレスの中に入り込み、下乳や腋《わき》を舐めしゃぶり始めた。

そこに溜まった汗を吸収しているのだ。

激昂とは別の理由で頰《ほお》に赤みが差す。淫魔とはいえ、自分の汗を舐められていい気分がするはずはない。

気位《きぐらい》が高いフェネルリエカはフォンティーユの娼館《しょうかん》で働いていた頃も、人間の男相手に女王様然と振る舞い、虐《しいた》げられることに興奮する男性たちから多くの支持を集めていた。

そして今もこの村で、強気な男を寝室で従順に飼い馴《な》らす——そんな日々を送っている、傲《ごう》慢《まん》ともいえる性格。

そんなフェネルリエカだからこそ、追い詰められた状況でもスライム相手に反論し、必死にもがいてしまう。

ただ、最初に男を取り込み『雄《おす》』となったスライムからすれば、そんな反応はむしろ『躾《しつけ》』を施《ほどこ》すにふさわしいともいえた。

傲慢だからこそ、強気だからこそ、這《は》い蹲《つくば》らせたい——そんな、男の欲望だ。

「やっ!? や、やめっ……くすぐったい……っ」

性感に敏《さと》い女淫魔の肉体は、愛撫《あいぶ》のように肌を舐める刺激にあっさりと反応してしまう。

その吐息には熱がこもり、両腕だけでなく両足からも力が抜ける。

暴れたことでスカートがめくれ上がり、その下に着込んでいる淫魔としての衣装——ランジェリーのような革衣装に網目《あみめ》状のタイツという煽情《せんじょう》的な姿を晒《さら》してしまう。

服装の乱れを直す余裕もなくなりながら、フェネルリエカは普段なら使うはずのない質素な藁ベッドの上で全身を悶《もだ》えさせるしかなかった。

性に奔放《ほんぽう》なサキュバスゆえか、快感を与えられるなら相手が誰であっても興奮するという本能も、この場合は悪い方向へ働いてしまうのだろう。

「も、うっ！　なん、なのよっ。なんなのよっ、このスライムはっ！」

身体《からだ》は藁ベッドの上で横になったまま、投げ出された足が藁を蹴《け》ってカサカサと乾いた音を響かせる。

当然フェネルリエカも抵抗したが、しかし戦闘行為を得意としない女淫魔と圧倒的な質量を持つスライムである。勝負にもなりはしない。

そのまま万歳《ばんざい》をするように両手を頭の上で拘束されてしまう。

「うぅ……スライムごときが、サキュバスにこんな格好をさせるなんて……」

拘束されたフェネルリエカは悔《くや》しくて唇を噛《か》んだ。表情には確かな屈辱《くつじょく》が浮かんでいる。

格下の相手に好き勝手にされたことが腹立たしいのだ。

完全に拘束したことでスライムの攻撃が緩《ゆる》みわずかに冷静さを取り戻すと、暴れたせいでドレスのスカートが腰までめくり上がっていることに気づいた。

「……」

無言のままなんとか動かせる両足を使い、腰を浮かせてスカートを元の位置に戻そうとするのは、魔物であっても一定の羞恥心《しゅうちしん》を持ち合わせているからか。

粘液を吸って重くなった赤のドレスが揺れ、網タイツに包まれた美脚をわずかながら隠す。

ショーツが見えなくなる位置までスカートが落ちた時、またスライムが蠢動《しゅんどう》を開始した。

藁ベッドで横になっているフェネルリエカの全身にスライムが覆《おお》い被《かぶ》さり、粘り気のある液体がドレスに染み込んでくる。

「うぅ……気持ちわるぃ……」

素直な感想だった。

よほどその感触が嫌なのだろう、首筋がこわばるほどに力を込めて頭をひねり、美貌《びぼう》を汚らわしい粘液から少しでも遠ざけようとする。

窓から差し込む太陽の光に照らされながら、美しいドレスに飾られた優美な肢体《したい》が黒に近い灰色の粘液に穢《けが》されていく光景はなんとも淫靡《いんび》であり、背徳的ですらあった。

「そ、そんなところばかりじゃ、アンタは楽しくないでしょう？」

サキュバス本来の武器ともいえる性行為ならば、スライムから魔力を奪えるかもしれない。

同時に、せめて言葉のうえだけでも優位に立ちたいのか、女淫魔は挑発するように言った。

しかしスライムはその言葉を理解したのか、ただ単に豊満な乳房に興味を引かれただけなのか……とにかく、またフェネルリエカの胸を包み込む粘液を操った。

「……！　ぃ、っ!?　ちょっと、なにして……む、胸が潰れちゃっ……ぅ」

ぎゅう、と音がしそうなほど粘液の中で胸が変形し、女淫魔は痛みを訴える。

大振りな果実を詰め込んだような双乳が五指の形にへこみ、持ち上げられて釣《つ》り鐘《がね》型に変形、乳首をつままれてもてあそぶよう乱暴に揺らされる。

乱暴な動きによって胸を包むドレスの布がズレると、ショーツと同じ赤い下着が露《あらわ》になる。

黒のフリルで飾られ、繊細《せんさい》な花の刺繍《ししゅう》が施された高級感のあるブラジャーだ。

その谷間には深い谷間が作られ、粘液の中でタプンと卑猥《ひわい》に波打っている。

粘液が胸を放すと、柔らかく揺れながら元の形へ戻っていった。

「やだっ、ちょ――やめて！　こ、のっ……っ」

フェネルリエカを包み込む粘液は何度もそれを繰り返した。下着の上から胸を揉《も》み、持ち上げ、そして手放す。少し乱暴に、けれど痛みを与えないように。

「はあ、はあ……んぅっ」

それを十回以上も繰り返したところで、粘液は乱暴な刺激から一転、優しく、丁寧《ていねい》に、下着の内側まで入り込んで胸の表面を、全体を、乳輪を、何度も撫でさすり始めた。

「あっ、ぁん……それ、ひ、ヒリヒリする……」

（さっきまで、乱暴にされていたから余計に……っ）

誰もいないボロ小屋で、美しい女が全身を粘液に浸しながら小刻みな痙攣《けいれん》を繰り返す。

胸全体が敏感になってしまったみたいだった。

乱暴にされたことで痛みを覚え、それに対して全身が過度に警戒してしまった状態。

何度も男と肌を重ねているのに、フェネルリエカはまるで初めての胸愛撫を警戒する生娘《きむすめ》のようになっていた。

「こん、な……っ」

なにより、優しく胸全体を愛撫されているのに、粘液は乳首にだけは触れていない。

快楽を熟知しているフェネルリエカにとって、それは生殺しにも近いもどかしさだ。

スライムごときと思い上がっていた女は、恥《はじ》も外聞もなく粘液のなかで身体を震わせた。

「あんっ、そこ……はっ。ん、んんっ……っ」

(ああ、もうっ！　なんでっ、スライムごときの愛撫なんかでっ!!)

ピクンピクンとフェネルリエカの腰が小さく震えた。

浅い絶頂だ。ようやくたどり着いた快感の極致──だというのに。

「んぅ……こ、のっ」

フェネルリエカは悪態をつく。乱暴な性交による絶頂とはまるで違う、たとえるなら胸や腋だけの自慰《じぃ》で絶頂したようなもどかしさ。

気持ちがいいけれど、腰の奥に熱が溜まっていくのが自分でも分かる。いまだ刺激されていない乳首は疼《うず》き、思考の端から消すことができない。

ランジェリーのように派手な股間《こかん》部分には愛液がにじみ、スライムがそれを吸っていく。汗よりも格段に魔力がこもった、最上の食料だ。

「こい、つ……私の魔力を……」

魔物は、ゴブリンやオークは、肉から栄養を得るために人を喰らう。

サキュバスにとって、性交は触れ合いから生気を得るための〝食事〟である。

それを理解しているからこそ、スライムがいまやっていることは、自分たち淫魔が生気を吸収することに近い……魔力を吸収するための〝食事〟なのだと理解できてしまう。

「こ、のっ。魔力を、吸ったんだからぁっ、さっさと終わってぇ……」

食い縛《しば》った歯の隙間《すきま》から涎《よだれ》が零《こぼ》れ、目の奥でパチパチと火花が散る。

腰の奥がありえないほど熱くなっていることを自覚すると、サキュバスは初めてスライムに恐怖を抱いた。

（ああっ、もうっ。生気が欲しくなっちゃうっ。スライムの生気なんか欲しくないのにっ！）

「あぁぁあっ、く、ひぅ……ッ」

熱く猛《たけ》った腰の奥からピュと愛液を噴く。

そこに魔力の源泉があると理解しているはずなのに、スライムはそこに侵入しない。

サキュバスとしてのプライドが邪魔をして、もっと気持ちよくしてくれとは口が裂けても言えなかった。

……それからどれくらいの時間が過ぎただろうか。

周囲から聞こえていた淫魔たちの悲鳴が喘《あえ》ぎ声に変わり、その中には当然サキュバスの長《おさ》であるアリアーデの嬌声《きょうせい》も混じている。

性に奔放なサキュバスでさえ、相手が延々と快感を与えてくる無尽蔵《むじんぞう》の体力の持ち主では勝ち目はなかった。

「ぁ、ぁぁあ……た、たすけ……」

それでもまだ、フェネルリエカは折れていなかった。

ひとたび挿入されたら自分はもうこのスライムから『逃げられなくなる』と淫魔の本能が理解しているからか、彼女は決して挿入を自分から求めず歯を食いしばっている。

……胸や腋だけでこんなに気持ちよくされるのに、子宮まで陥落《かんらく》したら文字どおり『終わり』だと理解しているというのもあった。

そうまでなっても、スライムはフェネルリエカの膣《ちつ》に触手を突っ込まなかった。

まるで最初に乱暴な言葉を吐いたことへの罰だといわんばかりに、淫魔の美爆乳を嬲《なぶ》り尽くし、それだけで屈服させようとしているかのように。

（く、そぉ……この、このっ）

「ひぃ、ひぁぁぁ……」

粘液のなかで腰が勝手にガクガクと上下し、愛液と潮を垂れ流し、涙と涎を零し、強気な表情は消え失せて眉《まゆ》をハの字に垂らしながら、けれどもスライム相手に「犯してください」なんてとても言えない。

サキュバスの誇りとか、そんなものではない。

これはもう、意地だった。

絶対に、どれだけ嬲られて凌辱《りょうじょく》されようと、スライムにだけは絶対に折れたくないという、意味のない強がり。

「ふひぃぃい――はひぃぃぃぃ――」

いままで発したことのない、意味のない喘ぎ声が口から漏《も》れる。

人間の男をひと晩中犯し抜き、ぶざまに喘がせた時に聞くことのある、気力も尊厳も奪われた弱者の声。

「あっぃいいぃ……」

咳《せ》き込んだ一瞬の隙でフェネルリエカは絶頂し、身体を痙攣させる気力を失い、ただただ粘液のなかで愛液やさまざまな体液を垂れ流すしかなかった。

「あぁ、ぅ……」

（私が、この私が、スライムごときにぃ……）

そうは思うが、この状況から抜け出せる方法など思いつかない。

ただただ胸を嬲られ、腋《わき》を舐《な》められ、たったそれだけで絶頂させられて魔力を奪われる。

生気を糧《かて》とするサキュバスは魔力を奪われても疲労感こそ覚えるが、命の危機を感じることはない。

だからこその強がりだが、しかしそれにも限界がある。

「あ、ひ、ぅ……」

痙攣に合わせて意味のない言葉が漏れ、快楽で垂れ下がった眦《まなじり》から涙が零れ落ちた。

（だれ、か……）

「たす、け……て……だれ、か……」

スライムなどという下等な魔物に肌を穢され、あろうことか絶頂させられたフェネルリエカの、サキュバスの誇りともいうべきものがへし折られそうになった時……。

「誰かいるんですか!?――待っていてくださいっ!!」

……その声を耳にしたのを最後に、フェネルリエカは完全に意識を失った。

第一章 ― 反撃の狼煙

獣人の国グラバルトにある古い遺跡――はるか過去、女神ファサリナがこの大地を創る際に身を休める場所として建てられた遺跡で『勇者の娘』マリアベルたちがスライムを討伐《とうばつ》してから半年の時間が過ぎた。

当初、一刻も早く母国フォンティーユをスライムの支配から解放しようと考えていた勇者の娘たちだが、しかしスライムの数は想像よりもはるかに多く、そしてその戦力も強大。

男を吸収してその知恵と記憶の一部まで吸収したブラックウーズは、少数が群れを作って行動するようになり、それらが森の中、草むらの陰、人の往来がある道の端、建物の死角にあるあらゆるものへ擬態《ぎたい》して罠《わな》を張るようになったのだ。

それらは一見しただけでは見つけることが困難なほど巧妙な擬態で、少数でフォンティーユ国内を調査することを危険にしてしまっていた。

同時に、男を吸収することで取り込んだ相手の魔力すら手に入れ、魔法に弱いスライムでありながら魔法を使えるようになり、弱点である熱や冷気にも若干《じやっかん》の耐性を得たことで、はるかに強力な存在となっていた。

取り込んだ人の知恵と能力、経験や魔力を自分のものとする突然変異のブラックウーズ。

ソレを親に持つスライムたちもまた同じ能力を有し、その知識はすでに『スライム』という最弱の魔物の埒外《らちがい》。魔術師の知恵者すらも凌駕《りょうが》するほどであり、その知恵によって作られる彼らの罠は人類の本能を狙ったもの。

例えば、人は獣を罠に嵌《は》める際には餌《えさ》を用意する。

知恵がない獣は餌を見れば飛び付き、そして張られた罠にかかって殺される。

猟師《りょうし》を取り込んだスライムは人を襲ってもすぐには殺さずに怪我《けが》を負わせることで、逃げることを躊躇《ためら》わせて他の人も捕まえてしまうという悪辣《あくらつ》な罠を作るようになっていた。

人とは他人を見捨てられないものだ。

麻痺毒《まひどく》に侵され、怪我を負い——そんな仲間を助けるために危険を冒し、そして無事な戦士までもがスライムに囚われていく。

男は取り込んでスライムの餌となり、女は犯されてスライムを増やす苗床《なえどこ》にされてしまう。

それから、数か月……スライムの数は増え続け、そして戦える者は減り続けた。

唯一、スライムの天敵である勇者——その娘であり、女神ファサリナから授けられた『勇者の武具』を使えるこの世界で唯一黒髪黒目の女性、マリアベル。

彼女は最前線に立ち続け、そしてスライムを駆逐《くちく》し続けることで数を減らそうとしたが、それも焼け石に水。

その数は千を超え、万に届こうかという数。

それはフォンティーユ、グラバルト、そしてリシュルアで戦える者を集めた総数に匹敵する。

すでに数えることなど無意味に思え、その正確な数字は誰にも分からない。

ただ毎日のようにスライムを殺し続け、そして同じだけ仲間を失い続けた。

勇者とて万能ではない。

彼女がいない戦場まではその力も届かず、三つの国からなる大陸は一人で戦うには広すぎる。

……それでもマリアベルは戦い続けた。

母親譲《ゆず》りの強大な魔力を持つ姉、メルティア。

勇者と共に魔王討伐を果たした戦士、フォーネリス。

そして、多くの仲間たちと。

『勇者の娘』は『勇者』と呼ばれるようになり、そして彼女の黒髪とフォンティーユの国旗は大陸を埋め尽くそうとするスライムへの反攻の証《あかし》となった。

……数か月という長い時間、絶望的な戦力差を理解しながら。

それでも戦い続けることができたのは、その先に希望があったからだ。

＊

森に住む獣人や亜人たちだけでなく、女神が創ったとされるこの大陸に住むすべての人々が『世界樹《せかいじゅ》』と呼ぶ天を衝《つ》きそうなほど巨大な大樹の外れに、人の手で造られた二階建ての建造物がある。

世界樹に比べれば小ぶりもいいところだが、元来が木々を抉《えぐ》ってその内に住む生活をしている獣人たちにとっては珍しい建造物だ。

材料となっている石材はまだ真っ白く、雑草や虫類、風雨の汚れも目立たないことから、造られてそう長い時間が経っていないことが分かる。

人の出入りは激しく、馬車に積まれた食料や水は少量で、そして大陸中のいたるところに生えている草花や霊峰《れいほう》の水といった『荷物』がほとんど。

そんな人の往来が激しい場所は警備も厳重。

鉄の鎧兜《よろいかぶと》と槍で武装した兵士が二人は常に入り口に立っているし、建物の一階部分には最低でも五人は常駐している。

建物の一階部分。広さは相当なものだ。

押し込めば三十人は余裕で待機できるだろう広さがあり、そして武具の類《たぐい》が目につく。

兵士が手に持っている槍だけではない。剣や斧《おの》。予備の鎧兜に、盾や薬草など。

兵士の詰め所から奥を見れば、スライムの脅威《きょうい》が間近に迫るグラバルト国内にあっても武装していない、白衣に身を包んだ人間が忙しく歩き回っている。

その様子から、武装していないのではなく、武装する余裕もないといった方が正しいのか。

彼らは剣や槍で戦うのではなく、その聡明な知識でスライムを殺す道具を考える……それが仕事の科学者たちだ。

剣や弓、魔法によって栄えた世界で異端ともいえる、科学によって人の生活をよりよくしようと考えていた異端者たち。

魔法という万能の力があれば不自由のない生活を送れるというのに、なぜ誰も理解しない化学などを学ぼうとするのか――多くの人がそう思うはずだ。

それでも科学――理《ことわり》の根底を理解し、魔力の有無に関係なく誰でも使える『道具』を考え続けてきた彼らは、その知識こそが今このスライムに追い詰められた状況において必要なものとなっていた。

そんな塔を、ふたりの女性が訪れていた。

ひとりは艶《つや》やかな黒髪を頭の高い位置で結び、動き易さに重点を置いた男物の黒い衣服に身を包んだ女性。マリアベル。

腰にある豪華な装飾が施《ほどこ》された鞘《さや》と、そこに納められる蒼の聖剣の輝きもあって、一目でこの黒髪の女性が『勇者』なのだと、誰もが理解する。

そしてもうひとりは、燃え盛る焔《ほむら》を連想させる真っ赤な髪と、見栄えを重視する派手なドレス――異界でチャイナドレスといわれる、左側の深いスリットが印象的な赤のドレスである。

そして何より、その背にある猛禽類《もうきんるい》を連想させる黒い羽が目を惹《ひ》く女の魔物、サキュバスのフェネルリエカ。

『勇者』と『女の魔物』という、噂《うわさ》になっている異端の二人。

つい一週間ほど前。

とある目的のために遠征した先で助けた女淫魔《おんないんま》たちは人と同じ言葉を使うということもあって意思の疎通《そつう》に成功し、スライムという共通の敵を倒すために協力関係にあった。

本来なら、魔物となれば問答無用で殺さなければならない――今までなら、そうだった。

だが、今やスライムは一匹でも強力で、その数は人類よりも多くなりつつある。

戦力は多い方がいいとマリアベルは判断し、助けた女淫魔たちを連れてグラバルトへ帰還したのだった。

見張りの兵士は彼女たちの姿を見ると姿勢を正し、礼儀《れいぎ》正しい一礼をした。

「おはようございます、マリアベル様」

「お話はうかがっております。カーラ様は、二階の自室でお待ちです」

来訪を知っていた兵士たちはすぐに伝え、道を開けた。

建物の入り口。木造の扉を慣れた動作で開き、マリアベルとフェネルリエカを招き入れる。

その際に、『勇者』であるマリアベルには礼儀を払ったが、魔物であるフェネルリエカの方には怪訝《けげん》そうな視線を向けてくる。

当然だろう。二十年以上も昔とはいえ、敵対していた魔物なのだ。

それがどうして勇者と共に行動しているのか……一般の兵士たちは疑問に思う。

だが、それを表情に表しても、言葉にはしない。一応、勇者と共に行動を共にしているのだから、何か考えがあってのことだろう、と思うからだ。

「ありがとうございます。お勤め、ご苦労様です」

一階では塔の警備に当たっている他四人の兵士たちがくつろいでいた。マリアベルの姿に気づいて慌てて立ち上がり、やはり一礼。

マリアベルはそんな彼らに礼を返して、フェネルリエカは物珍しそうに周囲を確認しながら、一階奥にある階段から二階へ。

二階は、まったくの別世界。

鎧兜ではなく祭服の上から白衣を着た男女十数人が、椅子《いす》に座り、机に向かい、『なにか』をしていた。

それがなんなのか、『この世界』の常識しか知らないマリアベルやフェネルリエカには分からない。

ひとりはどこにでも生えているような薬草の薄皮を丁寧《ていねい》に一枚ずつ剝《は》いでいるし、別のひとりはガラス製の吸引機——スポイルを使って血のように赤い花から蜜を採取している。

「アガシアの花なんか、どうする気なのかしら？」

フェネルリエカはひと目で、その花の名前に気づいた。

霊峰《れいほう》の、神都やこの塔がある中腹よりもさらに高い位置に咲く花。

標高という点で採取の難度は高いが、それほど珍しくはない花だ。

香水の原料として重宝《ちょうほう》され、身嗜《みだしな》みに気を遣うサキュバスはその花のことを良く知っている。

「確か、香水にそんな名前が……」

「鼻の奥に残る甘い香りが特徴で、この香水をつけて相手をすると男が喜ぶの」

「おと……もうっ」

それが何を意味しているのか――一瞬の後で理解したマリアベルは頬《ほお》を紅くすると、フェネルリエカが自分を揶揄《からか》っていることに気付いて小さく頬を膨《ふく》らませた。

その声でマリアベルに気が付いた二階の人物たちは彼女に一礼し、それでも気付かない白衣の人物たちはそのまま集中して作業に没頭している。

マリアベルたちは邪魔にならないよう、極力足音を立てないように移動した。

……つい気になっていくつかの作業に使われている材料を盗み見ると、どれも珍しくはないものばかり。

リシュルアの霊峰やグラバルトの森の中で採取できる傷薬、解熱剤の材料、興奮剤や香水の原料となる草花などなど。

少し珍しいものといえばフォンティーユやリシュルアでしか採ることのできない熱病の薬や、今ではスライムに蹂躙《じゆうりん》されてしまったエルフの国フォンティーユの薬草などだが、それ以上のことはマリアベルたちには分からない。

薬草は薬草。

解熱剤は解熱剤としての役割しかない、としか思えないのだ。

その奥では、今度は薬草類ではなく、獣。動物。

とくに多いのは、ネズミのような小さな魔物だ。

数が多く、繁殖力《はんしよくりよく》も高い。

大陸中の至る場所、人が住む民家にすら食料を求めて湧き、木材くらいなら噛《か》み千切《ちぎ》る強靭《きょうじん》な顎《あご》と歯をもつ、見た目の可愛《かわい》らしさとは裏腹に、凶暴性のある小動物。

そのネズミに、先端に針がついたガラス製の筒《つつ》——注射器で少量だけ、緑色のなにかを含ませ、飲ませている。

マリアベルは直感で、その緑色の『なにか』はこの場所で作られたものではないか、と感じた。

ネズミは得体の知れない緑色の液体を警戒してか暴れていた。

男性職員はなんとか逃がさないようにとネズミを両手で握り、そうすると小動物は苦しそうに鳴いてさらに暴れてしまう。

フェネルリエカはその様子を見て「かわいそうだな」と思ったが、同じ魔物というくくりであっても種族が違うので、その程度。

しばらくすると、その小動物はおとなしくなった。

先ほど飲まされた緑色の液体の効果——というのはマリアベルにも分かる。

さらに奥へ進めば、服装から地位が高いと思われる人物たちが机の書類に目を通している。

彼らはマリアベルに気づくと、見張りの兵士と同じように綺麗《きれい》な一礼をした。

「これはマリアベル様——ああ、たしかカーラ様に面会とか」

「ええ。お邪魔をしてしまい、申し訳ありません」

この室内でもっとも身分の高い——胸元に女神を信奉する国家リシュルアから派遣されたこ

とを示す豪奢《ごうしゃ》な十字架を掲《かか》げた男の言葉に頷《うなず》くと、マリアベルは一礼する。

職員たちももう一度頭を下げ、そのうちのひとりがカーラと呼ばれた管理者が待つ部屋に案内する。

ノックを二回。

しばらく待っても返事がなかったので、もう二回……。

「カーラ様、マリアベル様がいらっしゃいましたよ」

そして、もう二回。

……そこから少しの間を置いて、室内から「入って大丈夫だよ」という返事。

「まったく……すみません、だらしない人で」

「ふふ。大丈夫です。それでは、お仕事、がんばってください」

案内をしてくれた男性職員へ丁寧《ていねい》に礼を言うマリアベル。

頭の高い位置で纏《まと》められた黒髪が揺れ、それに合わせてフェネルリエカもやる気のない礼を一度だけ。さわやかな女性らしい香りが男性職員の鼻をくすぐった。

愛用している、少しだけ高価な香水。

人前に出る時はいつも使っているもので、それほど珍しいものでもないのだが、この塔にこもりがちな男性職員からすると刺激的な匂《にお》いでもあった。

男性職員は一瞬だけフェネルリエカの甘美な香り――そして、それによって惹かれた視線で目にした紅い女淫魔の美貌《びぼう》に目を奪われると、そんな自分を律するように咳払いをしてからこの場を立ち去っていく。

「ふふっ」

「どうかしましたか、フェネルリエカさん？」

「いいえ。やっぱり、男って面白いわねえ、って」

「？？？」

マリアベルはその言葉の意味を理解できなかったが、それ以上は深く考えずに動き易さを重視した黒の衣服に乱れがないかを、ドアの前で確認した。

フォンティーユから避難してきたばかりの頃のような華美なドレス姿ではない。

好きな色である黒で統一しているというところは変わらないが、着ているのは厚手のシャツとズボンという格好。

長身で細身、その内に秘めた勇者としての覚悟を表す鋭い視線を持つマリアベルの姿は、どこか男装の麗人《れいじん》を連想させた。

「失礼します、カーラ様」

「ああ、遅かったね」

スライム退治の遠征から戻ったマリアベルがその部屋に入ると、勇者に向けているとは思えない不愛想な声が出迎えた。

相手が勇者だろうが一国の姫だろうが気にした様子がない、背を向けたままの言葉。

背を向けているので表情まで確認できないが、その後ろ姿——櫛《くし》で梳《す》かされていないボサボサの茶髪とヨレヨレの白衣が印象的な小柄な女性だ。

普段なら不敬罪《ふけいざい》ともとられるような反応だが、マリアベル本人が気にしておらず、むしろそんな反応を喜ぶように口元にはわずかな笑みを浮かべている。

それは、今まで誰もが『勇者の娘』として自分を見ているのに、この少女だけは自分を一人の人として見ている……というよりも、他の誰とも同じように対応してくれるから。

たったそれだけ、と思う人も多いだろうが、生まれた時から『特別』だったマリアベルにとって、この茶髪の女性――カーラの態度は、とてもありがたいものに思えたのだ。

彼女がこのグラバルトへ来たのは、五か月ほど前になる。

フォンティーユが陥落《かんらく》し、グラバルトの深い森にスライムが出現するようになった約一か月後。

リシュルアと連絡を取り合い、このグラバルトをスライム討伐《とうばつ》の最前線にすると決まった日に、前線で戦う神官たちと共に数人の部下を連れてやってきたのがこの白衣の女性だった。

不愛想で、どこか人間嫌い。

頭が良いからだけでなく、自分の考えを理解してくれない周囲に一線を引いている――数度話した時、マリアベルはこの女性の内心をそう感じていた。

女神を信奉する神聖国家、リシュルア。

その中にある、変わり者。

女神の存在を調査し、神官たちが無意識に使っている『奇跡』と呼ばれる力を理解し、誰もが使えるようにできないかと思考する。

それはリシュルアの考え方では女神に対する冒瀆《ぼうとく》であり、禁忌《きんき》とされる。

女神とはそこに在るだけで人々に力を与え、希望となる存在。

その女神を調査するなどもってのほか——というのが、リシュルアや女神ファサリナを信奉する者たちにとっての常識だった。

だが彼女は、魔王が消えた世界で人々の生活をよりよくしようと、女神ファァサリナの力を調査し、それを誰もが使えるよう『道具』で再現しようとする科学者。

そんな彼女の理念に賛同したのはわずかな数だが、今はその彼女の考え方こそが人々の希望というのだから、リシュルアの神官たちは面白くないようだ。

本来なら前線に出るはずがない立場だというのに、今ではスライムと戦う最前線となってしまったグラバルトへ送られたのだから。

『変わり者と言われることは慣れている』

と強がっていたが、それを言葉にするということは強く気にしている気持ちの裏返しだろう。

勘が鋭いというのは、他者の内心まで理解してしまうから厄介《やっかい》だ。

本人がどれほどその事実を否定しようと、むしろ強く否定するほどその気持ちを意識してしまっているのだと理解できてしまう。

勇者として覚醒《かくせい》しつつあるマリアベルは他人の心の機微を敏感に察してしまい、だからこそこの女性を放っておけなかった。

自分より年上なのに、不器用で周囲に敵を作ってしまうから。

一週間前。

スライム討伐の遠征のためにグラバルトを出発した時とほとんど変わらないその姿に、安堵《あんど》の気持ちすら湧いてくる。

手入れがされていない腰まで伸びた栗色の髪、ヨレヨレの白衣、小さく細い肩。

小柄な身体《からだ》は姉、メルティアとほとんど変わらない程度で、ともすれば少女と見間違えるくらい。

だが、その知恵と思考はマリアベルよりもずっと先を見ていて、それこそが勇者の娘やこの大地に生きる人々にとって最後の希望……のように感じられたのだ。

「もうすぐモルモットへの実験もいち段落するから、どこか座れるところで休んでいてくれ」

「座れるところ……」

そう言われてマリアベルは部屋の中を見回した。

広さは、マリアベルが以前住んでいたフォンティーユ王城の私室よりもはるかに広い。二部屋分くらいはあるだろうか。

木の洞《ほら》を利用して住む獣人たちの国にあって、五か月前に建てられた石造りの建物。

その室内は周囲が石材なのは当然で、机、椅子といった家具まで全部が鉄材で作られているのが印象的だった。

単に、グラバルトの建築技術を悪く感じているのではない。

スライムは鉄材を溶かせない——有事の際に対応できるようにと考えてのことだった。

机の上にはマリアベルには使い道が分からない金属の器具が並べられ、机だけでなく床まで羊皮紙《ようひし》の書類が散乱し、座る場所どころか足の踏み場すら探すのに困難なほど。

今まで書類などあまり見たことがなかったマリアベルは、その全部が重要なものなのではと思うと、そう簡単には動けない。

その様子にマリアベルは困った表情を浮かべると、とりあえず邪魔にならないよう入り口から一歩横へ移動して、壁に背を預けた。

「また、お荷物が増えましたか？」

「ああ。マリアベル様がフォンティーユへ出ている間にも、リシュルアから荷物が届いているからね」

ただ、カーラの声音《こわね》はどこか暗い。

「……どうかしたのですか？」

「荷物が予定の半分程度しか届いていなくてね……どうやら、リシュルアとグラバルトを繋《つな》ぐ街道にも、スライムが出現するようになったようだ」

「そんなところにまで……フォンティーユとは反対側なのに」

「戦いなら、連絡網《れんらくもう》の分断は初歩の初歩だろう？　よく考えて動いている証拠だ」

どこかスライムを褒《ほ》めるような言葉に、マリアベルは少しだけ唇を尖らせる。

事実、魔物であり人類の敵となりつつあるスライムを褒めるなど、被害者からすれば面白くないと感じてしまうのも当然だろう。

マリアベルは国を追われた姫――国も、国民も傷付けられた側だが、カーラがその立場を気にした様子はない。

気にする余裕がない、といった方が正しいのか。

だが、マリアベルも自分を『姫』ではなく、ただの話し相手として認識しているカーラとの会話は、感情はどうあれ、気持ちが落ち着くのも事実だ。

スライムに勝つ。負けない。滅ばしてやる。

そう口にするだけではない、得るものが多いということもあって。

「考えている？」

カーラの言葉を反芻《はんすう》するマリアベルから少し遅れて、フェネルリエカが入室してきた。

初対面ということもあって紹介されるだろうと部屋の外で待っていたが、その気配が一向にないので自分から室内へ来たのだが……彼女は誰もが見惚《みほ》れる美貌を嫌悪に歪め、右手で口と鼻を隠した。

「うわ、くさっ!?」

「フェネルリエカさん……その、いきなりそういう言葉は……」

「ん？　そんなに臭《にお》うかな。確かに窓は全部閉めているが」

マリアベルがフェネルリエカの言葉を咎《とが》めると、声の主も不思議に思ったようだ。

「ねえ、窓を開けていい？」

「ご自由にどうぞ」

小柄なうしろ姿を見せたまま、女性が言う。

……それにしても小さい人だ、とフェネルリエカは思った。

もちろんそれは性格や態度ではなく、身長の話である。

椅子に座っていることもあるが、それを差し引いても身長が低い。起立しても、女性としては長身であるマリアベルやフェネルリエカの胸元くらいまでしかないだろう。

太陽に一度も当たったことがないかのような真っ白な首筋が髪の隙間《すきま》から覗《のぞ》いていて、黒のストッキングに包まれた足を投げ出した姿勢は、どう見ても『だらしない』という印象だが、本人は気にする様子もない。

その白衣には――銀の刺繍《ししゅう》で強調された太陽と炎を模したリシュルアの国章が描かれている。

カーラ。

この部屋の管理を任される最高責任者であり、自称『科学者』。

その彼女は円筒の容器の先端に針を付けた道具……自作の注射器に透明な液体を入れると、それをモルティアというネズミの魔物に注射して、その反応を確認している。

科学というモノが存在しないこの世界で、異世界の肩書きを名乗る者。

その理由は、単純だ。

ネズミのモルティアという種をモルモットと呼称する彼女は、この科学者という肩書も同様に勇者と旅をした人物……女神ファサリナを信奉する国家リシュルアで『聖女』と呼ばれる女性から教えてもらった言葉だった。

科学。

この世界の誰にもよく分かっていない、異界の技術。

正確には、科学とは技術ではない。

なぜ、火は熱いのか。なぜ、風を掴《つか》むことができないのか。なぜ、大地は命を育《はぐく》むのか。

その『なぜ』を調べ、物事が起こる理由を知ることが、科学の一面である。

彼女はその『なぜ』を女神の御力《みちから》に向けた変わり者である。

しかしそれは一面であり、異世界の勇者も、『科学』というモノの全容を説明することはできていなかったし、そもそもそういう言葉が存在しない世界の住人に理解できるはずもない。

だが『知る』こと。調べること。

そして、その事象を言語化して、誰もが学び、使えるようにすること――そう説明されたカーラは、その言葉をいたく気に入った。

なぜなら、その在り方こそが、これからのこの世界に必要だと考えていたからだ。

魔法、神の力。それらを言語化し、説明し、文章に書き落とし、誰もが使えるようにする。

魔王がいなくなった世界は、一歩前に進まなければならない――それに寄与する存在。それが、神都リシュルアで一番の『変人』と呼ばれる女性が抱く『科学者像』だった。

フェネルリエカの言葉に返事はしたものの、しかしカーラはマリアベルたちのほうを少しも見ようとはしない。

それよりも、机の上で実験しているモルモットの反応が気になるようだ。

「今、何をしているのですか?」

「ああ。魔物に効く毒をね、調べているんだ」

「毒……スライムを殺せる毒が完成したのですか⁉」

マリアベルの言葉に、カーラは後ろ姿からでも分かるほど雰囲気《ふんいき》を明るくしながら頷《うなず》いた。

増えすぎたスライム、減り続ける人類。

その戦力比を考えれば、勇者の武具を使うマリアベル一人ではもう戦況を覆《くつがえ》すのはほぼ不可能だ。

今はまだ勇者が前線に立つことで人々の戦意は高揚《こうよう》しているが、しかしそれもすぐに限界がくるというのは先代勇者と共に旅をした獣人の姫フォーネリスにも分かっていた。

それを補《おぎな》うための新しい武器。

カーラはスライムが液体だという特性を理解し、そこに着目した。

毒。たった一滴でも粘液全体へ浸透する、液体。

剣で切る、槍で突く、弓で射《い》るよりもはるかに効率的で、戦技を学ぶ必要もない。

誰でも使える……戦える者が毎日減り続ける現状で、老若男女《ろうにゃくなんにょ》が簡単に使える武器という点でも、有効なもの。

「モルモットへ注射したのは本来なら人々を癒《いや》す女神ファサリナ様の御力を反転させ、魔物の肉体を破壊する力をもった液体だ」

「そんなもの、聞いたこともないんだけど？」

あまりにも簡単に口から出た言葉に、フェネルリエカは胡散臭《うさんくさ》そうな声音《こわね》を向けた。

「そりゃそうだ。三年前に私が見つけたが、ファサリナ様の御力を冒瀆していると言って神官たちが隠したからね」

「それはそうでしょうね……」

敵対していたが女神という存在に一定の理解を持つ、人の輪の中で生活していたサキュバスは女神の癒す力を攻撃的に変えるという冒瀆としか言いようのない行為に呆《あき》れつつ、机の上のモルモット……モルティアというネズミの姿に似た魔物の反応を見る。

反応は顕著《けんちょ》で、いつもは苛立《いらだ》たしいほど動き回る小さなネズミが、ほんの少量を注射しただけで動きを鈍らせ、時間が経つと痙攣《けいれん》し始めた。

「毒、ねえ。魔法の毒とかはダメなの？」

「それだと、魔法を扱える者しか使えないだろう？　私たちが考えているのは、誰でも使える毒……この液体だ」

カーラはそう言うと、室内を見回した。

中にはカーラと同じような白衣に身を包んだ男女が数人、忙しそうに動き回っている。

今にも机の上で組まれた繊細《せんさい》そうな道具に当たって壊してしまいそうな危うさがあるが、それでも早歩きで動き回っているのは自分たちの研究が直接人命に関係していると理解しているからだろう。

もしこの『毒』が完成すれば、最前線で戦う兵士たちの危険はぐんと減る。

剣を振ってスライムの弱点である『核』を破壊せずとも、スライムを無力化できるのだ。

触れるだけで動けなくなるような強力な麻痺毒《まひどく》を持つ相手に接近戦を続けるというのは非効率的過ぎる、というのがカーラの考え方だった。

そういう意味でも、割れやすいガラス瓶《びん》にでも毒を詰めて投げれば、麻痺毒の粘液に触れずにスライムを無力化できるのだから。

カーラは透明な液体が入った瓶を白衣のポケットから取り出した。

何の変哲もない、透明な液体。ただの水と言われたら、誰もが信じてしまうだろう。

ただ、魔物であるフェネルリエカはその液体に凄《すさ》まじい濃度の女神の力が込められていることを感じ、見ただけで顔を青くする。

「モルティアになんてものを注射してるのよ……」

「効果を確認していただけだ。モルモットが死なないように、考えた量を注射している」

「……さっきも言っていたけど、それってモルティアでしょ？　魔物の」

「ああ。異世界――勇者様の世界では『モルモット』と言うらしい。私は、そちらの響きの方が好きでね」

「あ、そ……」

カーラの言葉に、フェネルリエカは心底どうでもいいといった風に呟《つぶや》いた。

まあ、目の前で自分より下級とはいえ同じ魔物が殺されなかっただけ、マシだと思っておく。

このあたりの感情が薄いのも、魔物特有のものだろう。

同じ魔物であっても、それが同じ形をした同族でなければ親しみを感じない。

ただそれは、人間にも言えることかもしれないが——。

「遂《つい》に完成したのですか、スライムを殺す毒が？」

「ああ。ただ、これは今作ったばかりの聖水だが、時間が経つとファサリナ様の御力は徐々に薄れていってね。今のままだと、前線へ運んで使うまで効果が維持できないんだ」

「そうですか……」

カーラがグラバルトへ来て約五か月。

試行錯誤《しこうさくご》の末に辿《たど》り着いた毒という解答だが、実用化するまでにはたくさんの実験があった。

どの毒ならスライムに効くのか、どれほどの量なら効果があるのか、など。

マリアベル自身も実験に協力し、多くの人が科学に不信感を持っていた彼女が来たばかりの頃は、率先《そっせん》して勇者がその道具の効果をスライム相手に実証したものだ。

「聖水をグラバルトで大量に作り、その効果を前線まで維持させる……それには、勇者様に頼んでいたものが必要だったんだ」

人は知らないことを恐れ、それに携《たずさ》わる人を忌避《きひ》する性質がある。

それはこの世界でも変わらず、今までにないものの考え方、異世界の知識へ興味を示すカーラの姿も同様に——彼女はリシュルアで『変人』と蔑《さげす》まれていた人物だ。

科学という今まで誰も考えたことすらなかった分野に傾倒する人物。

しかも、大陸中の人々が信奉する女神の力を反転させ、破壊の力に変えるというのだから反発されるのは当然だった。

人を『変人』と評価するのはマリアベルも好きではないが、確かに注射されたモルティアの反応を嬉々として書き記していく姿を見れば多くの人がそう感じるだろう、と心の隅で頷く。

マリアベルは、コホン、と咳払《せきばら》いをした。

「言われていたものを集めてきたのですが、忙しかったですか？」

「ああ。ちょうど次の実験を始めたばかりでね」

どこか生意気な少年のような喋《しゃべ》り方だが、小柄な背丈と声変わりしたばかりのような高い声音もあって、カーラという女性によく合っている。

本人にそう言うと嫌がるだろうが、中性的な声だ。

目の前のことに集中して周りに目を向けないというのもまるで男の子のようで、本来なら礼儀《れいぎ》がなってないと怒らなければならないのだろうが――どこか微笑《ほほえ》ましい。

「それにしても、なんなのこのにおい？　凄《すご》く臭《くさ》い……」

「そうですか？」

フェネルリエカの言葉に、マリアベルは首を傾《かし》げた。

勇者として五感に優れる彼女だが、この部屋の中は空気が籠《こ》もっているとは感じても臭いとは思わない。

　首を傾げると、カーラがからからと笑いながら肩を震わせながら振り返った。

「……なるほど、噂《うわさ》には聞いていたが君が女の魔物か。それなら確かに、この部屋の中はつらいだろうね」

「噂？」

「勇者様がまた気まぐれに、変人の次は魔物を仲間に引き入れた、とね」

「変人って？」

「私」

「自分でそんなことを言わないでください……」

　カーラの自虐《じぎやく》的な言葉にマリアベルは肩を落としたが、カーラ本人は気にしていないようだ。自虐的な言葉とは裏腹に、肩を震わせて明るく笑うとフェネルリエカの質問に答える。

「さっきの臭いという言葉だが……ここは女神ファサリナ様の御力を実験している部屋だよ？　魔の者の敵の力が充満した場所だ」

　カーラがそう説明すると、フェネルリエカは隠そうともせず顔を顰《しか》めた。

「うえ……」

「もう、フェネルリエカさん？」

「しょうがないさ、勇者様。ある意味で、魔物にとってはそれだけで毒のような空気だ」

　それが分かっているカーラはフェネルリエカの態度を否定せず、むしろ反応を楽しむように表情を綻《ほころ》ばせた。

身長同様に小さな顔に、くりっとした大きな瞳。

瞳の色は金色で、その小さな顔の半分を野暮《やぼ》ったい大きな黒縁眼鏡《くろぶちめがね》が彩っている。

疲労が蓄積しているのか目の下には隈《くま》ができているが、彼女がそれを気にしている様子はない。むしろ、今の状況……研究が、楽しくて仕方がないようにすら見える。

「魔物にとって女神様の力は毒だと思っていたが、その力を匂いで感じることもできるのか」

「……なによ？」

「いや。モルモットやスライムは喋《しゃべ》れないからね。言葉で聞くのは初めてだから新鮮だ。貴重な情報をありがとう」

いきなりお礼を言われたことにフェネルリエカは怪訝《けげん》な顔をしたが、カーラはそれ以上の説明はせずマリアベルの方へ視線を向けた。

「それで、頼んでいたものは？」

「あ、はい」

そう言うと、マリアベルは持ってきた金属の箱をカーラに差し出した。

それを見てカーラの表情に喜色《きしょく》が浮かぶ。まるで子供へプレゼントをするように、マリアベルが金属の箱を手渡すと、カーラは嬉々としてそれを受け取った。

「なにそれ？」

「スライムの核です——スライムは体内の核を破壊しないと倒せない、というのはフェネルリエカさんも知っていますよね？」

「ええ……ええ？　勇者様、スライムを倒してないの⁉」

フェネルリエカがその説明に驚くと、カーラが箱の蓋《ふた》を開ける。

「ちょっと⁉」

「大丈夫。スライムは粘液を操る魔物だが、粘液を生み出す能力はない――連中は、核に粘液を纏《まと》うことで活動しているんだ」

「生み出す？　纏う？」

今まで考えたこともなかった説明に、フェネルリエカが首を傾《かし》げる。

それを見て、初めて話を聞いた時の自分もこんな感じだったのかな、とマリアベルは思った。

「確か、スライムは最初に持っている粘液で色々なものを溶かして自分のものにするけれど、核自体にはその能力はなくて、粘液を取ってしまうと何もできなくなってしまう、でしたか」

「そうそう。つまり、箱の中の核は武器を持たない丸裸の状態、ってわけだ」

マリアベルが以前カーラから説明された内容を訥々《とつとつ》と話すと、それを覚えていたことを喜びながらカーラが補足する。

「いまいちよく分からないけど……安全ってこと？」

「ああ」

その説明に一応の安全を感じながら、フェネルリエカはカーラに近付いてその箱の中を見た。

「気持ちわる……」

「そうかい？　何もできないんだから、可愛《かわい》いものじゃないか」

鉄の箱の中には小指の先ほどの大きさがある石が、十個ほど入っている。

それがスライムの核だと思うと、先日は家畜小屋で襲われたフェネルリエカは気持ち悪さしか感じないが、カーラの方は鉄のスプーンを手にするとその一つを掬《すく》い上げた。

「そんなのどうするのよ？」

「実験さ。この核に粘液を纏わせ、どの程度の量の聖水でスライムを無力化できるのか、他にどんな毒が効くのか、どんな思考で活動しているのかを調べたりも、ね」

「……はい？」

カーラの説明に、フェネルリエカは驚いた顔をした。

スライムは倒すだけの存在であるはずなのに、このカーラという女性はスライムが何を考えて活動しているのかを調べようというのだ。

「それになんの意味があるの？　倒しちゃえば、それで終わりじゃない」

「まさか――たった半年でここまで増えた化け物だぞ？　その生態を調べて、今後の脅威《きょうい》に備えるべきだと思うがね」

カーラは今だけでなくこれから先のことも考えていて、そのことを知ったマリアベルは流石《さすが》だと嘆息《たんそく》する。

勝つことだけを考えていた自分とは見ているものが違う、と。

「先ばっかり見て、負けちゃったら全部お終《しま》いだけどね」

「ま、そこは一番前に出て戦う勇者様に任せるさ。私は頭を使うのが仕事だ。戦うために、戦った後の時のためにね」

「あはは……」

投げやりというよりも潔《いさぎよ》いカーラの言葉にマリアベルは苦笑し、乾いた笑みを浮かべる。

「勇者を先兵みたいに言ったり、女神の力を研究したり……変な人間ねえ」

カーラは室内を見回しながらそう呟《つぶや》いた。

このカーラという女科学者はファサリナの名前を気軽に口にして、しかもその力を『利用する』とまで言った。

敵対していたとはいえ、信仰の対象にそんな言葉を吐く人間というのに、フェネルリエカは驚いたのだ。

「なに？」

「いや、だって貴女《あなた》たち人間にとって、女神は信仰の対象でしょ？　力を利用するとか、よく簡単に口にできるわね」

「信仰はしているが、それだけじゃ救われないからね。特に、今は」

半年前にリシュルアからグラバルトへやってきたカーラは、大陸の現状を知っている。

スライムが溢《あふ》れ、残った二つの国にもその脅威が迫っていることを。

グラバルトはその広大な森の中にスライムが潜み、どこから奇襲されるか分からない。

女神の結界に守られるリシュルアも、結界を囲まれ身動きが取れない状態となっている。

『勇者』がいるグラバルトへ戦力を集中させようとスライムの包囲を破ったのが、半年前。

だが、人が集まっただけでは打開策も浮かばず、時間は過ぎるばかり……その時、白羽の矢が立ったのが『科学者』を自称するカーラと、その部下たちだった。

剣や魔法ではスライムに抵抗することはできても、勝利には繋《つな》がらないと最初に提言したのも彼女だった。

スライムは毎日何百という数が増え、それに対して人類は日々その数を減らしていく。

フォンティーユが陥落《かんらく》してから今日までどれだけのスライムが生まれ、どれだけの人が死に、捕らえられたか――それを考えれば、『数』という点ではすでに勝ち目はないだろう。

ならば、戦う方向を変えるしかない。

鉄のスプーンの上でスライムの核を転がしつつ、カーラは説明した。

「スライムに効く毒は、ファサリナ様の御力だ。どれだけ成長しても、所詮《しょせん》はスライム……女神様の御力に触れると、たちまち崩壊してしまう」

その研究結果は、すでに出ていた。

女神の力……神官たちが使う祈りの奇跡はスライムにとって猛毒で、女性の神官を犯そうとしたスライムはその力を吸収しようとして崩壊したという。

カーラはそれを確認するために女性神官へ頼み込んで、その唾液《だえき》でスライムを退治させたこともある。……その女性は自分の唾液が武器に使われることを物凄《ものすご》く嫌がったが。

それによって『女神の力が宿った液体はスライムを殺せる』という着想を得たのだが、人が分泌《ぶんぴつ》できる体液というのは有限だ。

大陸中の神官を集めて体液を提供させたとしても、スライムの総量には遠く及ばないだろう。

なにより、人から発した女神の力は時間の経過とともに薄れ、効果が弱くなっていく。

グラバルトで毒を作ったところで隣国フォンティーユまでは効果が持続せず、かといって戦いながら毒を作るというのは危険極まりない。

そこから着想を得て『女神の力を持続させる液体』を探しているのが、今の段階だ。

神官の力を維持できる液体さえ見つかれば、それをグラバルトで量産し、剣や魔法がなくともフォンティーユのスライムを倒せるようになる。

神官たちは癒《いや》しだけでなく魔物も倒せる女神の御力を「女神様の奇跡だ」と喧伝《けんでん》しているが、カーラからすれば茶番も良いところだ。

結局、スライムを殺せる力を見つけたのも、それを探すのも自分たち科学者。

神官たちは民衆を煽《あお》ることで不安を忘れさせ、この半年間を生き延びた。

……リシュルアでは女神ファサリナを研究することは禁忌《きんき》だ。

女神を信奉する国家なのだから、その対象を調べるというのはそれだけでも重罪になる。

だからこそ、カーラたち科学者は前線の部隊ではないにもかかわらずグラバルトに送られ、世界樹の中に籠もって研究の日々を送っている。

スライムを殺す『毒』を完成させるために。

「大変なのねえ、貴女《あなた》も」

「そうでもない。ここでは好きに研究ができるからね」

カーラはそれほど気にした様子もなくそう言うと、スプーンで掬っていた核を別の容器へと移動させる。こちらも鉄製だ。

「木の道具だと水分を吸収してね。少し面倒だが、道具は全部金属製だ」

スライムは金属を溶かせないし、木像の箱が朝露を吸って湿ると、そこから水分を吸収して粘液に変えてしまう、とカーラが話す。

「それで先日、部下の一人が襲われたんだ」

「ええっ!? その方はどうなさったのですか?」

マリアベルが知らなかった情報に驚き、質問する。

「麻痺毒《まひどく》でやられたが、おかげで二つ分かったこともある」

「二つ?」

「スライムを研究する時は木製の道具を使わない。それともう一つは、スライムの毒は自然界に存在するということだ」

「ごめん、意味が分からない」

フェネルリエカが正直に言うと、カーラは肩を震わせて明るく笑った。

「正直でよろしい。そういう性格は嫌いじゃない」

「……あっそ。で? 自然に存在する毒って?」

「虫さ。スライムの毒は物凄く強力だが、けれどそれは小さな虫が使う毒と同じで、解毒薬も普通に出回っている」

今までは一滴でも触れるだけで身体《からだ》が麻痺してしまうことから脅威と感じていたが、まさかそんなにも身近に存在する毒だったとは……マリアベルは驚き、カーラを見る。

「小さな虫、ですか？　ですが、あの毒は触れるだけで動けなくなると……」

「小さな虫と同じ効果だが、使っているのは人間くらい大きなスライムだ。毒の量がそもそも違い過ぎる。例えば、虫に刺されて痒《かゆ》くなることがあるだろう？」

「え、ええ」

「その数百倍の量を刺されてしまったとしたらどうなると思う？」

「えっと……よく分かりませんが、痒みがもっと酷《ひど》くなる、ですか？」

「そういうこと。大量の麻痺毒を使われると、身体の一部が動かなくなるどころか心臓まで止まってしまう……それが、スライムが使っている毒の正体というわけだ」

その説明に、マリアベルはなるほど、と納得した。

他にももっと深く細かい作用もあるが、今まで毒の原理などを学んでこなかったのだ。これくらい掻《か》い摘《つま》んで説明した方が分かりやすいだろう、とカーラは考えていた。

「では、その解毒薬でスライムの毒は防げるのですか？」

「効果は弱まる……まあ、死ななくなるという程度で、動けなくなるのは変わらないがね」

「意味ないじゃん」

「死なないだけでも十分さ」

と、マリアベルがグラバルトを離れていた数週間の情報を話し、次にカーラはフェネルリエカに視線を向けた。

「それで、勇者様はスライムの核とフォンティーユに多くある植物、そして喋《しゃべ》れる魔物を持ってきてくれたわけだ」

「人を物みたいに……」

「あぁ、すまない。いつもこんな感じでね……気分を害したなら謝るよ」

「別にいいけど……なんで私？　言ってはなんだけど、私たちサキュバスってそんなに頭は良くないわよ？」

「知ってる。頭を使うことを期待しちゃいないさ」

「……ほんとに口が悪いわね、この女」

女だがサキュバスの性技で籠絡《ろうらく》してやろうか、とすら考えてしまう。

フェネルリエカが半眼《はんがん》で座ったままのカーラを睨《にら》みつけると、マリアベルがその肩を叩いて宥《なだ》めようとする。

「もう、カーラさん？」

「すまないね、えっと……フェネルリエカだったか？　あまり人と話したことがないんだ。私は考え方が独特で、友人もあまりいなくて」

「でしょうね――まあ、いいわ。それで、私たちに何をさせたいの？」

「実験さ。元々、サキュバスはスライムよりずっと高位の魔物で、魔法に対する抵抗も高い。で、サキュバスに効くほどの毒ならスライムにも効くと思うんだ」

「……冗談よね？」

フェネルリエカはカーラを、次にマリアベルを見た。

まさか自分を助けたのがクスリの実験台などと思っていなかったのだ。

ただ、それはマリアベルも同じようで、驚いた顔をするとカーラを見る。

「きっ、ききっ、聞いてないです!?　私はただ、フェネルリエカさんをカーラさんに紹介しようとしただけですっ」

「大丈夫、大丈夫。薬を飲んだり頭から被《かぶ》れと言うわけじゃない。肌に少し塗るだけだ」

「大丈夫なわけないじゃない!?　女神の力なんて肌に触れたら、私の綺麗《きれい》な肌が火傷《やけど》しちゃうわよ!?」

「自分で綺麗って……いや、確かに私なんかよりずっと綺麗だけど」

化粧《けしょう》っ気《け》のない自分と比較した自虐《じぎゃく》の言葉だったが、なんとも的外《まとはず》れな返事にマリアベルとフェネルリエカは呆《あき》れてため息を吐き、肩を落とした。

「……どこまで本気なのよ。まったく」

「いや、最初からだが？　まあ、そこまで嫌がるなら、実験は他の誰かに頼むとしよう」

マリアベルが連れてきたサキュバスはフェネルリエカ一人ではない。

あの村で生活していた数十人のサキュバス全員がついてきたのだ。その中の一人くらいは実験に付き合ってくれるだろう、とフェネルリエカとカーラは考えていた。

「…………そうしてちょうだい。もう、勇者様がお友達を紹介したいっていうから来たのに、ドッと疲れたわ」

「はっはっはっ」

フェネルリエカが何度目かのため息を吐くと、マリアベルは話題を逸《そ》らすために苦笑しながら机の上にある書類に視線を向けた。

「カーラさん、そちらの書類は？　何を読んでいたのですか？」

優しい口調になって、マリアベルは椅子《いす》に座ったままのカーラのうしろに移動して、手元にある書類に視線を落とす。

「先日、魔物と遭遇《そうぐう》した兵士たちの報告書だよ。五人組のうち二人は殺されたらしい」

「……それは」

「そこに、気になる記述があってね」

仲間が死んだことをあまり気にしない様子で、カーラは束ねられた報告書をペラペラとめくり、すごい早さで読んでいく。

いや、気にしないようにしているのだろう。

魔王が倒されて二十年。

人の生き死にが少なくなった時代に突然訪れた、魔物との大規模な戦闘。

マリアベルよりは年上だが、まだ若いカーラも戦闘による人の生き死にを経験するのは初めてで、その感情を隠すために実験へ没頭しているようだとマリアベルは感じていた。

それに気づかない風を装《よそお》うと、カーラの意図を汲《く》んで視線を羊皮紙《ようひし》に向ける。

「気になる記述？」

「最近、獣人の若い連中にいくつか新しい薬を持たせていたんだ」

「……またそういう勝手なことを。フォーネリスさんには許可を得たのですか？」

「新しく用意した道具を持たせようとしたら怒られた。怒られたから、こっそり持たせたんだ」

「……はあ」

カーラはこういう性格だった。

自分の実験の成果を確かめるためには周囲を巻き込むことを厭《いと》わない……ちゃんと道具の安全を確認して、無理をしない範囲での『お願い』。

だがそれが戦場で、上官であるフォーネリスの意見を無視してとなれば話は別だ。

平時の、安全な場所での実験とは違う。

危険で、死と隣り合わせの戦場での実験となれば不測の事態、危険が伴《ともな》う。

フォーネリスはそれを気にしていたが、カーラとしても文字通り一刻一秒でも早く自分が考案した道具を試し、スライムに対抗する手段を確立させたい――そんな気持ちが彼女を焦らせているようでもあった。

「実戦で効果があるか分からない道具を持たせるなと言われたが、効果があるか調べるためには実戦で使うしかないだろう？」

「もう。あとで一緒に謝りに行きますか？」

「別にいいよ。大丈夫。向こうも、本気で怒っているわけでもないし」

マリアベルは深いため息を吐いた後、その後の言葉に驚いた。

「ですが、獣人の方を危険に晒《さら》したのですよね？」

「そうだが……まあ、二人の貴重な戦力をなくしてしまったのは本当に残念だが、収穫もあった。フォーネリス殿もその辺りは理解してくれている」

「仲間が死んだのに？」

「今は……いわゆる、スライムとの戦いを行っている最中だ。人の生き死にというのは、常にある。重要なのは、その死を、犠牲《ぎせい》を無駄にしないことだ」

カーラはそう言うと、ため息を吐いた。

彼女なりに、今回の件を気にしているのだろう。少年のように好奇心で満ちていた瞳に悲しい色が宿っているのをマリアベルは感じる。

「私は今回の件を絶対に無駄にはしないし、必ずスライムを殺す毒を量産してみせる。だが、それとは別に、やはり科学に対する人々の考え方はまだ認識が薄いんだ」

「それは、でも」

「ああ、いや。別に悲しいわけじゃない。新しい考え方を理解されるのには時間が必要だと私も理解しているし、私たちの科学を受け入れてくれる人々も増えてきているんだ」

カーラはどこか悲しげに、同時に誇らしげに言うとマリアベルを見る。

「ただ、科学をまだ理解できない人々の不満を解消させるには、私を怒るのが一番効果的なんだ。それだけで人々の不満――溜飲《りゅういん》が下がる」

「だから、フォーネリス様はカーラさんを？」

「ああ。彼女は理解してくれている。今のままでは人はスライムに負ける――だから誰もが使えて、もっと安全に戦える『毒』が必要だと」

それはマリアベルも同感だった。

父親が使っていた女神ファサリナから授かった『勇者の剣』を手に入れ、フォーネリスから剣技を学び、前線へ出たのは剣を手に入れてから一週間後のことだった。

前線に出て感じたのは――絶望的な戦力差。

自分一人がどれだけ頑張ってもスライムの数は多く、他の兵士や騎士たちと連携してもその数には遠く及ばないという現実。

その道具の効果こそが、今回の戦い……最弱と今まで誰もが侮《あなど》っていた最悪の魔物、スライムとの戦いには必要だと感じていたからだ。

いま、スライムと直接戦えるのは魔法が使える者、魔力を宿す性質がある精霊銀の武器を手に持つ者、そして勇者としての力に覚醒《かくせい》しつつあるマリアベルだけだ。

増え続けるスライムに対して、戦える存在が少なすぎる。

その数的劣勢を覆《くつがえ》すには……対等になるためには、誰もが使える『道具』が必要なのだ。

「まあ。今日からはこのスライムの核を使って、直に毒が効くか実験できるんだけどね」

（後で、私からもフォーネリスさんに謝っておこう）

戦うためなので頭ごなしに怒られることはないと思うが、人が死んでいるのだから小言《こごと》くらいは言われるだろうと覚悟しておく。

むしろ、最も女神の力を宿すはずの勇者マリアベルがその科学に理解を示しているのが、周囲には理解ができないといった風でもある。

その不満もフォーネリスは考えて、きっとカーラを怒ったのだろうと思ったのだ。

「それは怒られて当然でしょ……よくこんなのと友達ね、アナタ」

「アハハ……」

軍における上官への命令無視のようなカーラの行動を、フェネルリエカは心の底から呆れ、マリアベルが苦笑する。

同時に、フェネルリエカの疑問は周囲の疑問でもあった。

どうして女神の力を使うマリアベルが、女神の力を軽蔑《けいべつ》する……と周囲に見られているカーラと懇意《こんい》にしているのか。理由は、ある意味で単純だ。

(これがお父様の世界の考え方……)

ただ、顔も、声も知らない父親と同じ考え方——似ている思考へたどり着いたカーラという女性への尊敬。その気持ち。

憧れ、という言葉が正しいかもしれない。

自分が知らない異世界の考え方を持つ人物。

だから、マリアベルはカーラの考え方に惹《ひ》かれているのかもしれない、と。

「それで、試した道具というのは？」

「先ほどのフェネルリエカの反応で確信が持てたが、匂《にお》いさ」

「私？」

カーラの言葉に、理解できなかったフェネルリエカは聞き返す。

「ああ。こっちのアルミリナというリシュルアでは香水の原料となる花から抽出した液と神官たちが作った聖水を混ぜた液体を、森で見つけたスライムに使ったんだが……すると、スライムが逃げたそうなんだ」

「ああ、さっき私が臭《くさ》いって言った」

「そう。連中、鼻はないのに匂いは嗅《か》ぎ取れるようだな、と。倒すことはできないが、逃げ出すほど臭いなら、戦場で使えるかもしれない」

カーラは自分が作った聖水の別の用途に着目し、楽しそうに呟《つぶや》いた。

その声にはやはり、どこか子供のような明るさが混じり、要点を知らずに聞くものがいれば不謹慎《ふきんしん》ともとられない……そんな声。

だが、マリアベルもフェネルリエカも、そして室内で活動している科学者たちも、そんな彼女をとがめるようなことはしなかった。

「そうですね。追い詰められても、逃げることができるというのは安全です」

「……勘弁してよ。部屋の中のにおいだけでも臭いのに、それをばら撒くなんて」

においだけで気絶しそうだな、とフェネルリエカが呟くとカーラが笑う。

「襲われて殺されるよりはマシだろう？」

「はあ、それはそうだけど……変わった人間ねえ」

「よく言われるよ」

フェネルリエカの言葉にカーラは気にした様子もなく肩を竦《すく》め、その仕草に「揶揄《からか》い甲斐《がい》のない相手ね」と呟いて赤髪の女淫魔《おんないんま》は室内を見回した。

――不意に、壁に飾られた一本の剣が目に映る。

「アレは？」

「偉い司教様から賜《たまわ》った由緒《ゆいしょ》ある剣……らしい。抜いたの、三年くらい前だけど」

「もったいない。売れば結構なお金になりそうなのに」

「……お二人とも」

そんな会話に、マリアベルが苦笑しながら肩を落とす。

幼い頃はその剣の才能を見初《みそ》められ、平民という立場から貴族の家に招かれた才媛《さいえん》。

それがカーラという女性だ。

神官として将来は名を馳《は》せるだろうと期待された彼女は、裕福な家庭の中でその才能を開花させ、成人となる十六歳の頃には神都リシュルアで知らない者はいないというほどの天才剣士として目《もく》されていた。

……だが、その頃から、本人は剣への情熱を失いつつあった。

魔王が滅び、魔物が減り続ける世界。

そんな世界で剣技を鍛えて、意味はあるのか——そう考えると、最後に行きつくのは悪人相手に剣を振る『殺人』へと至り、辟易《へきえき》とした。

事実、彼女は征伐《せいばつ》として、周辺地域の村を襲う山賊《さんぞく》などを何度も討伐《とうばつ》している。

その全部ではないが、しかし数人、首を刎《は》ね、胸を貫いて殺した経験は今でもよくない記憶として頭の片隅に残っていた。

……それに嫌気が差した時、彼女は剣を手放してしまったのだ。

握れなくなったわけではない。

今でもその天才ぶりは健在で、部屋の壁にある長剣は彼女に譲《ゆず》られたままである。

小柄な身体《からだ》だが、その服の下の肉体は鍛えられていて、運動不足解消のための素振りだって毎日のように行っている。時々、しない時もあるが。

だが、それを手に取ろうとはしない。

壁に飾られている名剣は、ここ数年鞘《さや》から抜かれていなかった。

素振り用の木剣は、部屋の隅に転がっている。

そうして、剣に悩んだ彼女が考えたのは、『戦士』としてではなく『科学者』としての道。

元々、優れた剣の才を持っていた彼女だったが、今度は薬学や鉱物学などの勉学に勤《いそ》しむようになり、周囲は文武両道の英雄を目指しているのかと感心したのだが……本人はそこから更に学問を突き詰め、ついには女神の神力がどのように人体へ作用するのか。

その結果がどうなるのか。

それで麻痺《まひ》や睡眠の薬効を更に高めた——いわゆる、『毒』である。

毒と聞けば悪い印象を受けるだろうが、麻痺毒は少量なら麻酔として痛みを和《やわ》らげ、睡眠毒は思い悩んで不眠症に陥《おちい》った者への助けとなる。

それは『薬』だった。

今までは魔法の治療が当たり前だった世界に、魔法が使えなくても使用できる『薬』を発明した人物……カーラは、その第一人者。

今はまだ認知されず、理解もされない考えだが、ジェナはその重要性に気付いて彼女を支援するようになった……それからの付き合いだ。

もう、五年以上になる。

「——というわけで、私は剣を握らなくなったわけだ」

「薬なんて、魔法があれば必要ないでしょうに」

「その魔法を使えない人のための道具が『薬』なのだよ、フェネルリエカ君」

「……やっぱり、変な人間ねぇ」

カーラとフェネルリエカの会話を聞きながら、束の間の休息に心を休めるマリアベル。

この部屋を出れば、また『勇者』として振る舞わなければならない。

それを苦に感じているわけではないが、少しだけ肩が重くなったようには思ってしまう。

人々からの期待。

それを忘れられる、このわずかな時間——その視線が窓の外に向くと、ある一点を見てその表情が綻《ほころ》んだ。

「お姉様！」

まだ遠く、魔物の視力でも鮮明に見ることはできない距離。

だが、マリアベルは勇者として覚醒し、以前よりもはるかに冴えた五感の一つ……視覚によって、世界樹の城へ戻ってくる姉の姿を見た。

ともに馬を並べているのは灰色髪の獣人、フォーネリス。

そして清楚《せいそ》な法衣に身を包んだ金髪の女性――遠い記憶に覚えがあるその容姿は、ジェナ。

母と共に勇者と旅をした、リシュルアで『聖女』と呼ばれる女性だ。

＊

「お姉様、お帰りなさいませ！」

その姿を見てカーラの実験室から世界樹の麓《ふもと》まで下りたマリアベルは、戻ってきた姉に再会を喜ぶ言葉を向けた。

まるでフォンティーユの王城で過ごしていた時のような――いや、あの時はこの世界でただ一人、父親の血を強く継いだ存在としての重圧で無口だと噂《うわさ》されていた妹。

今はその血――黒髪黒眼だからこそやれることがある、その明るさで姉の帰還を喜ぶ。

おそらく、こちらが元来の性格なのだろう、と世界樹の麓まで下りていったマリアベルを見てカーラは思った。

周囲から理解されない『科学』と、周囲とは違う『勇者の血』。

その重圧は比べるべきでもないほど違うのだろうが、カーラもまた、マリアベルに妙な親近感を覚えていた。

自分には少数だが理解者がいて、マリアベルはきっとある意味で永遠に孤独。

自分はただの『変わり者』で、マリアベルは『勇者の娘』。

さて、果たしてどちらがマシなのか――という考えは、彼女が姉に向ける笑顔で吹き飛んだ。

世界でただ一人の黒髪の勇者でも、血のつながった肉親がいるのだと分かったからだ。

「ご無事で安心しました」

「ふふ。貴女《あなた》は心配性ね……大丈夫、私だってちゃんと戦えるのですから」

メルティアはそう言うと、乗ってきた馬から降りた。

今までの王城内や人前で着ていた可愛《かわい》らしい可憐《かれん》なドレス姿ではない。

マリアベルが旅に向いた服装をしているように、メルティアもまたいつ起こるか分からない戦闘のために、相応の格好をしていた。

それは、フォンティーユの王城から逃げ出す際に従者たちが持ち出した、母レティシアが父である勇者と共に旅をしていた際に使っていた装備。

エルフらしい、全体的に緑を基調とした服装に、スカートや袖《そで》は白の布地が当てられたもの。

まず目につくのは、魔導士らしい大きな三角帽子と、先端に宝石がはめ込まれた木製の杖《つえ》。

世界樹の枝から作られたという杖は、持つ者の魔力を高めるだけでなく、不意を衝《つ》かれた際には持ち主を守る世界樹本来の効果も備わったもの。

身を包む服も同様に、魔法やドラゴンのブレスに抵抗がある希少な虫の糸から編まれた一品。

その耐性も見事なものだが、何より人々の目を惹きつけるのはその容姿。

マリアベルの凜《りん》とした表情とは真逆ともいえる幼さを感じさせる柔和《にゅうわ》な表情と、小柄な身長。しかし、それに見合わない、エルフらしからぬ豊満な胸。

レティシアは自分の魅力を理解し、それを前面に押し出すためにと魔導士のローブは肢体《したい》を際立《きわだ》たせる形状に作られてしまっていた。

何より目立つ大きな胸元はより人目を惹くように大きく開いてしまっていて、その下にある黒のインナーと深い谷間が丸出しとなってしまっている有様だ。

そして大きく突き出した胸の上下には移動の際に豊かな乳脂肪が跳ねないようにとベルトで締められているのだが、もともと大きな胸が前面に突き出すように強調されてしまっている。

それによりメルティアの胸は砲弾のように前面へ突き出し、ほんのわずかな所作《しょさ》でも大きく大胆《だいたん》に震えてしまうのだ。

レティシアが旅をしていた頃はそれほど胸が大きくなかったからこのような形状なのだろうが、娘のメルティアはまだこの胸が強調される魔導士服には慣れないのか、どこか恥ずかしげな様子が感じられる。

ただ、胸がそれだけ強調されているから一番に注目されないだけで、スカートにも左側に深いスリットが作られていて、そこから革のサイハイブーツと、鼠径部《そけいぶ》近くまで太ももが露《あらわ》になってしまっていて、こちらも恥ずかしい。

ただ、恥ずかしがってばかりもいられないので、メルティアは顔に出さないようこの服装に慣れるしかなかった。

魔法に対する性能は凄《すさ》まじいのだ。本当に。

その内心を悟られないよう、メルティアは出迎えてきてくれたマリアベルに微笑《ほほえ》みを向けると、馬から降りる際に少しだけ乱れた身嗜《みだしな》みを整えた。

「マリア、貴女とまた無事に再会できて嬉しいわ」

「はいっ。フォーネリス様とタイタニア様も、ご無事で何よりです」

「ああ。少人数でスライム退治に出ると聞いた時は少し心配したが……また、剣の腕を上げたようだな」

「そうでしょうか?」

「貴女も心配性よね……マリアベルはもう一人前なのだから、ちゃんと信頼してあげればいいでしょうに」

「信頼はしているさ。だが、レティシアの娘なんだ……心配もしてしまう。私は子供もいないし」

見事な灰色の髪と黄金色の瞳が印象的な獣人、フォーネリスは愛馬である黒毛の軍馬から降りると、移動の際に乱れた髪を整えながらそう言った。

頭の高い位置と仙骨《せんこつ》の辺りには人間にはない器官——オオカミを連想させる大きな耳と尻尾《しっぽ》を持つ女性だ。

獣人。

人間やエルフよりも優れた身体能力を持つ種族だが、魔力を持たないという欠点もある。

それを補《おぎな》うため、彼女の背には自分の身長ほどもある長大な精霊銀の剣がある。

重量も相当で、マリアベルでは両手で持ち上げるのがやっとという程だが、フォーネリスはそれを片手で振るう女傑《じょけつ》だ。

フォーネリスは自分の子供がいたら、という感情をマリアベルに重ねながら、そう言った。

自分より強い男とこそ結婚をするというのが獣人の一般的な考えだが、勇者と旅をし、魔王と剣を交わしたフォーネリスより強い男など、そうはいない。

それでも結婚には相応の願望があるのか、その声音《こわね》はどこか羨《うらや》ましさを感じさせるもの。

話を振った金髪の小柄……というよりも文字通り小さな少女、妖精の女王タイタニアは呆《あき》れてため息を吐いた。

「もしアナタに子供がいたら、大変だったわね。子煩悩《こぼんのう》な最強の剣士なんて」

「そ、そんなことはないだろう!?　まったく」

この獣人の国の姫であるフォーネリスを揶揄《からか》うのは、妖精の女王タイタニア。

妖精とは親が存在せず、大地から溢《あふ》れる様々な魔力が形となって生まれる種族だ。

花、樹木、水、風……そして、大地。

タイタニアは大地から生まれた妖精で、その魔力は同じ妖精たちの中でも桁違《けたちが》い。それによって女王という座に収まっているが、元来が自由気ままな性格の妖精たちである。

女王という肩書は重荷というよりも面倒なものでしかなく、今も女王という種族を束ねる立場にあるというのに、マリアベルたちと共に行動を共にしている。

向日葵《ひまわり》のように明るい金髪と、宝石を連想させる碧《みどり》色の瞳が印象的な小さな少女。

彼女は背にある羽を使ってメルティアの肩から飛び上がると、マリアベルの肩に座った。

ここ最近の定位置は座り心地が好いようで、妖精の女王はそこに腰を落ち着ける。

数週間前、スライムを討伐《とうばつ》するための遠征に出たマリアベル。

他から一線を引かれているカーラから頼まれた品を集めるためというのもあるが、同時に、グラバルトの遺跡で継承した『勇者の剣』を扱うための剣技を磨《みが》くためでもあった。

カーラが用意している毒も強力だが、それでも瞬間的な攻撃力……スライムの粘液を一撃で吹き飛ばせる『勇者の剣』の力は絶大だ。

それをより効率的に使うため、マリアベルは少しの仲間と共にフォンティーユの領土へ侵入し、スライムを狩ってきた。

マリアベルの剣の師匠《ししょう》ともいえるフォーネリスは、実戦にこそ学びがあると思っている。

どれだけ剣技を学び、習得しようと、実際に敵を斬ることでしか得られない経験。

だからこそ、親友の娘だからとついつい甘やかしてしまうフォーネリスが同行しなかった短い旅は、マリアベルに少しの変化をもたらしていた。

今までエルフの姫でありながら、魔法を使えなかったことで自信を持てなかったマリアベル。

けれど、『勇者の剣』を使うことで僅《わず》かだが自信を持ち、それが態度に現れている。

どこか気弱な色を浮かべていた表情は凜とした力強さをにじませ、背を伸ばし、胸を張って立つ姿は、女性としては長身の身体《からだ》を一回り大きく見せた。

それがともに戦う者にとっては信頼となり、その背を守ること、命を預けることを躊躇《ためら》わなくなるのだ。

——先代の勇者がそうだったように。

誰からも信用され、信頼されるからこそ命をかけてその背を追うことができる。

他人から見れば些細《ささい》な変化にしか感じないだろうが、幼少の頃からマリアベルを知っているフォーネリスには大きな変化に感じられて嬉しかった。

フォーネリスはその変化を見て取ると、表情を綻ばせながら愛馬の背から地上に降りた。

「久しぶりねマリアベル。メルティアと再会した時も思ったけど、こんなに大きくなって……」

「ジェナ様！　お逢《あ》いできて光栄です——できれば、こんな時でなければよかったのですが」

「ふふ、そうね。まさか、スライムがこんなにたくさん発生するなんて……カーラは？」

「実験室に籠《こ》もっています。実験が良い調子なのだとかで」

「まったく。相変わらずみたいね」

マリアベルがジェナと呼んだ金髪の女性はそう言うと、ため息を吐いた。

腰まである長く美しい金髪をみつあみにして左肩から流している彼女は、馬から降りると乱れた法衣を手で整える。

その仕草はどこかゆったりとしたものながら洗練されたもので、意識していないとふと目を奪われてしまうような——そんな清廉《せいれん》な雰囲気《ふんいき》を滲《にじ》ませた。

白と青を基調とした法衣に身を包み、その下には首筋から足先までを包み込む聖職者全員が愛用している黒のインナーという格好。

メルティアやフォーネリスには劣るが形良く膨《ふく》らんだ胸、柔らかくくびれた腰、そして法衣のスカートを大胆《だいたん》に押し上げる大きなお尻。

法衣の左右には腰まである深いスリットが作られていて、そこから黒のインナーに包まれた美脚が覗《のぞ》く。

足は長旅に合わせた武骨な革のブーツを履《は》いており、清楚《せいそ》な衣装と武骨な靴《くつ》の差異がジェナの魅力をより強く周囲へ見せている。

身体の線が浮かび上がる服装だがそれを恥ずかしいと感じていない様子で、ジェナは身嗜みを整えると改めてマリアベルに向き直った。

エメラルドを連想させる碧色の瞳が喜色に綻び、同姓であるマリアベルが見惚《みほ》れそうなほど整った容姿が笑みを浮かべる。

『聖女』。

勇者と共に旅をしたからだけでなく、貴賤《きせん》を問わず誰にでも優しく接する性格と、まるで女神のように美しいとすら謳《うた》われる容姿からも呼ばれるジェナの二つ名。

その名に相応《ふさわ》しく、ジェナが微笑《ほほえ》むと場の空気が柔らかく暖かなものへ変化したように感じた。

同時に、その左薬指には質素ながら可憐《かれん》な意匠《いしょう》が施《ほどこ》された銀の指輪が嵌《は》められており、彼女が結婚しているのだと強く周囲に印象付ける。

……マリアベルたちからは離れた場所で様子を見ていたフェネルリエカ以下、前回の遠征で行動を共にするようになった女淫魔たちはあまり良い表情をしていなかったが。

明らかに自分たちよりも美しく可憐な女性の登場に、その美貌《びぼう》を武器にする女淫魔たちは内心では面白くないのだろう。

「それに、マリアベル。有事とはいえ、魔物を仲間に引き入れるというのは……大丈夫なのですか？」

「はい。ジェナ様、フェネルリエカさんたちは信頼できます。共にスライムに襲われる立場なのですから、協力しなければどちらも生き残れません」

「貴女《あなた》がそう言うなら私も強くは言いませんが……あまり心を許し過ぎないよう、気を付けるのですよ？」

「ご心配ありがとうございます、ジェナ様」

マリアベルは自分を心配してくれるジェナに礼を言うと、頭を下げた。

その礼儀《れいぎ》正しい仕草にジェナは微笑みを深くすると、フォーネリスとメルティアの方を見た。

「そうだ——マリア、貴女にと思って持ってきたものがあるの」

「私にですか？」

「少し待っていろ。今、馬車から降ろすからな」

フォーネリスがそう言うと、三人の後ろ……数十人からなるリシュルアの神官たちに守られた馬車に向かった。

どうやら相当重いものらしく、戦場では自分の身長ほどもある特大剣を軽々と振り回すフォーネリスだけでなく、そんな彼女と共に戦場を駆ける獣人たちも馬車に入り、その贈り物とやらを下ろしていく。

それは『鎧《よろい》』だった。全身を包み込む武骨な鎧。

蒼を基調とした見たこともない金属で作られた鎧はその縁を銀や金で彩られ、重厚な雰囲気を感じさせる表面には傷一つ付いていない。

太陽の光を反射して輝いてすら見える鎧は、ただそこにあるだけであらゆる魔を退けそう……事実、離れた場所にいた女淫魔たちはその鎧を見ただけで、全身に鳥肌が浮かんだ。

あらゆる毒や呪いから勇者を守るとされる女神の鎧。

一目で男性用だと分かる鎧立てに飾られたままのソレは、マリアベルの記憶にはなかった。

けれど、見覚え……いや、懐かしい温かさを感じる。

グラバルトの遺跡で『勇者の剣』を一目見た瞬間に感じた、胸の奥まで染み渡る温かさ。

涙が出そうなほど優しくて、どんな疲れも忘れてしまう懐かしさで……初めて見たはずなのに、それが魔王討伐の際に父親が使った『勇者の鎧』なのだとマリアベルは一目で理解する。

「あぁ」

マリアベルは手で口を押さえて感動の言葉を呑《の》み込むと、フォーネリスたち力自慢の獣人が三人がかりで下ろした鎧に歩み寄った。

「お父様の鎧よ――きっと、貴女なら身に纏《まと》えるはず」

「……はい」

メルティアが鎧に歩み寄り、けれど最後の一歩を踏み出せずに立ち止まってしまったマリアベルの背を押した。

もし『鎧』に拒絶されてしまったら――フォーネリスたちでも持ち上げることに難儀《なんぎ》している重量の鎧。

しかし、勇者であるマリアベルの父親は、この重い鎧を身に着けても鳥のような速さで自由に戦場を駆け回ったのだという。

『勇者の剣』がそうであるように、鎧もまた持ち主を選ぶ。

それは重量として現れ、とても身に纏って戦場を動き回れるものではないとされる――もし鎧に選ばれなかったら、という不安を感じながらマリアベルは震える手で鎧に触れた。

「ん……」

冷たい――温かな雰囲気を放っているのに、まるであらゆるものを拒絶するような冷たさだとマリアベルは感じた。

しかし、しばらくすると指先の熱が鎧に移り、温もりを増していく。

その熱が鎧の左肩から腕や胸に、そして全体へ広がっていく――のが分かった。

勇者が不在となって失われた熱が、マリアベルの熱によって蘇《よみがえ》っていく。

同時に、女神の鎧から流れ込んでくる冷たい気配がマリアベルの体内に広がり、なじんでいくのが分かる。

マリアベルの身体と女神の鎧が一体となる――一つになる。

「ふぅ」

それは一瞬。他の人たちからしたら、瞬きするようなもの。

けれどマリアベルは女神の鎧と一晩中でも語らったような気がして、ゆっくりと息を吐いた。

「大丈夫、マリア？」

「はい。大丈夫です、お姉様」

心配するメルティアの言葉を聞きながら、マリアベルは鎧の左腕部分を外した。

カチ、という金属音が小さく響く。

「おおっ!?」

この場にいた人々が、女神の鎧の左腕部分が外れたことに驚く。

持ち上げることも困難で、分解することなど不可能なほど強固だった鎧がマリアベルが触れると簡単に外れる……そのことに驚いたのだ。

そのままマリアベルが左腕部分を自分の腕に嵌《は》める。

すると、男性用だった鎧はマリアベルの体格に合わせて変化し――一回りほど小さくなってしまった。

魔法でもありえない金属の変化に、その場にいた誰もが言葉を失ってしまう。

そのまま右腕、胸当て、足甲《そっこう》へ――重厚な全身鎧はマリアベルの細身に合わせて軽鎧へと変わり、金属の面積も小さくなる。

受けて耐える形状から、速さを重視した避けて駆ける形状へ。

瞬く間に形を変えていく女神の鎧に、周囲の者たちはその間、言葉を失い、鎧を変化させていく……ようにしか見えないマリアベルの様子を見ていることしかできなかった。

そうして十数分の後。

「凄《すご》く軽いです」

鎧を身に着け終わったマリアベルが口を開くと、傍で見守っていたメルティアが微笑んだ。

「よく似合っているわ、マリア」

「そう……ですか？　なら、嬉しいです」

自分も、少しは父親のように他者を安心させることができているのだろうか。

そう考えると、マリアベルは少しだけ気持ちが楽になる。

マリアベルは形を大きく変えた『女神の鎧』の具合を確かめるように左右の手甲《てっこう》を整え、その手で左腰に吊っている『勇者の剣』の柄《つか》に触れる。

蒼を基調としているのは変わらず、金属の面積を大きく減らした軽鎧。

そして、見る者を魅了するほど美しい刀身を持つ聖剣。

その二つを身に纏ったマリアベルは最後に頭の高い位置で纏めていた黒髪を整えるように手で払うと、ようやく緊張から解放されてゆっくりと息を吐いた。

それを見た瞬間、周囲から歓声が上がる。

新たな勇者の誕生――聖剣と鎧を取り戻した黒髪の勇者。

マリアベルを讃《たた》える声が周囲から上がり、勇者の娘は恥ずかしそうに少しだけ頬《ほお》を紅くする。

彼女は本来、こうやって注目されることが苦手な性格だ。

ブラックウーズに国が襲撃される前、魔法学院に通っていた頃から物静かな性格だったというのに、たった半年近くの間に、誰からも注目されるようになってしまった。

それに慣れていないのに、勇者という立場が目立ち、尊敬され、誰よりも前に立つことを求められてしまう。

けれど、それを顔には出さない。

彼女は微笑みを深くすると、周囲で歓声を上げる人々の希望となれるよう、しばらくの間はその笑顔を浮かべて周囲を見回した。

「ありがとうございます、フォーネリス様、ジェナ様。お父様の鎧を届けてくださり」

数分が経ち、まだ興奮が収まらない周囲から視線を外すと、マリアベルは今度こそ言いたかった言葉を口にする。

「ああ、いや……アイツとの旅で一度見ていたはずだが、こうも目の前で大きく変化すると、こう、やはり驚いてしまうな」

「ふふ、そうね。でも、良く似合っているわ、マリアベル」

「ジェナ様……はい。お父様の偉業に恥じぬよう、この剣と鎧に誓い、必ずフォンティーユを取り戻します」

また少し、マリアベルは自信を手に入れた。

その表情に覇気《はき》が増し、鎧を身に纏ったということもあるだろうが細身の身体《からだ》が一回り大きくなったように感じる。

その変化にフォーネリスは満足したように頷くと、傍《ほう》で呆けている仲間たちに耳打ちをした。

「フォーネリス様？」

「いや——鎧を着るだけでこうも目立つとはな。流石《さすが》は、アイツの娘だ」

「もう……からかわないで下さい」

フォーネリスは本心から感心していたが、父の友人からそう言われると周囲から注目されるのとはまた別の理由で恥ずかしくなり、マリアベルが僅《わず》かに頬を紅くする。

その様子を見ていたジェナは聖女と呼ばれるに相応《ふさわ》しい温かな笑みを浮かべ、マリアベルを見た。

「別にからかってなど——」

「フォーネリス。マリアベルは目立つのが苦手なのよ。そのくらい察しなさい……相変わらずガサツなんだから」

「む、う……っ」

第二章 ― フォンティーユの繁殖場

「う、ぁ……?」

　その日、女エルフの騎士フィアーナはベッドの上で目を覚ました。

　手入れがされていない部屋、自分が粗相《そそう》したものか凌辱者《りょうじょくしゃ》の体液かで穢《けが》れた家具、汚れた窓から差し込む陽光の眩《まぶ》しさに目を細め、今が昼間なのだと確認する。

（身体が、重い……）

　酷《ひど》い疲労感に耐えて身体を起こそうとすると、同時に身体の節々が痛んだ。

　長時間の凌辱によって体力だけでなく肉体にまで疲労が蓄積しているのだと分かる。

　スライムたちは女性の身体を人のように――人以上に、大切に扱う。

　それは、人の女こそが自分たちの数を増やせる大切な母体、苗床《なえどこ》なのだと理解しているからだ。

　そして今……長時間凌辱されたフィアーナは体力を回復させるため、こうしてベッドに寝かされているのだと、半年近く凌辱され続けた彼女は思い至る。

「ふう……」

驚きはない。

月に数度はこうやって休息が与えられる生活に、感情はともかく身体の方は慣れつつある。

フィアーナも……いや、今もこのフォンティーユの王城で犯され続けている女性たちは皆、生きているのだ。

いくら食事を与えているとはいえ、休息がなければ死んでしまう。

ブラックウーズたちスライムはそのあたりも考慮《こうりょ》し、数日もの時間を使って女を犯した後は、こうして休息を与えていた。

別に、母体に気を遣っているわけではない。

ただ、死なせないために。

義務的な行動——感情などではない、ただただ母体を維持するための行動である。

「今日は、レティシア様のご様子を確認しておきたいわね」

(場内の間取りは、そのまま。スライムの巡回と、武器の確保……それに)

やるべきことを頭の中で確認しながら、フィアーナはしばらくベッドの上で身体の反応を確かめると、おもむろに起き上がった。

もちろん、スライムたちがこの身体を休ませるために傍を離れるなら、彼女にとっては逃走の好機以外の何物でもないのだから。

「よし」

小さな声でそう気合を入れると、フィアーナはベッドから降りた。

王城で仕事をする貴族のために用意されていた大きなベッド。

普段なら城に勤めているメイドたちが手入れを行い、常に柔らかかったはずだが、今は半年間も放置されていてせっかくの羽毛も硬くなってしまっている。

連日連夜犯され続けた肉体はベッドのぬくもりに未練を感じるが、それを意志の力で無視。

フィアーナはそのまま、衣装棚《いしようだな》の前へと移動する。

犯された後ということもあり、今のフィアーナは全裸だった。

成人している女性としては低い身長だが、自分の小顔と同程度の大きさに膨《ふく》らんでいる豊かな二つの胸が歩くたびにタプン、タプンと大きく揺れる。

半年間揉《も》まれ続けたことで柔らかくなってしまった双乳は張りが弱まったことで僅かに垂れ、緑髪の女エルフが歩くだけでお腹の高い位置にぶつかるのが気になってしまう。

以前は見事に締まっていた腰回りもこの半年で脂肪《しぼう》が増え、鍛えていた二の腕や両足にも女性らしい丸みが目立ち始めている。

戦う騎士の身体から、子を産む女の身体へ変わりつつある……フィアーナはそのことを自覚しながら、けれど気付かないフリをして衣装棚を開けた。

騎士である自分がただの女にされてしまうなど——考えたくなかったのだ。

（服は……あった。良かった、今回は下着も……）

いくらこれから逃げるとしても、さすがに太陽の下を全裸で移動するというのは倫理《りんり》的に耐えられない。

休息が与えられた最初の頃はそれこそ全裸で逃げ出そうとしたものだが、それを何度も失敗すると少しずつ心に余裕が生まれてくる。

つまり、一度の休息で逃げるのではなく、絶対に逃げられる時に行動を起こせるよう準備することだ。

フィアーナは衣装棚から身に着けられるものを引っ張り出すと、急いでそれを身に着けて肌を隠す。

「服があったのは良かったけれど、こんなものしかないなんて……」

ただ、衣服という点では、今回ははずれだったようだ。

衣装棚の中には貴族の令嬢が着るようなドレスと下着しかなく、防御という点ではとても心許《こころもと》ない。

しかもドレスは夜会で着るような生地が薄いもので、これではスライムの粘液を防ぐことなど不可能だと一目で分かってしまう。

それでも裸よりはマシだと思い、フィアーナは派手な黒下着と白地に青色のフリルで飾られた薄地のドレスを身に纏《まと》う。

下着は乳首と陰部にこそ厚い布が当てられているが、それ以外の部分は肌が透けて見えてしまう意匠《いしょう》で、肌を隠す下着というよりも、男を誘うランジェリーという意味合いの方が強いもの。

後ろを見ればほとんど紐でしかなく、お尻に至っては丸出しだ。

仙骨《せんこつ》に近い位置の、悪趣味な黒の蝶が描かれたTバックの紐ショーツは、穿《は》いているほうが恥ずかしくなるような卑猥《ひわい》さだが、肌を隠せるものはこれしかない。

……もしスライムがこの意匠を用意していたのだとしたら、正気を疑ってしまう意匠だと言わざるを得ない。

それにドレスの方もだ。

肌にピタリと張り付く感覚は動き易いが、やはり貴人が身に着けるドレスという物自体が隠《おん》密《みっ》行動に向いていない。

ヒラヒラのフリルはまだマシに思えるが、長いスカートが邪魔にしか感じないとフィアーナはため息を吐きそうになる。

フィアーナは床まであるスカートを膝のあたりで乱暴に千切《ちぎ》ると、そのまま手で乱暴に左側に深いスリットを作ってしまう。

大胆《だいたん》に白い太ももの付け根までが露になるが、何度も凌辱された今では肌の露出程度は気にならない。

むしろ、その状況でも戦意が衰えていないということこそが驚嘆《きょうたん》に値する。

大きく開いた胸元では深い谷間が丸見えで、右肩は完全に露出して下着の肩紐とブラジャーの一部が覗いてしまっている――下着とドレスが合っていないが、それを気にしている暇もない。

「これで、よし。次は武器ね」

フィアーナは即席で整えた服に満足すると、次に武器となるものを探した。

今までの逃走で、スライムがどの時間帯にどの場所を巡回しているかはある程度把握《はあく》し、城のあらゆる場所に武器として使えそうなものを隠している。

今回もスライムの行動の把握と、武器の準備が主だ。

(それにしても、本当に妙なスライム……人と同じように、場内の見回りをするなんて)

部屋の中で武器になりそうなものを探しながら、フィアーナは改めてスライムの生態を頭の中で反芻《はんすう》する。

長命なエルフであり、魔王が存在していた時代から戦い続けている騎士フィアーナは、それなりにスライムの生態には詳しかった。

その知識からすると、今回フォンティーユを襲ったスライムの行動は異常にしか感じない。

女を犯して子を産ませるということもだが、まるで兵士のように城内を巡回し、見張りを立てるという行動は理解ができない。

しかも体力という概念《がいねん》がないのか、昼夜関係なくだ。

まるで疲労しない兵士が城内を動き回り、見張り台には変わらず三体一組で固まって立っているという状況は逃走を考える側からすれば最悪でしかない。

だが同時に、観察していてその弱点もあった。

行動が一定なのだ。

特に、城内の巡回は。

見張りこそ常にスライムが三体……それが複数組立っているが、城内の巡回は一定の周期で行われている。

半年間近くの調査でそのことを知っているフィアーナは、窓から太陽の位置を確認し、今の時間帯なら――と部屋から外に出た。

来賓《らいひん》用の部屋には武器となるものはなく、そのまま城内に作られていた兵士の詰め所まで足音をひそめて移動する。

その間、スライムの巡回とは出くわさない。

今の時間帯はレティシアが捕らわれている玉座の間の周辺を見回っているはずだ。

いくらスライムたちでも場内を巡回している組は少なく、それは粘液の魔物たちにとってこの国の女たちは『もう抵抗する力がない』と判断してのことだろう。

（今に見ていなさい――必ず私は、ここから脱出してみせます……っ）

フィアーナはそう決意を固めると、中腰の姿勢で兵士の詰め所へ。

いくらスライムの見張りがいないはずと思っていても、足音は最低限。急ぎつつも動きはゆっくり、どんな不測の事態が起きた時も抵抗できるよう警戒心を維持したまま。

……そんなフィアーナの視界に映るフォンティーユの城内は、酷い有様だった。

壁や天井、調度品《ちょうどひん》のいたるところに黒に近い灰色の粘液が付着し、悪臭を放っている。

慣れていなければ、廊下《ろうか》に立っているだけでも眩暈《めまい》がしそうな光景と臭《にお》いだ。

汚れた窓は太陽の光を遮断《しゃだん》し、昼間だというのに廊下は薄暗い。

廃墟――という言葉がフィアーナの頭に浮かんだが、慌てて首を横に振ってその思考を振り払う。

（まだ、私たちは負けていない……マリアベル様たちはお逃げになられ、レティシア様だって諦めておられないのだから）

城は落とされてしまったが、勇者の血を誰よりも濃く受け継いだ姫も、この国の女王もまだ諦めていない。

そのはずだ。

ならば、このフォンティーユが建国される以前から騎士として女王レティシアに仕えているフィアーナは、どれだけフォンティーユの王城が穢《けが》されようと諦めない。

その強い意志を持って、城内にある兵士の詰め所まで移動する。

中にはスライムがおらず、無人のままだ。

床に転がった鎧兜《よろいかぶと》が、半年前の襲撃の際にこの場所で何が起きたのかを物語るが、感傷に浸っている余裕もなくフィアーナは壁に立てかけられたままの鉄の剣の一本を手に取った。

「ないよりはマシ、ですね」

前回の逃走の際にも同じようなことを呟《つぶや》いたような気がして、フィアーナは苦笑する。

この兵士の詰め所へ来るのも、もう何度目か。

最初は、休息を与えられた際に疲労した身体《からだ》に鞭打《むちう》って必死に城の正面から逃げようとした。

あの時は逃げることを考えるだけで精一杯だったこともあり、すぐに見つかり、フィアーナは寝室に引き摺《ず》り込まれて罰とばかりに犯された。

二度目も、三度目も。

何度も無策で逃走しようとするうちに、一定の周期で休息が与えられているのだと気付き、ならば休息時に身体を休めて体力を温存しよう……と思ったが、翌日、もしくは数日後にはまた動けなくなるほど激しく犯され、体力の温存という行為が無駄なのだと理解した。

「武器も手に入った……魔力は、まだ回復していませんか」

スライムたちは女を犯すと同時に、フィアーナのような魔法を使える女性から魔力を奪い、それを蓄《たくわ》える性質があった。

それこそが魔法が使えないスライムが弱点である魔法に対抗する手段であり、国中の女性と取り込んだ男たちから蓄えた魔力は想像を絶する量となってしまっている。

すでにその力はこの国……いや、この大陸中でも最強と謳《うた》われる女王レティシアを凌《しの》ぐもの。

多少魔力が回復したとしても、フィアーナでは足元にも及ばない……最弱だったはずのスライムは、この大陸で最強の存在へとなりつつあるのだと、嫌でも思い知らされてフィアーナは気持ちが重くなるのを自覚した。

「いいえ、まだ私たちは終わっていない——」

(生きているのだから、できることをやらなければ)

フィアーナは頭を振って嫌な考えを追い払うと、前向きに考えることにした。

自分たちはまだ生きていて、勝利したと思っているスライムたちにも少しずつ隙《すき》が生まれ始めている。

こうやって、抵抗の意志があるフィアーナを生かしているのがその証拠だ。

そうして逃げる準備を整え、情報を集め――いつか、国の外へ避難したであろうマリアベルたちにこの情報を伝える。

その為に、フィアーナは自分にできることを考える。

（まずは、レティシア様の状況を確認しなければ）

ここから先は、スライムの巡回が多い玉座の間へ向かうことになる。

フィアーナがレティシアを最後に見たのは、もう一か月以上も前だった。

その時はフィアーナとレティシアの休息日が重なり、同じく逃げようとしていた女王と運よく合流することができたのだ。

結局、その後は見つかって逃げることは叶わなかったが、女王もこの状況に絶望しておらず、王城にとらわれている女性たちを助けようとしていた。

魔力がない魔導士などスライムどころかゴブリンにすら勝てない非力な存在である。

女王としての責務を全《まっと》うしようとする姿は立派だが、とフィアーナは考えてゆっくりと息を吐く。

（もし私がだめでも、レティシア様だけでも逃がさなければ）

派手な純白のドレスの上から武骨な革のベルトを嵌《は》め、そこに鞘《さや》へ納められた鉄の剣を吊る。

フィアーナは他に防具もないか探したが、スライムの粘液に濡れた胸当てなどを見付けたが、嫌悪感だけでなくその粘液自体が罠《わな》のように考え、身に付けないことにした。

木製のドアを、極力音を立てないように気を付けながら開け、フィアーナは兵士の詰め所から顔だけ出して左右を確認。

安全を確認してから、詰め所を出る。

（レティシア様の魔法技術は、きっとこの国を救うための力になる——なんとしても、無事に城の外へお連れしないと）

その為には、まずは安否の確認。

そして、逃走経路を確保してからの救出が必要となる。

それだけでも難しく、今は不可能にしか思えないとしても……フィアーナには、それだけがこの国を救う方法なのだと思っていた。

外の世界の情報が入ってこず、マリアベルが『勇者の剣』を手に入れ、勇者として覚醒《かくせい》しつつあると知らない彼女にとって、この巨大で強大なスライムに抵抗できるのはレティシアの魔法だけと考えてのことだ。

息をひそめて廊下を移動しながら、フィアーナが額に浮いた汗を手の甲で拭《ぬぐ》う。

純白のドレスが汗を吸って肌に張り付き、薄い布地がその下にある肌の色と派手な黒下着の色をうっすらと透けさせる。

この半年間で揉《も》まれ続けて一回り大きくなり、サイズが合わない下着に押し込められた豊満な胸。

同じく揉まれ、大きくなったお尻。

ピタリと張り付いた布地はその下にあるブラとショーツを隠すことができなくなり、スケスケの派手なブラと、お尻を何も隠せていないTバックのショーツが丸見え。

フィアーナ本人はそのことに気が付かないまま、記憶を頼りにスライムの巡回を避けながら玉座の間へ。

玉座の間は城の二階。

城下町へ通じる正面扉から入って目の前にある大広間中央の大階段を登ればすぐの位置にある。

同じく二階にある迎賓室《げいひんしつ》と兵士の詰め所を経由したフィアーナが通路へ沿って進めば大広間へ出ることができ、玉座の間に通じる扉は目の前だ。

「…………」

(スライムの姿は、ない。……それにしても、酷《ひど》い……)

フィアーナは安全を確保するため左右や一階部分、天井までも確認するとそのあまりにも悲《ひ》惨《さん》な光景に言葉を失った。

ここへ来るまでに見た通路も相当酷かったが、スライムが攻めてきた際に主戦場となった大広間は至る所が魔法で破壊されて見るも無残な状況だ。

細かな細工《さいく》が施された壁や高級な絨毯《じゅうたん》が敷かれた床の破壊跡はもちろん、天井にある水晶を細工して作られたシャンデリアや壁にある絵画、壺《つぼ》などの調度品などが砕《くだ》けて散乱している。

窓も何枚か割れて雨風が入り込み、その周辺には腐った水が溜まってしまっている状況。

――そして何より酷いのは。

「ううう……」

「もう、終わらせてぇ……」

「あっ、ぉっ、ゴォっ――っ!?」

その砕けた壁に埋め込まれた女性たちの姿だった。

スライムは壁と一体化するとそこに女性をはめ込み、効率よく犯すという『作業』を行っているのだ。

大の字に広げられた手足、粘液の壁に埋め込まれた四肢《しし》、目隠しをされた顔。

丸裸に剝《む》かれた肌のいたるところに人差し指ほどの太さがある触手が這《は》い回り、特に胸や陰部に群がっているのが見て分かる。

目隠しをされたことで周囲の状況が分からず、他人の喘《あえ》ぎ声を聞きながら自分も声を荒らげてしまう。

目が見えていれば、声を抑えることもできただろう。

だが、目隠しをされたことで他人の喘ぎ声は聞こえても、誰が、どこにいるかまでは分からない。

すぐ隣にいたとしても、自分も犯されているのだから周囲の状況を確認する余裕もない。

――フィアーナも同じような行為を何度もされたから、彼女たちの置かれた状況は理解できる。

同時に、その行為はとても事務的だ。

胸や陰部を愛撫《あいぶ》していても、ただそれだけ。

犯すというよりも嬲《なぶ》っているという印象が強い。

それは生殖《せいしょく》のための行為ではなく、性感こそ与えているが、同時に屈辱《くつじょく》も与えているからだろう。

「ふっ、ううううっ!?」

胸全体を舐《な》め摩《さす》られ、下半身では膣穴ではなく尿道に挿入されているアルフィラが声を上げて全身を震えさせたが、その痙攣《けいれん》はとても小さい。

同じ手管《てくだ》で何度も絶頂させられた今のフィアーナは、その震えが何を意味しているのか分かってしまう。

絶頂し損《そこ》ねたのだ。

正確には、気絶しそうなほど強い絶頂に至ろうとした瞬間に行為が止まり、浅い絶頂に留まってしまった。

(他の人にもあのようなことを……っ)

それを経験させられたことがあるフィアーナは絶頂の瞬間に刺激を弱められる辛《つら》さを思い出し、身を隠したまま唇を噛《か》む。

あれは、本当に辛いのだ。

すべてを忘れてしまいそうな強烈な刺激が腰から脳天まで貫こうとした瞬間、その刺激が一瞬で奪われる——絶頂しているのに、それ以上の快感を知っているからだが満足してくれない。

身体も、思考も、心も。

その先を知っているからこそ、不満を訴えるように女の子宮を疼《うず》かせる。

その疼きが正常な思考を奪い、徐々に、少しずつ、頭の中が快楽一色に染められていく。

そうして悪辣《あくらつ》なスライムは女性たちから理性を奪い、強力な快楽に従順な雌《めす》を作ろうとしている——そうと分かっていても、実際に中途半端な快楽を何日も与えられ続ければフィアーナのような古参の騎士でも心が折れる。

心が折れ、許しを請い、絶頂を与えられ、満足して……行為が終わった後に、後悔《こうかい》するのだ。

その日もまた、スライムに負けてしまったと。

フィアーナの視線の先で壁に埋められた女たちの口から漏れるのは、そんな中途半端な絶頂を悔《くや》しがる声。

寸止《すんど》めとも言うべき悪辣《あくらつ》な責めに身体が反応してしまう屈辱。

今はまだ耐えられているが、これが数時間、半日の後にはどうなっているか……フィアーナは自分も体験しているから知っている。

屈辱に表情を歪めているアルフィラの隣にいる桃色髪のメイド長も同様で、豊満な胸を痛みを感じるほど乱暴に扱われて被虐《ひぎゃく》的な性感を得ていた彼女も絶頂の瞬間に胸を解放され、虚《むな》しく全身を——特になにもされていない下半身を痙攣させる。

「あぁっ、ぁぁぁあっ！　何故っ、どうしてっ！」

桃色髪のメイド長は半年前まで城内で浮かべていた柔和《にゅうわ》な笑みなど完全に失い、切羽詰《せっぱつ》まった口調で身体を震えさせた。

身体の痙攣が収まれば困惑に表情を曇らせ、しかし快楽の波が引けばまた愛撫が再開され……そして、中途半端な絶頂に悶絶《もんぜつ》する。

この寸止めが昼夜を問わず、行われるのだ。

中途半端な絶頂。満足しない肢体《したい》の疼き。

理性ではどうしようもない性的思考に苛《さいな》まれると、肉体も精神も休まらない。

寝ても覚めても子宮が疼き、最悪だとそれが何日も続けられる。

アルフィラたちが壁にはめ込まれて何日が経過したか、フィアーナには分からない。

だが、真面目《まじめ》なアルフィラ、精神的に成熟していたメイド長、他にも共に戦い、最後まで抵抗した気の強い騎士たちが泣いて叫ぶ姿から、数時間から半日といった短い時間ではないだろう、というのはフィアーナにも分かる。

それは女性を人として見ていない、物として扱う行為。

同じ女性としてフィアーナは壁にはめ込まれている女性たちに憐憫《れんびん》の情を抱くが、逃走したところを見つかれば自分も同じ目に遭《あ》う……そのことを知っているから、今は助けることもできない。

これは『罰』なのだ。

まだ抵抗しようとする女性への罰。そして、抵抗する気力を萎《な》えさせるための見せつけ。

フィアーナには壁に埋め込まれている女性たちの顔に見覚えがあった。

この国の騎士たちだ。

中には自分の部下――紫髪が印象的なアルフィラと、レティシアに仕えていた桃色髪のメイド長の姿もある。

どちらも相応の戦技を身に着けているはずだが、やはりスライムに対抗できるのは魔法の力。

それを持たない、もしくは奪われた女では抵抗する手段などないのだろう。

フィアーナは左腰に吊っている心許ない鉄の剣の柄《つか》を撫《な》でると、壁にはめ込まれている女性たちから視線を外した。

助けてあげたいが、魔力を吸収されて魔法が使えない今のフィアーナでは返り討《う》ちに遭うだけだ。

自分まで壁に嵌《は》められてしまえば、誰がレティシアを救出するのか……そう考え、心の中でアルフィラたちに謝罪しながら、フィアーナは玉座の間へと向かった。

通路を抜け、大広間では身を隠し、辿《たど》り着いたのは大きな扉。

王城が無事だった頃には常に兵士が控え、彼らが開いていた、小柄なフィアーナだと見上げるほど大きな造りの金属扉である。

「ん、くぅ……っ」

魔力がない今では純粋な腕力に頼るほかなく、フィアーナは両腕どころか身体全体を使って声を潜めながら片方の扉を押し開く。

不便極まりないが、重い扉というのは攻められた際には防衛手段として一定の役割がある。

まあ、この扉の場合は来賓者《らいひんしゃ》を迎えるために華美な装飾が施された結果でもあるのだが――

今はきらびやかな宝石、繊細《せんさい》な意匠《いしょう》も薄汚いスライムの粘液に穢《けが》れてしまって見る影もない。

声も音も最小限になるよう気を付けながら、扉を押し開く。

僅《わず》かに扉が開くと、まずその狭い隙間《すきま》から玉座の間の中を覗《のぞ》き込んだ。

騎士の叙任式《じょにんしき》も行われるその場所はとても広く、百人の人が入ってもまだ余裕があるほど。

室内の高い位置には煌《きら》びやかなステンドグラスで飾られ、壁には著名な画家が描いた絵画、繊細な細工が施された花瓶《かびん》、窓には高級なカーテンで飾られ、その窓枠には華麗な銀細工。

花瓶に生けられた花は城内の庭で育てられた季節に合わせた彩り豊かな花々で、床には深紅に金の刺繍《ししゅう》が施された絨毯《じゅうたん》が敷かれている。

そして最奥には女王があるべき国宝ともいうべき玉座があり、そこに座するのは銀髪紅眼の見目麗《みめうるわ》しいハーフエルフの女王――のはずだった。

フィアーナは一瞬、そんな過去の憧憬《しょうけい》を幻想し……現実に存在する穢れ果てたフォンティーユの誇りでもある女王があるべき空間の荒廃に息を詰まらせた。

最後に見たのは、数か月前。

この玉座の間にはフィアーナでも滅多《めった》に運ばれることはなく、文字通り『女王レティシア専用』の凌辱部屋と化している。

雪のように白い肌はいたるところが薄汚い粘液で穢れ、その見事な肢体を彩るのは元は煌びやかだったであろうドレスの残骸《ざんがい》と、可憐《かれん》な薄青色の下着。

肌のほとんどを露出した姿は被虐感を増し、その女性が『犯されている』と強く印象付けさせる。

誰もが見惚《みほ》れるほど美しかった銀髪は薄汚い粘液と自身の体液によって穢れに穢れ、まるで一つの塊《かたまり》になってしまったように固まってしまって美女の肢体に張り付いていた。

覇気《はき》が失われた表情と玉座から投げ出された両手足が、凌辱の悲惨《ひさん》さを物語っている。

髪と同じ銀色の陰毛は手入れがされておらず長く伸び、凌辱され続けた陰部は閉じることなく陰唇から白濁《はくだく》した液体を零《こぼ》したまま……。

「うぅ……」

玉座の女性……フォンティーユの女王レティシアが小さな声を上げた。

（レティシア様……っ）

とても無事とはいえないが、しかし探していた相手が小さいながらも声を上げ、身動《みじろ》ぎをしたことで生きていることを確認し、フィアーナは安堵《あんど》の息を吐く。

うっすらと紅玉のように美しい瞳を開き、顔を上げる。

（あ、さ……？）

レティシアが最後に覚えているのは、夜の闇だった。

窓から射し込む月明かりを頼りに凌辱される苦痛。

喉《のど》が嗄《か》れ、否定の言葉を口にしても解放されることがない地獄……その瞬間を思い出し、けれど今の瞳に映る窓から差し込む陽光に、ようやく夜が終わったのだと実感し、深く息を吐く。

「う、あ、あ……」

上手《うま》く声が出ない。

一晩中犯され続けたことで喉が嗄れてしまったのだ。

身動ぎをしようとすれば身体《からだ》の節々が痛み、長時間の凌辱で肉体の筋力と体力が落ちたことを実感させられる。

同時に、レティシアは城のいたるところから僅かに聞こえてくる女性たちの声に、心を痛めた。

逃げることができなかった国民は全員がブラックウーズに捕らえられ、女は犯され、男は殺された。

それは女王レティシアも例外ではなく、ブラックウーズにフォンティーユを陥落《かんらく》された約半年前から、彼女もこの地獄で犯され続けている。

昼夜を問わず。意識の有無など関係なく。

ブラックウーズに凌辱され、犯され、中出しされ……子を産まされる。

「…………」

そのことを思い出すと、レティシアは唇を噛《か》んだ。

半年という長い時間を犯され続けたというのに女王の胸には確かな屈辱と、そしてスライムに対する怒りが渦巻《うずま》いている。

忘れることなどできはしない。

諦めることなどできはしない。

彼女はこの国の女王で、国民を守り、そして彼らの無念を晴らさなければならないという誓いがある。

その誓いがある限り、女王は諦めることも、屈服することも、そして自害することも許されない。……同時に、それがあるからこそレティシアはまだ正気を保ち続けることができていた。

「ふぃ、あー……な」

叫び続けた喉は嗄れ、言葉を発するだけでもかなりの苦痛と疲労を伴《ともな》う。

それでもレティシアは腹心ともいえる女性騎士の名前を呼んだ。

彼女の視界の先……昨晩はこの玉座の間で一緒に犯されていたこの国最強の女騎士。

夏の清廉《せいれん》な深緑を連想させる見事な緑髪と、スライムたちを欲情させてしまう豊満な肢体の持ち主だが……その姿がどこにも見えない。

殺された、とは考えなかった。

スライムたちにとって、女は大切な母体だ。

自分の命よりも……弱点である『核』を破壊しうる力を持つレティシアやフィアーナであっても、スライムたちは殺さない。

大切に、大切に——乱暴なことは一切行わず、ただただ快楽を与えて犯してくる。

だからこそ、フィアーナがどこかに連れ去られたのだとレティシアは考えた。

そのフィアーナは別室で休まされていたところを抜け出し、今は玉座の間の外でレティシアの無事を確認しているのだが、凌辱から目を覚ましたばかりの女王はそのことに気付く余裕がない。

「あ……」

同時に、レティシアの首に巻き付いている拘束具……まるで首枷《くびかせ》のような触手が、不遜《ふそん》にも女王の首を引いた。

喋《しゃべ》れないスライムが意志を伝える行為——立て、と。

命令しているのだ、スライムが。

「——」

玉座に身を預けたまま、レティシアは唇を噛んだ。

勇者の妻、女王としての誇り……それらを砕《くだ》かれてなお、彼女は生きなければいけない。

生きて、このスライムたちを駆逐《くちく》する。一匹残らず全滅させる。

……その為なら、どのような屈辱だって受け入れる覚悟があった。

「分かった、わ」

また、触手がレティシアの白く細い喉を引いた。

彼女はその指示に従うように、玉座から立ち上がる。

凌辱で穢《けが》れた髪と、ドレスの残骸と可憐な薄青色の下着に包まれた裸よりも恥ずかしい状態。

そんな肌と下着が丸出しの美しい裸体がスラリと立つ。

長期間の凌辱で四肢《しし》は丸みを帯び、女王としてではなく女性としての艶《つや》が際立《きわだ》つ肢体だ。

胸と尻は一回りほど大きくなり、腰は確かなくびれを残しながらも女らしい丸みが目立っている。

乳首は何もされていないのに下着の裏地に擦れるだけで痺れるような刺激を発し、陰核にいたっては目を覚ましたばかりだというのに硬くしこり立って下着の上からでもその媚態が見えてしまう。

女王レティシアは恥ずかしげもなく陽光の下で下着姿を晒《さら》しながら、触手に引かれるまま歩いていく。

せめてもの抵抗だ。

羞恥《しゅうち》に表情を歪め、頬《ほお》を赤らめる……そんな女らしい反応など示さないという、女王としての抵抗。

背筋を伸ばし、胸を張り、しっかりとした足取りで玉座の間を今までと同じように歩いていく。

豪奢な調度品《ちょうどひん》で飾られ、煌びやかなステンドグラスは陽光で透け美しい色で玉座の間を彩る。

たくさんの騎士や貴族が立っていた、フォンティーユで最も豪華な場所。そのはずだった。

けれど今は、美しい調度品とステンドグラスは粘液で汚れ、石造りの床はひび割れ、とても人が足を踏み入れるような場所とは思えない荒廃ぶりは……レティシアが愛した自分の国とはとても思えない。

「…………」

そのことに涙が出そうになりながら、レティシアは唇を噛んで我慢する。

泣いてなどやらない。

弱い感情など見せてやらない。

その横顔は凛《りん》とした女王のソレであり、この女王はまだ諦めていないのだと見る者に感じさせる……そんな気高さが、その肢体から感じられた。

（まずい）

その気高い姿に一瞬見惚《みほ》れたフィアーナだが、スライムに首枷を引かれるままレティシアが歩いてくると玉座の間の扉から慌てて離れた。

近くにあった柱の陰に身を潜める。

（どこへ運ばれるか、確認しないと）

運が良ければ、その先で救出できるかもしれない――フィアーナはそう考えると、レティシアが玉座の間から出てくるのを息をひそめて待つ。

そして、気高い姿勢を崩さないレティシアはといえば……玉座の間を一歩出れば、そんな気高さも僅《わず》かだが揺らいでしまう。

「もういやぁ……」

「たすけて、助けてください、レティシア様……」

城内と庭とを繋《つな》ぐ大扉がある吹き抜けの大広間――階段を駆け下りればそのまま外へ逃げられそうにも思えるその場所には、先ほどフィアーナが見た光景そのままに、王城に勤めていたメイドや騎士、貴族の令嬢たちが繋がれている。

元は美しかったであろうドレスや下着の残骸を肩や足に引っ掛けたまま、あるいは衣服をはぎとられて裸体を晒しながら、彼女たちは身体のほとんどを粘液の壁の中に埋め込まれ、犯されていた。

その数は今でこそ数人でしかないが、他の廊下《ろうか》には別の粘液壁が作られていてそこにも十人単位で女性が埋め込まれ、大階段を使って階下へ降りれば別の部屋から女性の嬌声《きょうせい》が聞こえてくる。

レティシアはその声に唇を噛み、目を伏せ、そして耳を塞ぎたかった。

大切な、愛している国民が凌辱《りょうじょく》されているというのに、彼女には抵抗する手段がない。

一晩中犯されたレティシアは魔王にすら匹敵するといわれていた魔力の全部をブラックウーズに奪われており、今はただの女でしかないのだから。

（魔力が、全然回復していない……）

当然だ。

レティシアが気絶してもその凌辱は終わっておらず、本人すら意識していない状況で魔力が回復する傍から奪われ続けたのだ。

普段なら一晩眠るだけで大半の魔力は回復するはずなのに、この約半年間、レティシアの魔力は空《から》のまま。

そのような状態ではスライムを倒すことなど不可能で、どれだけ助けを求められてもレティシアにはどうしようもない……自分の身を守ることすらできない。

──レティシアは自分に助けを求めてくる女性たちに視線を向け、足を止めた。

「か、」

何を、どう言えばいいのか……もう何度、何十度と口にしたけれど、いまだにその願いは叶っていない。

それでも、レティシアは言葉を震わせながら同じことを口にした。

「必ず、助けますから……もうしばらく耐えてください……」

その言葉に、レティシアだけでなく凌辱されている女性たちの表情までが悲しみに歪む。

助けを求めたけれど、そんなことは不可能だと気付いている。

……そんな、諦めの表情。

けれど諦めきれない──それは強さなのか、弱さなのか。

「う、うぅう……」

レティシアの言葉を聞いて、女性たちは絶望することなく小さく頷《うなず》き、けれど次の瞬間にはその顔を伏せた。

半透明の濁《にご》った液体がうっすらと内部にある女性たちの肢体を撫《な》でまわし、凌辱を再開したからだ。

首枷を付けられた女王の姿に絶望しなかったことに腹を立てたのか、ただただ休憩の時間が終わっただけなのか。

顔もなければ喋ることもないスライムが相手では、その変化が何を意味しているのか分からないが、凌辱される女たちにとってはたまったものではないというのが現実である。

その中では豊満な乳房が形を変え、膣穴は見えない何かを咥《くわ》えこんだ形で開きっぱなし。

粘液触手の挿入に合わせて入り口の形が変わると、その上にある小さな……本当に小さな陰核が優しく捏《こ》ねられる。

「もうぃやあっ!?　やめてっ、やめてぇぇえっ!!」

「ふぅぅうっ！　ふぐぅぅうっ!!」

桃色髪のメイド長は生死を求めて声を荒らげ、紫髪の女騎士は口を噤《つぐ》んで快楽の声を我慢しようとする。

そのどちらにも共通しているのは、その豊満な胸と下半身の淫穴は粘液が蠢《うごめ》くごとに形を変え、そのたびに全身を痙攣《けいれん》させてしまうということだ。

長時間の愛撫《あいぶ》で身体の感度は驚くほど上がり、気色悪い粘液の怪物に襲われているというのに、意志に反して勝手に反応してしまう。

「く……っ」

自分の信頼できる部下が悶《もだ》えさせられる――その光景を見せつけられて、レティシアは血が滲《にじ》むほど強く唇を噛《か》んだ。

瞳は悶える部下から逸《そ》らし、羞恥に泣くその姿を見ないようにする。

同じ女性として、せめてもの抵抗……だが、スライムはそれを許さない。

「ぐっ！」

首枷《くびかせ》とはまた別の触手が足元から現れると、レティシアの形の良い顎《あご》を摑《つか》んで無理やり悶えるアルフィラたちの方を向かせたのだ。

まるで、「お前が抵抗するから部下が傷つけられる」と言わんばかり。

この光景はレティシアの所為《せい》だと伝えるように。

「だいっ、じょうぶっ！　わだじぃ！　わいじょうぶですがらああっ！」

「レティッ!?　レティシアっ、さまぁあっ！」

レティシアと、そして近くに隠れてその光景に胸を痛めているフィアーナはその叫びに涙を流しそうになる。

ここまで凌辱されても折れない心——それこそが、スライムにまだ精神的に負けていないという証明。

そして、いつか必ず復讐《ふくしゆう》するために。

その抵抗の心だけは失わないようにという叫び。

——そんなまともな精神の持ち主は、玉座の間……レティシアが犯される場所の傍に置かれる。

この国最強の魔導士。勇者の妻であるレティシアなら自分たちを助けてくれる……そう希望に縋《すが》ることで精神の均衡を保とうとし、『長持ち』するのだ。

同時に、この状況でもまだ諦めない女王の気高い精神を傷付けたい、という思惑もあるのかもしれない。

「かならず、必ずいつか――」

レティシアは心からそう思うと、今日も誓いを立てるようにこの言葉を胸に刻む。

いつか必ずスライムを滅ぼす。

その殺意を忘れないように。

そしてアルフィラたちも同じように、この屈辱を胸に刻む。

だが、この状況を理解できず、理性を失い、言葉すら発することがなくなった女性たちは城の地下……牢屋《ろうや》へと入れられ、そこでブラックウーズに犯され続けていた。

――日の当たらないその場所では嬌声と粘着質な音だけが響き、毎日のように新しいスライムが生まれている。

生まれたスライムは地下から這《は》い出てきて、地上のスライムと共に女性を犯し、その愛液や魔力を吸収し、成長していく。

フォンティーユ。

この国は、効率の良いスライムの繁殖場《はんしょくじょう》だ。

王都が丸ごと、女性の保管場所となっており、どこにいてもスライムに犯される。

出産の道具など必要なく、子宮の中で生まれたスライムは成長することなく生まれてくるので母体への負担もほとんどない。

スライムたちは王都や、その周辺でとれる食料……生ごみや野草を胎内《たいない》で溶かし、それを女性たちの胃へ直接流し込んで栄養を摂取《せっしゅ》させる。

美味《うま》い、不味《まず》いなど関係ない。

生かすために食わされるのだ。

地下では牢屋に入れられた女性たちがまさにその状況で、大広間と同じように壁へ埋め込まれ、口には食事を流し込む管のような触手が常に挿入されている。

……いま、レティシアの目の前でその凌辱が行われようとしていた。

「やめっ、やだ、それは!?」

「ぐっ!?　むぐぅうっ!?」

壁に嵌《は》められて抵抗できないアルフィラたちに向かって、親指程度の太さがある触手が伸びていく。

狙いはその口だ。

連日の凌辱で穢《けが》れた口元へ触手が近付くと、そのまま口内へと侵入していく。

ソレはそのまま喉《のど》を通って胃の中にまで入り込み、そこへ栄養剤……野草などを溶かした食料を無理矢理流し込んでいく。

灰色の液体の中を僅かに固形物が残った液が流れ、それが女性たちの胎内へ消えていく。

レティシアが触手の拘束《こうそく》を振りほどいて視線を逸らすが、まるでその様子を見ろと言わんばかりに首枷が引かれた。

「むぐっ、ぐごっ、ぉぉ……っ」

「がっ、ごっ、ご、ぉおお……っ」

視線の先で無理やり胃の中まで侵入され、気道を圧迫されたアルフィラたちが獣のように低い声で悶えている。

身体《からだ》の痙攣は快楽ではなく苦しさから来る危ういものへと変わり、股間《こかん》からは死を感じて溜まっていた排泄物《はいせつぶつ》まで漏《も》らし始めてしまう。

それほどの苦しさなのに、汗と粘液に濡れた全身はうっすらと桜色へと染まり、どこか淫靡《いんび》な雰囲気《ふんいき》を漂わせ始める……。

この半年間、毎日のように繰り返される行動だ。

無理やり溶解物を胃の中に流し込まれるという行為に屈辱を感じているのは事実だが、肉体の方はその人格を守るための防衛として、この行為に一定の快楽を感じつつもあった。

そうしなければアルフィラたちの人格が壊れてしまう――本能からの行動。

だがそれにより、喉の奥どころか胃の中まで凌辱されることに快楽を感じてしまう身体に作り替わっていくこと……アルフィラたちは、凌辱と同時に自分たちが変わっていくことも恐ろしかった。

「くっ……」

国民や騎士が凌辱される姿を見せつけられ、レティシアは血が滲むほど拳を強く握る。

けれど、どうしようもない。

魔力がない魔導士には抵抗する手段が一つもなく、彼女はスライムが望むまま、裸体を晒《さら》したまま国民が凌辱される光景を見せつけられるだけ。

……しばらくすると女性たちの口から管が抜けた。

「がっ、ごほっ！」

「はあっ、はあっ！」

この場で壁に埋め込まれている全員が、新鮮な空気を取り込もうと荒い息を繰り返す。

けれど、どこか悶えるような姿、荒い息に混じった艶《あで》やかな吐息が、この強制的に食事をさせられるという行為に一定の快楽を感じているのだ、とレティシアに伝えてくる。

そして……日に数回、自分もこのような姿を晒しているのだろう、とも。

自分の姿を想像しただけで股《また》が濡れたことを自覚しないまま、レティシアは再度首枷を引かれた。

引かれるままに歩いていくと、さらに数人の女性とすれ違う。

王城の廊下《ろうか》ではメイド服に身を包んだ女性が犯されていて、レティシアはその顔に見覚えがあった。

常に鋭い表情で周囲を警戒していた彼女直属の部下であるメイドのティアナだ。

元暗殺者であり、体術だけでなく機転も優れた女性。

レティシアが知る限り、王城の中で最初に行方不明《ゆくえ》になった……スライムに攫《さら》われ、凌辱されたのがこのメイドのティアナである。

そのティアナと一緒にメイドたちは清楚《せいそ》なメイド服に身を包み、まるで調度品《ちょうどひん》のように廊下へ等間隔に立たされたままスライムに犯されている。

身を清めたばかりなのか、その服も肌も綺麗《きれい》なもので、だからこそこれから凌辱されて汚されるのだと思うと、レティシアは彼女たちを直視できなくなる。

スライムは意外にも綺麗好きだった。

いや、取り込んだ男の意識が強く出ているのか、洗身だけは定期的に行われる。

王城内ならレティシアが使っていた王族用の浴場で身を清め、王都ならば国民に広く浸透している大浴場で纏《まと》めて洗われる。

……そうして身を清めても、スライムに犯されることに変わりはない。

メイドたちは明日にはもう目も当てられない状態へと汚され、身体はスライムの体液が放つ異臭に塗《まみ》れ、膣内からは白濁《はくだく》した汚液を垂れ流すのだ。

「あ、あは――そこっ、そこきもちいぃ」

メイドたちの中で、真っ先に与えられる快楽を受け入れたティアナが、声を上げていた。

触手の動きに合わせて腰を振り、捲《めく》れ上がったスカートからは純白のガーターベルトとストッキング、そして派手な意匠《いしょう》をした濃い桃色の紐ショーツが丸出しの状態。

真っ赤なワンポイントリボンとほとんど肌が透けて見えている薄いレースで飾られたランジ

エリーショーツは、中央に穴が開いていて、下着を脱がさないまま触手を咥《くわ》えこんでいる穴が丸見えになっている。

恋人の為に購入したのか、ただの趣味なのかは分からない。

だが、スライム相手に腰を振る女にふさわしい卑猥《ひわい》な下着だろう——。

いつもバレッタで纏められていた美しい濃い紫色の髪は解け、肌に張り付き、ボタンが外されて露《あらわ》になっている胸元まで彩っている。

胸元は下着の支えなど不要に思えるような慎《つつ》ましいふくらみだが、ショーツと同じ派手な意匠の下着に飾られていて、そのアンバランスさが卑猥さを際立《きわだ》たせている。

——パチン
忌《い》むべき魔物に犯され、自分から腰を振っているティアナから視線を外し、痴態を見ないようにと努めるレティシアの頬が触手によって叩かれた。

彼女の痴態を目に焼き付けろと訴えるかのように。

「…………っ」

頬を叩かれたレティシアの表情が屈辱《くつじょく》に歪む。

同時に、レティシアはスライムに逆らえずその瞳を——ゆっくりと、開いた。

逆らって地下牢送りにされては、それこそ身体を休める余裕もなくなる……気持ちではそう考えながら、けれど半年近くも犯され続けた身体はもうスライムに逆らえず、スライム相手に表情を綻《ほころ》ばせ、自分から腰を振るティアの痴態に目を向ける。

「いぃいい⁉　すご、すごいいぃいいい！」

レティシアの視線を感じて紫髪のメイド、ティアナも絶頂し、上下お揃いの派手なランジェリーを見せつけるよう腰を突き出しながら痙攣《けいれん》している。

他のメイドたちも同様で、まるでティアナの絶頂に合わせるかのように次々と絶頂させられ、一瞬にして廊下には複数の女性の嬌声《きょうせい》が木霊《こだま》した。

「――っ」

それを、レティシアは唇を噛《か》んで耐える。

口内に血の味が広がったが、その痛みすらも生ぬるい。

自分の敗北は、この程度の痛みでは赦《ゆる》されないほど罪深いモノなのだと、彼女は自分の身体に刻みつける。

忘れないために。いつか必ず、スライムを殺し尽くすために。

「いやぁ、いやああ⁉　もうぃやあああ⁉」

女が絶頂した程度でスライムの生殖《せいしょく》行為は止まらない。

激しい絶頂に晒されたことで我慢ができなくなったメイドたちは嬌声を上げながら全身を激しく痙攣させ、また絶頂。

――その地獄を見せつけられていると、彼女の首枷《くびかせ》がまた引かれた。

その指示に従い、歩き出す。

メイドたちの無事を祈る余裕などない。

ただ、次に会った時、またお互いが無事であるようにと……それだけを願う。

「――っ」

そうして辿《たど》り着いたのは、レティシアが良く知る浴室だ。

連日連夜凌辱されたことで女王の肢体《したい》は穢れていない場所がないほどに汚れ、全身から異臭を放っている。

そんな彼女を清め、そしてまた汚すためにスライムが用意したもの――最初はその悪趣味さにレティシアは何度も吐き気を覚えるほどの怒りを抱いたものだ。

汚されるのは嫌だが、けれど身を清めるというのは女性としてありがたいことでもあった。

なにより、温かい湯に身を浸し、肢体を穢す汚濁を洗い流せば、僅《わず》かにだが正気を取り戻せる――そんな気がする。

「きゃあっ!?」

そう気が緩《ゆる》んだ一瞬だった。

背後から悲鳴が上がり、レティシアは慌てて後ろを見る。

「フィアーナ!?」

「くっ、レティシア様っ」

それは、スライムやスライムに心から敗北した女性たちに見つからないよう背後を尾《つ》けてきていたフィアーナだった。

彼女は純白のドレスが透けて見えるほど汗を搔《か》き、その姿にここまでどれだけ周囲に気を払いながら進んできたのかが見て取れる。

けれどそれも、スライムにとっては予定の範囲内。

自由に動けるようになれば仲間を助けに動く……というのは人類にとって共通の行動だ。

このフォンティーユの王城だけではない。外の世界――マリアベルたちの側でも、同じように仲間を見捨てられずに、失敗を繰り返している。

もし合理的に考えるなら、フィアーナはレティシアを見捨てて国外に逃げるべきだったのだ。

そうしてフォンティーユの現状を外に伝え、援軍を連れてくる。

それこそが最良であり最善の行動なのに、それを行えない。

すぐ傍にいる『女王』を見捨てられない。助けようとする。

それは人類の弱点であり、欠点だった。

「はっ、はなしなさ――ひゃっ⁉」

壁に隠れていた際、天井に張り付いていたスライムが落ちてきたのだろう。

頭から粘り気のある粘液を被《かぶ》った緑髪の女性は必死に身体からスライムを引き剥《は》がそうとしているが、しかし相手は液体である。

摑《つか》んでも指の間から零《こぼ》れ、重力に引かれて垂れ落ちれば濡れる面積が増え、最初は肩から上だけを濡らしていたスライムが、あっという間に足首までを濡らしてしまう。

「ひっ、やっ、どこをっ⁉」

しかも、スライムにとって『嫌悪』はない。

粘り気のある粘液はエルフ特有の長い耳、首筋、鎖骨《さこつ》や腋《わき》といった普段では意識しない場所まで這《は》い回り、そのまま垂れ落ちれば腰の仙骨《せんこつ》、尻の谷間にまで入り込み、フィアーナは濡れて美肢体に張り付く純白だったドレスの上から大きなお尻を摑んでスライムを引き剝がそうとした。

けれど人の手で粘液を摑めるはずもなく、むしろその行為は第三者から見れば自分からお尻を揉《も》んで悶《もだ》えているようにしか見えない。

けれど、魔力を失った魔導士や騎士ができる抵抗など、この程度なのだ。

それほどまでにスライムという種は、厄介《やっかい》だった。

「すっ、すみません、レティシア様っ！　おっ、ぉおっ!?　おたすけっ、しようとっ」

「いいえ——もう、この城の中で安全な場所など……」

それでも自分を助けようとしてくれていたフィアーナの行動に感謝の気持ちを抱きつつ、一度捕まってしまったなら、次は乱暴に扱われないようにと——。

「フィアーナ、抵抗を止めなさい」

次の機会のために、レティシアはフィアーナにそう告げた。

最初から無理があったのだと、レティシアは分かっている。

（私を連れて逃げるなど、不可能なのです）

それに、国民を見捨てて逃げるという選択肢を、女王が選べるはずもない。

だから。

「フィアーナ、次は一人で……」

「そのようなこ――いひぃ!?」

スライムが耳の穴の中にまで侵入してきて、フィアーナがフォンティーユの民なら誰もが知る冷静で温和な声音《こわね》を引き攣《つ》らせながら悲鳴を上げた。

全身がビクンと大きく痙攣《けいれん》し、それに合わせてエルフらしからぬ豊満な胸がタプンと大きく上下に揺れる。

その間にスライムたちはフィアーナの四肢に絡み付くと、魔力を失い、体力も万全ではない女騎士の四肢を無理やり動かして浴室へと進ませていく。

「やっ、めっ!?　なにおっ!?」

「あぁ……」

四肢を操られながらフィアーナが湯気に煙る浴室へ足を踏み入れると、それに続いてレティシアも首枷を引かれながら浴室内へ。

「キャッ!?」

浴室内へ入ると、レティシアが少女のような高い悲鳴を上げた。

全身を洗うためにお湯を頭からかぶせられたのだ。

スライムの粘液や精液で固まっていた銀髪がお湯でほどけ、僅かに柔らかくなる。

それを二度、三度と繰り返すと自慢の銀髪は柔かさを取り戻し、青い下着で飾られた肢体に張り付いた。

ただ、濡れた下着はその役割の半分以上を放棄し、肌に張り付いた状態。

同じくフィアーナも、その純白を完全に透けさせたドレスと派手な黒下着を濡らした状態で浴室内に立たされる。

そのまま二人の美女は着衣のまま湯船へ肩まで強制的に浸からされ、濡れ光る肩や胸元、そして透明なお湯の中で黒い触手に全身を揉まれていた。

疲労を回復させるように柔らかな刺激が、豊満な胸を支えたことで凝《こ》った肩や二の腕、太ももやふくらはぎ、腹部といった性感帯とはいえない場所を刺激する。

「いったい、なにを……？」

「んっ……フィアーナ、抵抗はしないように……っ」

何をされるのかと緊張しているフィアーナとは違い、今は抵抗せずに魔力を回復させることが優先だと考えているレティシアは早速、触手の刺激を受け入れていた。

（いつか逃げる時のために、身体《からだ》を休めなければ……）

そのいつかがいつ来るかは分からないし、そんなものは形のない希望にしか過ぎない。

それでも無策で可能性がゼロのまま逃げるよりも、いつか生まれるかもしれない一瞬の隙《すき》に命を懸《か》けられるよう、レティシアとフィアーナは、今も城内で諦めていない人々の祈りだった。

水中の触手は膣内に入り込むようなことはせず、二人は温かな湯に包まれながら汚らわしい触手に嬲《なぶ》られるというちぐはぐな状況に思考が混乱していた。

自分たちを穢《けが》したいのか、清めたいのか。

どちらの意図なのか分からない——いや、濡れた衣服や下着姿のまま穢そうとしているのか。

温かな湯が全身の筋肉をほぐし、嫌悪感を緩《ゆる》ませ、二人の美女から喘《あえ》ぎ声を引き出していく。

表情には嫌悪と共に隠し切れない喜悦《きえつ》の感情が浮かび、二人の美貌《びぼう》を彩っていく。

「ん、く……ぅ」

レティシアとフィアーナが、同時にくぐもった声を上げた。

スライムによる洗身は快楽を伴《ともな》う——それが望まぬものだと理解していても、女の肉体は急所を刺激されるだけで濡れ、喘ぎ、絶頂してしまう。

それを、この半年で嫌というほど思い知らされた。

……最初の頃は声を荒らげて抵抗し、身体を暴れさせたりもした。

それは玉座の間での凌辱だけでなく、寝室、そしてこの浴室、王城の庭や城下へ出て凌辱されることもあった。

レティシア一人で犯されることも、フィアーナや他の女性たちと一緒に犯されることも。

「あ……っ」

レティシアが湯船に肩まで浸かると豊満な胸が僅かにだが湯船に浮き、洗身によって下着がズレると凌辱の日々で色が濃くなった乳首が水面に映る。

そのエルフらしからぬ豊満な胸に、海蛇のように水面を泳ぎながら黒い触手が絡みついた。

……隠しようのない声が漏《も》れてしまう。

湯に濡れた胸に触手が巻き付くと柔らかく形を変え、そして触手が二本、三本と増えていく。

「くっ――ふ、ぁああ……っ！」

「ふぁ、ああっ！」

同時に、レティシアの正面ではフィアーナの胸が乱暴に絞《しぼ》られ、痛みすら感じそうな動きだというのに二人の口からは確かな嬌声《きょうせい》が漏れ出て止まらなくなってしまう。

触手が胸をねじり、乳首を引っ張り、乳肉を瓢簞《ひょうたん》のような形に変える。

それでも二人の胸は解放されたとたんに柔らかく揺れて元の形に戻り、湯船の熱気と乱暴な凌辱によって赤くなっていた。

先端の乳首は痛々しいほど固く尖り、そこだけを見れば乱暴に扱われているのか愛撫《あいぶ》されているのか分からない。

乱暴に扱われる……被虐《ひぎゃく》的な快美にレティシアとフィアーナは興奮し、痛みの中に僅かな快感を――確かに覚えてしまう。

そんな自分の肉体の変化に最初こそ驚いたが、それが半年も続けば嫌でも受け入れ、けれど精神だけはいまだにそれを受け入れることを拒《こば》んでいる。

精神的にも屈しないようにとフィアーナは唇を嚙《か》み、呼吸を整えて嬌声を抑えようとした。

しかしスライムはそれが面白くなかったのだろう。

湯船から一本の触手が天井へ向かって伸び、ヒュッという風切り音と共に振り下ろされた。

「あぅっ!?」

パチンという音が浴室に響いた。

スライムに胸を揉まれながら、レティシアは音の発生源に視線を向ける。

そこでは鞭《むち》のように撓《しな》った触手が水飛沫《みずしぶき》を上げながらフィアーナの胸を叩き、湯船の熱気で火照《ほて》った肌に赤い線を浮かばせた。

パチイ、パチン。その音が響くたびに、フィアーナの肌に赤い線が増えていく。

「あん、やっ、やめ――やめて、くださぃ……」

――フィアーナの口から漏れるのは、弱々しい言葉だ。

痛みを訴える声にもどこか熱が籠《こ》もり、瞳には痛みからとはまた違った理由で涙が滲《にじ》んでいる。

先ほど以上に乳首は固くしこり立ち、湯船の下では両足がもどかし気に動き太ももをこすり合わせてしまっている。

……レティシアにはそんなフィアーナの様子が丸分かりだったが、気付かないふりをした。

そうしている間にもフィアーナへの鞭打ちは数を増し、水中の触手がそうさせたのか彼女は頬を赤くしながらゆっくりと立ち上がった。

フィアーナもまた、レティシアと同じくスライムの触手には逆らえない。

命令に従い、反撃の機を待つ――それが、正気を残した彼女たちに残された唯一の抵抗する手段だった。

「あ、う……」

湯船から立ち上がると、フィアーナは両手で、完全に透けてその下にある肌と黒下着を露《あらわ》にする美肢体《びしたい》……その豊満な胸と股間《こかん》を隠した。

水滴が滴《したた》る、まるで女神像のように美しい肢体が露になる。

手入れがされていない陰毛は濃く伸び、下着から僅かにはみ出してしまっている。

――その色は頭髪と同じく緑色。

パチン、とスライムが恥部を隠すフィアーナを叩いた。

「あっ、あうぅ!?」

……それだけで、ゆっくりとフィアーナはその裸体をレティシアに、そして浴室の至る所にいるスライムたちに晒《さら》した。

女王レティシアもほう、と息を呑《の》むほどに美しい肢体。

乱暴に犯され続けて肉付きを増した媚肉は、触手が叩くたびに全身を震わせる。叩かれた箇《か》所《しょ》が僅かに赤くなる程度、優しい刺激。

だが、それは痛みしか感じないはずなのに……ついにはジョロジョロと音を立てながら小便すら漏らし、両足を震わせながらフィアーナは絶頂した。

レティシアの。女王の目の前で。

「すみません、すみませんっ。申し訳ありません、レティシア様っ」

けれど、その謝罪の言葉も本人の羞恥心《しゅうちしん》を高めているのか、漏れ出る吐息は火が付きそうなほどに熱くなり、潤んだ瞳からは羞恥ではなく随喜《ずいき》の涙が零《こぼ》れ落ちる。

そこからはさらに悲惨《ひさん》だった。

まるで粗相《そそう》をしてしまったことを責めるかのように尻を叩かれるとフィアーナは絶頂し、膀《ぼう》胱《こう》に残っていた小便を湯船に漏らしていく。

子供がやってしまうようなあり得ない粗相を、成人した女性が行うという背徳感に、本人は涙を流し、けれどそれを止められない。

身体が覚えてしまっているのだ。

叩かれると気持ち良くなり、そして陰部を濡らすだけでなく小便まで漏らしてしまうように。

半年かけて。じっくりと、ゆっくりと、女騎士の肢体に仕込んだ羞恥の芸。

レティシアやフィアーナは上質な魔力を生み出せるからこそ、こうやって風呂にも入ることを許されるし、地上で太陽の光を浴びることもできる。

けれどそれすらできない――例えば、魔力を持たない人間の女兵士。

その兵士はただの肉袋として地下牢《ちかろう》に入れられ……もう半年以上もそこから出てきていない。

フィアーナはそれが恐ろしかった。思い出すと、抵抗の意志が消えて身体の芯から震え出す。

スライムの命令に従えず、粗相をして一週間だけ入れられた地下牢。

粘液で作られた肉壁に嵌《は》められ、人形のように吊られ、口には食料となる溶解物を送り込む管を咥えさせられたままスライムの子供を産むだけの道具にされるあの空間。

膣内、子宮内にまで入り込んだ触手が精液を送り続け、最低限の命の保証だけがある地獄。

あの壁に嵌められた一週間は、フィアーナにとって恐怖でしかない。

犯されて快楽を与えられるでもなく、子供を産む道具として使われるだけ――毎日、ずっと。

気持ち良さもなく、太陽の光もなく、他者との会話もない。

暗闇の中でただ『飼われる』生活は、人としての尊厳が打ち砕《くだ》かれるものだった……。

「は、ぅぅっ」

それを思い出すと、何かを命令されたわけでもないのに、倒れないよう両足に力を込めた。

情けない内股《うちまた》で、両足をプルプルと不格好に震わせ、濡れて意味を失くした衣服に身を包み。

──尻を鞭で叩かれるだけで絶頂し、小便を漏らしながらも必死に立ち続ける。

尿道から放たれた黄金水が湯船に落ちてジョボジョボと小汚い音を鳴らしたが、それを咎《とが》める者は誰もいない。

魔力が宿っていない体液はスライムにとってほとんど価値がなく、それすらも無視されるという屈辱《くつじょく》。

けれど、フィアーナは気持ち良かった。

スライムに叩かれることもそうだが、敬愛する女王に自分の放尿姿、絶頂する無様な顔を見られる羞恥が、それだけで絶頂してしまいそうなほど心地好い。

凛《りん》としていた瞳は快楽に溶けてまなじりを下げ、口からはだらしなく涎《よだれ》を漏らし、開いたままの唇からは真っ白な歯と艶《つや》めく舌が覗《のぞ》いている。

「はぁ、はぁ」

それを見ているレティシアは……けれど、助けることはできない。

助けるための、抵抗するための魔力がないのだ。

だから見ていることしかできない。

視線を外せば自分が『地下牢』送りにされてしまうと、本能が告げていた。

エルフの女王はその光景に目を奪われ、無意識に自分の両手が胸と股間に向かっていた。

白魚のように美しく長い指が乳首と陰部に触れると、その刺激で我に返る。

湯船の中では両膝が勝手に擦り合わさり、触手とはまた違う刺激で女王の肢体を蝕《むしば》んでしまっている。

無理やり仲間の痴態を見せつけられて、興奮する身体。

その情けなさにレティシアは涙が出そうになる。

「はひっ、ひぃっ!?　もっ、たたかなっ——ああっ！」

「ふぅ、はぁ……っ」

触手で叩かれたフィアーナが絶頂し、その艶姿《あですがた》を見てレティシアは自分の指の動きが激しくなっていくのを止められない。

——これが、今のフォンティーユの『日常』

女たちはスライムの子供を産み、ブラックウーズの気まぐれで、強い女が嬲《なぶ》られる。

そんな『淫獄』。

第三章 ― 決戦へ向けて

フォンティーユの国境から獣人の国グラバルトへと続く森は、奥へ進むと昼間でも太陽の光が届かない場所があるほどに深い。

今にも怨霊《おんりょう》のような魔物が出てきそうな不気味さは、森に慣れていない大人たちでも怖いと感じてしまう程。

そんな森の入り口――国境にある検問所は無人になって久しく、数人の兵士が寝泊まりするために用意されている大きめの建物は虫が巣を作り、とても人が住める状況にはないのが遠目にも分かるほど。

窓は埃《ほこり》や飛んできた落ち葉が張り付いて汚れ、鉄製のドアノブは錆《さ》びついて回すのに力が必要に思えてくる。

そんな検問所の森へ通じる道から、武装した一団が抜け出てきた。

先頭は動きやすさを重視しつつも肌の露出を最大限に抑えた鎧《よろい》に身を包む、獣の耳と尻尾《しっぽ》を持つ獣人たち。

その後ろには大きな三角帽子と杖《つえ》が印象的な魔導士。

千人ほどの獣人と魔導士が森を抜けると、その次は同じく肌の露出がほとんどない装備に身を包んだ小柄な男女——ドワーフやホビット、それに妖精たち。

その数、およそ五百。

これから戦いに赴《おもむ》く彼らは各々《おのおの》の国の旗、グラバルトとフォンティーユの国旗を掲げながら、視線は正面を向いている。

地平の向こう。

今はまだ見えないが、その視線の先にはフォンティーユの王城がある。

ブラックウーズに占領され、魔物を生み出す苗床《なえどこ》となった淫獄。

そこにいる仲間を助けるために。

ドワーフたちが森を抜けると、次に姿を見せたのは同じく小柄な……肌の露出を極力少なくすることだけを考えた、最低限の装備に身を包んだ子供や老人たち。

人間だけでなく獣人やエルフの少年たちも戦闘に加わっている。

子供たちは荷駄を押す手伝いや国旗を掲げて味方を奮《ふる》い立たせ、老人たちがそれに倣《なら》う。

総力戦だ。

ここで負ければ、次の救出作戦は一年後か、それとも数年先か……。

そうなれば、フォンティーユに囚われている仲間——女王レティシアをはじめとした女性たちは、肉体的にも精神的にも〝耐えられない〟だろう。

だからこそ、この作戦には戦う意志がある者全員が参加していた。

自分の親を助けるために。娘を助けるために。恋人を、幼馴染《おさななじ》みを、友人を……。

その思いの強さが原動力となり、本来なら戦えない老人や子供たちの足を進ませる。

その目はまっすぐにフォンティーユの王城がある方向を見据えていて、結んだ唇は緊張と恐怖でわずかに震えている。

――そして、最後。

馬に乗った騎士たちが姿を現すと、その中ほど……中央には、美しい青の鎧に身を包んだ黒髪黒衣の女性が姿を見せた。

「これが、最後の戦いにならんことを……」

黒髪の勇者マリアベルの隣には美しい金髪の聖職者の姿、その肩には太陽を連想させる黄金色の髪を持つ妖精が座って羽を休め、聖職者の女性はグラバルトの王城を出る時から女神ファサリナへ祈りを捧げ続けていた。

魔王によって大陸が蹂躙《じゅうりん》されていた時代、異世界からこの世界にはいなかった黒髪の勇者を召喚した女神ファサリナの信奉者。

その勇者と共に魔王討伐《とうばつ》を成した功績から『聖女』と呼ばれる女性、ジェナは勇者の娘であり聖剣と鎧を継いだマリアベルに祈りを捧げる。

「その剣が闇を祓《はら》わんことを……」

その総数は三千人程度の人数で、フォンティーユの王城が陥落《かんらく》してから約半年……彼女たちがこれから戦いを挑むブラックウーズを始まりとするスライムたちは、一国に収まらないほどの総数に増えてしまっている。

数の差は圧倒的。

勝率など絶望的に低いと誰もが分かっていても、しかし戦いを挑まなければならない。

ここで戦わなければこれから先、魔王を倒された魔物たちがそうだったように、今度は人類がスライムに追い詰められていくのだと誰もが理解していた。

けれど、戦いに赴く者たちの表情には緊張と恐怖はあっても絶望の色はない。

ここにいる多くの者たちは魔王との戦争——魔物による蹂躙と明日をも知れぬ絶望を知っており、そんな大人たちの背中に子供たちは希望を抱く。

なにより、自分たちには『勇者』がいるということが、心の支えになっていた。

異世界から召喚された黒髪の英雄。

その英雄の娘……異世界の勇者の黒髪黒眼を受け継いだ女勇者、マリアベル。

彼女が身に纏《まと》う父親と同じ鎧と聖剣は在りし日の勇者の姿を彷彿《ほうふつ》とさせ、それが怯《おび》えて竦《すく》みそうになる背中を押していた。

「その声が、人々の心に光を灯すでしょう」

「皆さん、これよりフォンティーユの王城へ向かいます！　仲間を、友人を、家族を助けるために——皆さんの力を貸してください！」

ジェナの祈りが終わると、女勇者マリアベルが聖剣を天に掲げながら声を張り上げた。

国を追われた一年前からは想像もできないほど力強い声量は、三千人を超える仲間たち全員

の耳に届き、皆がマリアベルの方を見る。

「スライムの奇襲によってフォンティーユが陥落し、あの日から今日まで、辛《つら》く悲しい日々が続きました――ですが、それも終わりです！」

マリアベルの声に合わせるかのように、その力強い意志に呼応するかのように、右手に持った聖剣が淡い光を放つ。

太陽の光と合わさったその輝きは眩《まぶ》しくも温かく、見る者の心を癒《いや》し、そして落ち着かせる。

戦いの恐怖に震えていた老人や子供たち、魔物に挑む恐怖で全身を強張《こわば》らせていた戦士たち。

彼、彼女らの気持ちが落ち着くのを待ってから、マリアベルは声を上げる。

「私たちは、今日より反撃に出ます！　女神ファサリナ様の御力によって作られた『ヴァルハリの祝水』によってスライムは倒され、私たちは勝利するでしょう！

我が女神の聖剣が憎き魔物の肉を裂き、必ず皆さんの尊厳を、魂を護ります！

ですから恐れず、前を見て、進んでください!!」

勇者の声に合わせ、戦闘前の高揚《こうよう》が徐々に戦士たちの精神に広がっていく。

人々の脳裏《のうり》に思い浮かぶのは恋人や妻や母親、姉や妹。彼女たちと過ごした幸せな日々。

けれどそれは突如奪われ、目の前で凌辱《りようじよく》される光景を見せつけられた者、大切な人を助けるために身を捧げる後ろ姿を見た者もいる。

その光景を、屈辱を、恐怖を思い出して目に涙を浮かべた。

「私たち全員で助けましょう！　愛《いと》しい人を！　大切な人を！　私たち、全員でっ！」

最初に声を上げたのは十歳くらいの少年だった。

「助けたい！」

「ああ、みんなで助けるんだ！」

少年の声が大人たちに伝播《でんぱ》し、三千人を超える戦士たち全員の大合唱となって響くのにそう時間はかからなかった。

大地を震わせるほど、人々の心を揺さぶるほどに――それはマリアベル、そして傍に控えるメルティアやフォーネリス……普段は他人にそれほど関心を抱かないカーラや、フェネルリエカのような人間と行動を共にしている淫魔《いんま》でさえ、なにか、胸にくるものがあった。

「皆で助けましょう！　全員で勝ちましょう！」

「おおおおおおおっ!!」

マリアベルが掲げていた聖剣を、フォンティーユの王城がある方へ傾けた。

それを合図に、全員が歩き出す。

「……これで良かったのでしょうか」

激励《げきれい》に合わせて進む人々を見ながら、マリアベルが小声で呟《つぶや》いた。

「皆さんを戦場に送って……」

馬上で吐いた弱音は小さく、聞こえたのは隣にいたジェナと肩に座るタイタニアだけだ。

その言葉に『聖女』と呼ばれる金髪の聖職者はまっすぐに前を見て、これから戦いに赴く仲間たちの背中から目を逸《そ》らさず、手綱《たづな》を操るマリアベルの左手に自分の手を重ねた。

タイタニアも仲間たちの背を目に焼き付けた後、その小さな手をマリアベルの頬《ほお》へ添えた。

聖剣を握るというには小さすぎる手は震えていて、強気に凛《りん》と張った表情は緊張に強張《こわば》っているだけだと分かる。

それがマリアベルの葛藤《かっとう》……人を戦場へ送っている自分への迷いを感じさせる。

「そうね。大変なことよ……でも、戦わなければいけない。勝たなければ、人類に未来はないの」

魔物との戦い、魔王との戦いを知っているジェナにはそれが〝当たり前〟の考えだ。

人類と魔族。相容《あいい》れない種族だからこそ殺し合うしかなく、平穏を望むなら滅ぼすしかない
――それが人類と魔族の戦いだ。

『聖女』と呼ばれようが、ジェナにその運命を変える力はなく……人々を戦場に駆り立てて未来を掴《つか》むことこそが正義だ、と自分に言い聞かせる。

気持ちを高揚させ、恐怖を忘れさせることで少しでも生き残れる可能性を上げる。

「負ければ、今度は私たちが滅ぼされる――貴女《あなた》の父親が魔王を倒したあの日から、魔物たちへしてきたように」

タイタニアは自分へ言い聞かせるように呟いた。

魔王の存在。追い詰められていく人類。楽観的で自由な言動が目立つ妖精でも、明日はどうなってしまうのか……そんな不安を感じていた日々。

それがまた戻ってきたのだと考えると、それだけで妖精の女王は普段の陽気な笑顔が薄れて、

表情が強張ってしまう。

けれど、タイタニアは意図して笑顔を浮かべ、マリアベルの緊張に強張って硬くなった頬をほぐすように優しく撫《な》でてあげた。

「大丈夫。そんなことにはならないわ――私たちは勝つ。そうでしょう？」

「……はい」

馬を歩かせながら、ジェナは手綱を操るマリアベルの横顔を見る。

その表情は声を上げた興奮と、そして慣れない馬上の緊張、そして人々を戦場へと向かわせる自分への疑問で強張ったもの。

とても勇者と慕《した》ってくる人々には見せられないものだが、遠目には気付かれないだろう。

「私たちは、貴女を護るためならなんでもするわ、マリアベル」

「やめてください」

ジェナの言葉に、マリアベルはすぐに首を横に振った。

「皆で、勝ちましょう。生きて……お母様をお救いして、国を助けて……」

「……ええ」

「もちろんよ」

「ジェナは相変わらず、物事を悪い方にばかり考えようとするからな。タイタニアくらい、能天気に明るい方が、兵たちは落ち着く……いや、能天気すぎるのも問題か」

「ちょっと!?　私がせっかく、マリアベルを慰めてあげていたのにっ」

その会話に割って入ったのは、灰色の髪をした狼の獣人。獣人の国グラバルトの姫、フォーネリスだ。彼女は愛用の特大剣を背に、巧みに馬を操ってジェナとは反対側……マリアベルの左側に移動する。

「私たちは仲間と共にスライムに打ち勝って、フォンティーユとレティシアを救う――今はそれでいいじゃないか。犠牲《ぎせい》が出ることなんて考えず、前向きに、必死に、勝つことだけを考えていれば……戦う前から犠牲が出ることを考えていても、気が滅入《めい》るだけだ」

「私は貴女ほど楽観的にはなれないのよ、フォーネリス」

「怪我人が出たら、それこそお前が得意としているファサリナ様の御力《みちから》を借りた奇跡で癒してやればいい――死人が出ないように。そう考えるべきだと思うがな、私は」

「…………」

戦う前から負けた時のことを考えていたジェナには、その言葉が正論にしか思えず、声が詰まってしまう。

それを聞いていたマリアベルが、クスリと鈴の音《ね》のような可愛《かわい》らしい声で笑った。

「そうですね――誰かが倒れそうになったら、その分まで私が倒せばいい。そういうことですね？」

「ああ、そういうことだ。分かっているな、マリアベル？　私たちは勝たなければいけないし、貴女は勇者として負けてはいけないということを」

「はい」

「……貴女たちのそういう前向きなところが凄《すご》く羨《うらや》ましいわ」

「ほんと。でも、そう考えた方が楽でしょうね。今は」

気が滅入れば動きも思考も鈍《にぶ》る。

それよりも前向きに、ただ戦い、勝つことを考える……そちらの方が精神的にもずっと楽だとタイタニアは呟き、今までの暗い表情が薄れていつもの明るい笑顔が戻ってくる。

その小柄な身体《からだ》をマリアベルの肩の上で「んー」と言いながら伸ばすと、小さな羽を羽ばたかせて宙へと上がる。

グラバルトの深緑を連想させる可憐《かれん》な緑色のドレスが舞い、太陽の輝きを連想させる美しい金髪が風に揺られて空へと広がった。

「さ、行きましょう、マリアベル。さっさと勝って、終わらせて――帰りましょう」

「はい！」

タイタニアの明るい表情にマリアベルは気持ちが温かくなるのを感じながら、彼女は慣れない馬上で少女のように明るい微笑みを浮かべた。

＊

その数日の後、マリアベルたちの一団は王都へ向かう道すがら、いくつかの村を見付けて村人たちを解放していった。

王城奪還の前哨戦《ぜんしょうせん》としての戦いは全員に勇気と自信を抱かせ、十日もする頃には全員の表情から恐怖や不安といった表情は消えて戦いに慣れ始める。

こういう『慣れ』が危険だとフォーネリスは理解しているが、今はそれを気にしている余裕も暇もない。

戦いに慣れ、恐怖が薄れてスライムが怖くなったのなら、新兵も老兵もちゃんとした『戦力』だ。

連戦連勝。

聖剣の担《にな》い手マリアベルとカーラが作り出した『ヴァルハリの毒』……ではなく、『ヴァルハリの祝水』で祝福された武器を手に戦う人々を中心に、人類は勝利を重ね、犠牲者の数も想像していたほど増えていない。

当初は『ヴァルハリの毒』と言っていたカーラ特製スライム殺しの猛毒だが、毒というのはあまりにも響きが悪いということで、その名前が変えられた。

まあ、祝水といった方が聞こえは良く、仲間たちはすぐに受け入れたのだから、そう悪くない変更だっただろう。

ちなみに、発案者はジェナである。

さすがは人心を掴む『聖女』である、と栗色髪の科学者カーラは思う。

「ここまでは調子が良いですね」

「そうだな。調子が良すぎるような気もするが……勝って自信を持つのは悪くない。特に今まであまり剣も握っていなかった新兵には良い経験になっている」

連勝に緊張が和《やわ》らいだマリアベルの言葉に、フォーネリスが答える。

目的地であるフォンティーユの王城が、肉眼で確認できる距離まで近付いた夜。

指揮官の階級であるフォーネリスやマリアベル用の天幕の中には七人の人影があった。

マリアベルにメルティア、フォーネリスとジェナ、カーラと神官戦士を束ねている隊長にフォンティーユの魔導士を纏《まと》めている者。

天幕の中央に地図を広げ、松明《たいまつ》の明かりの下で夕食を摂《と》りながら明日の作戦を相談の合間。

――道途中に点在する村々を解放して起点とし、兵站《へいたん》と退路を確保しながらの行軍は時間が掛かり、グラバルトを出発してすでに一か月の時間が過ぎていた。

「最初はこちらの戦力不足ということもあって、もはや攻めるしかない状況まで追いつめられていましたが……まさか、ここまでたどり着けるとは」

フォンティーユの魔導士の言葉に、全員が頷《うなず》く。

マリアベルが最後とも語ったスライムとの戦いは、文字通り人類にとって最後の抵抗に等しかった。

戦えるものが毎日のようにスライムに殺され、犯され、スライムは増え続ける一方。

その戦力差は勇者の存在があっても覆《くつがえ》せないと思えるほどまで膨《ふく》れ上がり、最終的にはカーラの毒が完成する前に戦いを始めるしかなかった……ある意味、追い詰められた結果の戦いだ。

故に、部隊を率《ひき》いる側からすれば驚きの戦果であり、楽観しようとする気持ちを抑えることの方が難しいという一面もあるのだろう。

連日の戦勝報告に肩が軽くなりつつも、気が緩《ゆる》まないように注意しなければならない——人というのは、希望を見た時にこそ最も油断する。

それを引き締めるよう、戦時でもないのに聖剣を腰に吊ったままのマリアベルはコホンと天幕の下で咳払《せきばら》いをした。

その様子に、戦いに慣れている灰色髪の狼獣人、フォーネリスは安堵《あんど》する。

マリアベルもまた、この戦いが始まる前までは素人《しろうと》だった側だ。

だからこそ、連勝の状況にあってもまだ緊張と不安を持っている……それは、指揮官にとって必要不可欠なものでもある。

初心を忘れない——スライムの恐怖、脅威《きょうい》。

それがあるからこそ、勝ち続けている今もなお、スライムを警戒して無理を犯さないのだから。

「それで、今日の戦いの被害はどれほどでしょうか？」

「それに、祝水の量はどうだ？　毎日こうも使っていれば、そろそろ底をつきそうだが……」

「まだ余裕はあるよ。先週、ヴァルハリの花を確保できたのも大きいね——今日くらいの規模での戦闘が続くなら、部隊全員に配ってもあと二十日は戦える」

フォーネリスの質問に、カーラが数字を出して答えた。

科学者であるカーラは、この具体的な数字というのをよく使う。

フォーネリスたちは今まで「あと何日くらいなら」「あと少し、まだまだたくさん」といった大雑把《おおざっぱ》な言葉を使っていたが、数字というのは分かりやすい。

これも、新しい世代の戦い方なのかと、勇者と共に魔王と戦った剣士はこの一か月の戦闘で認識を新しくしていった。

「それは正確な数字ですか？」

「この中では一番数字に強いのは私だと思ってるよ」

神官戦士の嫌みに即答し、カーラが地図の上……解放した村の上に空《から》の小瓶《こびん》を置いていく。

その数は十四個。

スライムから解放した後は、魔導士を十人と戦える戦士を五十人ほど置き、不測の事態が起きれば狼煙《のろし》なりなんなりで知らせるように伝えてある。

擬態《ぎたい》を得意とするスライムだが『ヴァルハリの祝水』を嫌う魔物たちは、村の周辺に祝水を撒《ま》いておけば近寄れず、奇襲だけは防げる状況だ。

そうして道筋を確保しながらの行軍は時間が掛かり、囚われている女たちを早く助けたいという焦りを抱いていたマリアベルたちだが……それも今夜で終わり。

今は夜闇で見えないが、陽が落ちる前までは、知力に優れたエルフなら遠目にフォンティーユの王城が見える距離にまで近付いていた。

「はいはい。喧嘩《けんか》しないの——それで、数字に強いカーラさんに質問なんだけど。城には何匹のスライムがいると思う？」

決戦が近いと理解しているからだろう。

この戦いが始まってから一番の能天気とも思える声でタイタニアが質問すると、この場にいる全員が口元を緩《ゆる》ませた。

肩の力を抜き、ゆっくりと息を吐いてからカーラに視線が向く。

「さあ……どうだろう。あまり言いたくないけど、スライムに襲われてから出産するまで二日か三日と考えて、フォンティーユの王都には何千人も女の人が囚われていて、それが約半年だ。これまでの戦闘で少しは数を減らしているはずだけど、それでも万を軽く超えていると思う」

言葉にすると呆《あき》れてしまうような数に、カーラは肩を竦《すく》めながら言う。

仲間たちもその数を聞くと気が滅入《めい》り、今までの戦勝報告とは打って変わって難しい顔をした。

「……そうね。けれど私たちには勇者の聖剣と鎧《よろい》、そしてカーラが作った祝水がある」

「麻痺毒《まひどく》みたいなものは神官が使う奇跡と毒消し薬で癒せば、新兵たちだって短剣に祝水を塗ってスライムに刺せば殺せるんだ——掠《かす》り傷一つで殺せるなら、数の差は……まあ、それでも圧倒的か」

「カーラ様、不安になるようなことは……」

「それが真実さ、メルティア様。数字は真実で、覆しようがない——が、勝ち目がないわけでもない」

「ああ」

カーラの言葉にフォーネリスが同意する。

「時間はかかったが、村を解放しながら新兵たちにスライムを殺させたことで全員の士気を高めることができた。触手の鞭《むち》や刺突《しとつ》、窒息《ちっそく》に気を付ければ即死もない――それが分かっているからこそ、こちらは死兵となって……死に物狂いでスライムを刺しに行ける」

「そこは、私たちの出番ね」

これまでの戦闘で、スライムの粘液に触れ、その毒の構造を理解し、自分たちならスライムの毒に対応できるという自信がジェナと、彼女が率いる神官たちにはあった。

強力な毒と攻撃の魔法。

スライムはその異常な耐久力によって回復の類《たぐい》の魔法を使わず、その能力を攻撃のみに特化させている。

それを掻《か》い潜《くぐ》って懐《ふところ》へ踏み込むことさえできれば、新兵でも殺せる相手なのだと分かったからこそ、人類は僅《わず》かだが勝機と希望を感じることができていた。

「ジェナたち神官は怪我人《けがにん》の保護、魔導士たちは遠めから前線の援護、そして私たち戦士が日立ってマリアベルたちが王城へ至るまでの時間を稼《かせ》ぐ」

「たしか、フォンティーユの王城には抜け道があると言っていたわね？」

「はい。私も共に逃げてきた従者から聞いたのですが、有事の際に王城から直接城の外へ出る道がいくつかあるそうです」

ジェナの質問に、メルティアが応えた。

それは、彼女が今身に纏っている母親の武具、それを持ち出した従者からの言葉だった。

その人物は城の重鎮から抜け道の存在を教えられ、これからの戦いのためにと母レティシアの装備を持ち出してくれたのだという。

「今回はその一つを使って王城内へ侵入します——ただ」

「ああ、分かっている。私たちは城の外で暴れ、スライムをなるたけ多く引き付ける」

フォーネリスたちは、囮《おとり》だ。

暴れることで沢山《たくさん》のスライムを外へ集め、城内のスライムを少しでも減らすというもの。

なるたけ無傷の状態でマリアベルを大元のスライム——ブラックウーズの元まで届ける、というのが今回の作戦だった。

勇者の剣。

廃神殿の中でスライムを文字通り消し飛ばした武器。

それがあればいくら強力なスライムでも倒せるはずで、フォーネリスたちには『ヴァルハリの祝水』によって長時間の戦闘にも耐えられる……はず。

どちらも希望的な気持ちの方が大きいが、それしか勝ち筋がないというのも事実だ。

殺すよりも増える方が早い生物に、長期戦など選んでいられない。

「単純な作戦だね」

「戦いは単純なのが一番だ」

「そうね。難しく考えるより、そっちの方が分かりやすいわ」

カーラの言葉にフォーネリスが即答し、タイタニアが同意する。

事実、難しい作戦を練《ね》ったとしても、相手は取り込んだ人間の知識まで吸収する怪物だ。

それを知らないマリアベルたちだが、スライムが『異常に賢い』というのはこれまでの戦いで分かっている。

下手《へた》に策を弄《ろう》するよりも、今の勢いを利用した短期決戦こそが唯一の勝ち筋というのを、フォーネリスやマリアベルは本能的に感じているのかもしれない。

これだけの頻度《ひんど》で戦闘を繰り返しながらも、ここへ至るまでに高めた士気が鈍《にぶ》る間もないほどの勢いで一点突破。

勢いで押し切るというもの――王城まで道を切り開き、レティシアをはじめとする捕虜《ほりょ》を助け、おそらく存在するであろう『大元』を倒す。

……数万という数字を出せば、誰にでも分かってしまうことだ。

スライムを一匹残らず滅ぼすことなど、現時点では不可能なのである。

スライム殺しの祝水だろうと、勇者の力だろうと。

個々の実力が劣り、数だって三千人程度の軍隊では――数万、もしかしたらそれ以上の数のスライムを全滅させることなど……不可能なのだ。

「まずはレティシアたちを救い、スライムの大元となった存在を倒す。フォンティーユの魔導士たちが言っていたが、最初に問題となったのは廃坑の魔物なのだろう？」

「はい。ミスリルの廃坑に魔物が現れ、それが麓《ふもと》の村を襲うようになって冒険者たちが依頼を受けたのが最初だと聞いています」

メルティアはそこから、集めた情報……正確な日時、犠牲《ぎせい》になった人の数、そして依頼発生からフォンティーユ陥落《かんらく》までの日数。それらを説明する。

「フォンティーユが陥落した日、お母様を襲ったのも、そのスライムかもしれません」

「その最初に現れたスライム……大元となるソレは、おそらくフォンティーユの王城にいるはず」

カーラが地図上の、フォンティーユの王城の位置に小瓶を置く。

「女を捕らえて——子供を産ませ、魔力を吸収するなんて性質《たち》だ。この大陸でもっとも強力な魔力の持ち主であるレティシア様の傍にいる可能性が高い」

『ヴァルハリの祝水』を使い、マリアベルに協力してもらって数か月前に回収したスライムの『核』と、そこから滲《にじ》み出る粘液を調べたことで、スライムは人を取り込むごとにその魔力を高めているということが分かっている。

それは殺して溶かすだけでなく様々な体液からでも魔力を吸収し、女は犯すため……同時に、汗や愛液のような体液は餌《えさ》となってスライムを強化してしまう。

本来なら魔力を溜めることができない魔物のはずなのに、スライムが魔法を使えるのはそのためだ。

取り込んだ魔力を溜め込み、使う。

ただ、魔力を生産できない性質はそのままなのだから、魔力を使い切らせることで……毒持ちのスライムへ成り下がるともいえる。

……のだが、フォンティーユに囚われている数千人、もしくは万を超える人数と――グラバルトやリシュルアでも活動しているスライムによって回収された魔力の総量はどれほどか。

魔王に匹敵する魔力を持つといわれたレティシアが敗北した一年前よりその総量は増しているというのは簡単に予測でき、はたして勇者の武具を継ぐマリアベルでも対抗できるのか……不安要素は多い。

「そうだな。運が良ければ、その大元を叩くことでスライムたちに何かしらの変化が起きるかもしれない。レティシアを助けることができれば大きな戦力にもなる――好転こそすれ、今以上に状況が悪くなるようなことはないだろう」

「今はそれに懸《か》けるしかない。ま、これ以上悪い方には転ばないとは思う……多分」

「不安になるようなことを言わないでちょうだい、カーラ」

カーラの言葉に、ジェナが肩を落としながら呟《つぶや》いた。

……それが、今回の作戦の目的だ。

レティシアたち捕虜の救助と、スライムたちの大元――最初の一匹、ブラックウーズの討伐《とうばつ》。

それによりスライムたちに変化があるのか、それとも何も変わらないのか……大元を倒すことで他のスライムたちも消せるのか。

今はその希望に縋《すが》るしかない。

人類にとってそれは、絶望的な状況の中にあるたった一つの希望であり、目標。

一つずつ、一歩ずつ、確実に前へ進む……それだけだ。

＊

その次の日の昼、最後となるかもしれない食事を済ませ、フォンティーユの王都前に人間が集まっていた。

スライムの姿はない。

開かれたままの大門から覗《のぞ》く街並みは悲惨《ひさん》なものだが、そこに何かが動く気配は感じられなかった。

……異世界の勇者の知識を元に建てられた美しい街並みだった。

建物は碁盤《ごばん》の目のように均整均等に並んで建てられ、大通りは多種多様な種族たちで賑《にぎ》わい、活気に満ち満ちていた国。

その美しい街並みは遠目にも荒廃しているのが分かり、風が吹くと破壊された建物から瓦礫《がれき》が落ちて小さな音を奏でた……。

メルティアは母親が昔使っていた大きな杖《つえ》を胸に抱えると、その変わり果てた母国の姿に息を呑《の》み、口元を両手で隠した。

今にも漏《も》れそうになる嗚咽《おえつ》を堪《こら》えるためだ。

そんな姉の姿を横目で見ると、マリアベルは凛《りん》とした表情を崩すことなく王都の街並みから視線を外した。

「フォーネリス様、それでは昨夜の打ち合わせ通りに」

「ああ――マリアベル、メルティア、タイタニア、カーラ……それとフェネルリエカ」

「なんだか私だけついでみたいなんだけど？」

その抗議の声は無視された。

今名前を呼ばれた五人――フォンティーユの姉妹姫と妖精の女王、スライムの生態に詳しく剣技にも秀でた科学者、そしてマリアベルが信頼している女淫魔《おんないんま》は馬を降りていた。

フェネルリエカはその背に大きめの荷袋を背負っており、その中には大量の『ヴァルハリの祝水』、そしてスライムが使う麻痺毒《まひどく》などの解毒剤が入っている。

瓶《びん》に詰めていても女神の聖なる力を感じるのか、フェネルリエカはその表情を曇らせている。

彼女たちは各々《おのおの》がそれぞれの装備に身を包み、目立たないよう歩兵の中に混じっていた。

「私たちは王都の正面から戦いを挑み、スライムたちの気を引く。お前たちは王城へ繋《つな》がる地下道を通って、そのまま敵大将の首を取ってくれ」

「……はい」

マリアベルが緊張しながら返事をする。

その様子に気付いたフォーネリスは笑みを浮かべると、その肩を力強く叩いた。

「大丈夫だ。お前ならやれる――それに、仲間もいるんだ。信頼し、共に戦え」

「はい」

その言葉に、少しだけ肩が軽くなったのが分かった。

仲間がいる。一人ではない。

それは、マリアベルにとってとても力強いことに思えたのだ。──今まで、この世界唯一の黒髪、勇者の娘、一国の姫……それらによる重圧に押し潰されそうだったから。

通っていた魔法学院でも、城の中でも。

姉と母は心配してくれていたけれど、マリアベルの周囲にいる人々の期待は、一人の少女には重すぎた。

けれど今は、違う。

仲間がいて、一緒に戦っていて。

勇者と呼ばれることにはまだ慣れないけれど、自分も一人の戦力として数えられている……その立場は、不謹慎《ふきんしん》かもしれないが、『一緒に戦っている』という気持ちになれる。

「大丈夫よ、マリア。貴女《あなた》は必ず、私が守るから」

「お姉様……いいえ。皆で生き残りましょう。一緒に国を支えましょう。守るとかではなく……その、えっと」

マリアベルは言葉に詰まり、上手《うま》い言葉を見付けようと数秒悩み、けれど思いつかずに少しだけ頰《ほお》とハーフエルフ特有の短い耳まで赤くしながら──メルティアとカーラ、フェネルリエカ。そして自分を見送ってくれているフォーネルリスやジェナたちに視線を向けた。

「私は、皆さんとまたお話しをして、笑い合って、これからも一緒に生きたいです」

「――――」

それは、勝利の後の言葉だった。

勝ち負けではない。

勝った後の言葉。

未来に希望を持った言葉。

マリアベルだからこそ。勇者の武具を持つことを許された者だからこそ、その言葉の意味は希望となり、この場にいた全員の表情を柔らかくさせる。

「そうだな。勝って、また会おう」

「ええ。皆で一緒に勝ちましょう」

それが難しいことだとは分かっていても、全員の気持ちが一致する。

生きて、また再会する。

それは不思議と、これから絶望的な戦いに身を投じる状況だというのに気持ちを熱くさせた。

「それにしても、王城に直接つながっている秘密の抜け道っていうのがあるとはねえ」

ただ、人類へ協力するようになった期間も短く、そもそも人類ですらない魔族のフェネルリエカは、それほど深く考えた様子もなくこれからのことを口にした。

このような状況でもどこか楽観的な声音《こわね》に、マリアベルは苦笑する。

「この抜け道は……以前、一度使ったことがあるのです」

「ほほう？　それはまた、どうして？」

その告白に、マリアベルの肩に座るタイタニアは感心したように呟いた。

どちらかと言うと、悪戯《いたずら》に気が付いた血縁のような反応か。

「私もマリアベルも今よりずっと幼くて、一緒に遊んでいた頃の話ですが、道に迷って……そのまま外に出てしまって、お母様から物凄《ものすご》く怒られました」

……二人の姫は知っていた。

フォンティーユの城内……もし外部から襲撃された際、最も警戒されない場所の一つであろう浴室から外へ直接つながる脱出路があることを。

子供の頃、城内で遊んでいるうちに見つけた秘密の道だ。

「お風呂場で遊ぶって……やんちゃねえ」

「ふふ。マリアベルは特に――昔は、宝物庫でもよく遊んでいましたから」

「お姉様っ!?　それは、もう……」

「そういえば、レティシアがよく言っていたな。マリアベルは、父親の盾を好いている、と」

当時は父親のぬくもりを知らないから、それを父親が使っていた武具……フォンティーユの王城へ納められている『勇者の盾』に求めているのだろうと、母親であるレティシアは思っていた。

この世界で数少ない、父親が残したもの。

グラバルトに納められていた剣、リシュルアの鎧《よろい》、そしてフォンティーユの盾。

女神の力を強く宿したそれらの武具は大陸に存在する三つの国家、それぞれに安置された。

それが今、大陸の危機によって一つの場所に集まろうとしている……それを予感したのかもしれない。

フォーネリスは、ずっと昔にレティシアが語っていたことを思い出し、懐かしそうに呟いた。

マリアベルは恥ずかし気に頬を紅くし、それに気づいたタイタニアとフェネルリエカがにやにやと勇者の過去を想像して笑う。

「勇者様も、子供の頃はやんちゃだったのねえ」

「こんなにまじめなのに宝物庫に忍び込むなんて……やるわねえ」

「もうっ、お二人ともっ！　これから大変だという時に」

マリアベルは恥ずかしくて怒ったが、けれどフォーネリスとジェナの感想は真逆。

――きっと、マリアベルはずっと幼い頃、もしかしたら物心がつく前から感じていたのかもしれない。

勇者の武具、女神ファサリナから与えられた聖なる武具を自分も使えるのだと。

「じゃあこれから通るのは、そんなやんちゃな勇者様が見つけた抜け道ってわけね」

「あの、やんちゃというのは、その……」

「でも、本当ね。マリアは、子供の頃から元気だったものね……」

当時のことを思い出し、メルティアが懐かしさに目を細めた。

当時は姉妹がいなくなったと王城で大騒ぎになり、城へ戻った二人はレティシアから物凄く怒られた――その通路を通って、王城へ侵入する。

侵入するのは、勇者と、レティシアに匹敵する魔力を持つ魔導士と妖精、優れた剣士に女淫魔。

少数精鋭。

だが、人類の混成軍において最大の火力を持つ勇者と魔導士、そして毒の製造者。

最後は空が飛べて、性的な刺激にも慣れている淫魔。

背中の翼でも飛べるフェネルリエカは荷物持ちでもあり、言葉は悪いがスライムに襲われても動揺《どうよう》が少なく、逃げ出せる可能性があるからと抜擢《ばってき》された。

なんとも表現に困る仲間たちである。

けれど、不思議と全員の表情には恐怖は浮かんでいない。

緊張――は、自分たちがいない間に仲間たちがどうなるかという不安が多くを占《し》めている。

特にマリアベルは、ここまで一緒に進んできた三千人を超える仲間たちと別行動をとることに不安を抱いていた。

自分が先頭に立ってスライムの群れを突破する――その作戦も確かにあった。

けれど、それよりも勇者を疲労させることなく、ブラックウーズへぶつける方が大切だと考えた結果だ。

勇者の聖剣、女神の力――魔物を消滅させるその力は確かに強大で、マリアベルは父親と同じように、世界の危機を理解した今、その力は熟練の戦士であるフォーネリスすら凌駕《りょうが》するほどにまで成長している。

けれどその体力は有限で、未知の進化を遂《と》げているブラックウーズ相手には万全の状態で挑んでもらわなければいけない……そう考えると、少人数で気付かれないよう移動するしかない。

後の問題は秘密の通路をスライムが知っているかどうかだが――その秘密の通路は王族だけしか知らないもので、レティシアの両親は魔王との戦いで死んでいる。

知っているのはレティシアとその夫、異世界の勇者だけ。

その異世界の勇者はすでにこの世界におらず、レティシアは生かされている可能性が高いとなれば記憶は吸収されておらず、スライムも気付いていない――というのがカーラの考えだ。

もしスライムがいてもメルティアとカーラで道を切り開き、淫魔であるフェネルリエカがマリアベルを護って進む……作戦というには危険すぎるが、正面から挑むフォーネリスたちだって万を超えるスライムにたった三千人程度の戦力で挑むのだ。

危険度でいえば、どちらも変わらない。

「それでは、行ってきます」

「また生きて……無事に会おう、マリアベル」

「はい。フォーネリス様とジェナ様も気を付けて」

「メルティア、マリアベル」

最後に、ジェナが二人を胸に抱いた。母親のように、二人の髪を両手で撫《な》でる。

「貴女たちを戦わせたくなかった」

「…………」

「ごめんなさい」

そして、すぐに手を離した。

その瞳には悲しみが浮かび、けれど口元はそれ以上の言葉を口にしないようキュッと結ばれている。

母親の親友──その娘を戦場に立たせることへの悲しみは、実の娘へ向けるものとなんら変わらない。

ジェナもフォーネリスも結婚しておらず、子供はいない。けれどもし自分の子供が同じ立場だったなら……口にする言葉は決まっていた。

「勝って、帰ってきて、レティシアと一緒に。またたくさんお話しをしましょうね」

「──はいっ」

「別に、永遠の別れでもないでしょうに」

そんな別れへ水を差すように、フェネルリエカが口を開いた。

「負けても捕まって犯されるだけ。殺されるわけじゃないんだし」

それもそうだ、と。

犯された経験のある女性陣はそう思いつつも複雑な心境だ。

淫魔たちにとって性行為というものはそれほど忌避《きひ》するようなことではなく、フェネルリエカをはじめ数十人の淫魔たちはどこか気楽に構えている。

ただ、延々と犯され続けるのは嫌だな、と思う程度。

けれど性行為を神聖なものと捉える人々は、スライム相手に犯されたくないと強く思う。

死なないだけマシなのか、それすらも許容できないのか……は人それぞれだ。

「人って不思議よね。死ぬわけでもないのに、物事を難しく考えすぎるなんて」

「私たちは淫魔なんかより物事を深く考えているんですっ」

「まっ。私たちが馬鹿みたいに言っちゃって……そんな貴女たちは何度私たちに助けられたのかしら？」

「う」

フェネルリエカの言葉に、メルティアは言葉を詰まらせた。

この戦いの最中、すべてが上手《うま》くいったわけではない。

時には前線で突出し過ぎた女性がスライムに襲われそうになり、そこを空を飛べるサキュバスから助けられ、時にはサキュバスが囮《おとり》となって逃がしてくれたこともある。

それは、後方で援護のために魔法を準備する魔導士も同じこと。

時には奇襲のために道端の小石などに擬態《ぎたい》していたスライムから襲われ、メルティア自身もスライムに捕らわれそうになったこともあった。

その際に助けてくれたのはこのフェネルリエカで、メルティアは彼女にきちんとお礼の言葉を向けたりもしたのだが……長年続いた魔物との戦いの所為《せい》か、素直になりきれない部分があった。

「メルティアはフェネルリエカに頭が上がらないな」

「そっ……そんなことはないです、フォーネリス様」

つい口に出た反論を揶揄《からか》われ、メルティアが言葉に詰まる。

それは、メルティアとフェネルリエカが行動を共にするようになってからは日常の一コマになりつつあった。

彼女たち淫魔は魔物であり、人類の敵。

けれど、男と性行為をして生気を吸収するのも同意の上ならば問題ないし、こうやって会話も成立する。

人類と魔族の争いは、お互いに対する無知から存在する。

まるで、そう告げるように。

スライムの増殖《ぞうしょく》によって人語を解する種族との溝《みぞ》は埋まりつつあり、この様子なら他の魔物とも……と考えるのは早計か。

人類がこうやって会話を交わしたのはこのサキュバスたちが初めてで、マリアベルは姉とフェネルリエカの会話を聞きながら他種族とも会話してみたい、と思うようになっていた。

「何を考えているんだい、勇者様？」

「……その、勇者様というのはやめて下さい、カーラ様」

「そうはいっても、マリアベル様は勇者様だからね……」

とはいうものの、カーラもその呼び方にはいろいろと思うところがあるようだ。

というよりも、マリアベル本人が少し嫌がっている、と感じているのだ。

(勇者の血を引いているといっても、中身は普通の女の子なんだろうな)

この世界で唯一の黒髪、同じく黒の衣服に身を包み、その上から蒼を基調とした清廉《せいれん》な軽鎧を纏《まと》い、腰には豪奢《ごうしゃ》な意匠《いしょう》が施《ほどこ》された鞘《さや》に納められたこちらも蒼の聖剣。

けれど、その勇者の武具を扱うのは普通の女の子で――その立場の重責に迷っている。

そんな感じ。

マリアベルよりも身長は低いが、いくらか長生きしているカーラは、その機微を察すると少しだけ同情した。

自分が同じ立場だったなら、きっとその責任に耐えられないだろうから。

気軽に趣味の実験を繰り返し、それがたまたま人類の役に立ったからこの場にいるだけの、ある意味で幸運なだけの自分とは違う。

運命……宿命ともいうべき言葉で縛《しば》られた勇者という立場に、カーラはせめて言葉だけでも勇者の重責を軽くしてあげようか、とも思った。

「分かったよ、マリアベル様。これでいいかい？」

「え、ええ……珍しいですね。私の言うことを素直に聞いてくださるなんて」

「ホント。いつもはもう少し偏屈なのに」

「……タイタニア様には言われたくないな、それだけは」

マリアベルの言葉にタイタニアが同調すると、いつも能天気に明るい妖精の言葉にカーラが苦笑する。

「人をわがままし かしない人間みたいに……私だって、人の言うことくらい聞くとも。それが納得できるものなら」

暗に納得しないことには従わないという言葉に、マリアベルは苦笑した。

「それで、何か考えていたようだけど、どうかしたのかい？」

「ええ――フェネルリエカさんとこうやって話していると、人はいつか、魔物とも交流できるようになるかもしれないな、と。思っていたんです」

「マリアベル、それは……」

「はい。今はまだ、夢物語でしかないと分かっています。それに――この戦いに勝たないと、そのいつかも永遠にやってこないと……分かっています」

呟《つぶや》きを聞いたフォーネリスが何かを言う前にマリアベルは首を横に振り、そして真剣な表情を浮かべて遠くに見えるフォンティーユの王城へ視線を向ける。

勝たなければならない。

そうしなければ、人の時代が終わるのだ。

スライムの時代という、想像もできない未来が待っているのだ。

だから、何があっても勝たなければならない――その決意を瞳に宿し、マリアベルは故郷フォンティーユ、半年前まで自分が生活していた城を見る。

「ああ。すべてが終われば、お前が望む未来が来るかもしれないな、マリアベル」

考え方こそ多少違うが、それは他種族を擁《よう》する獣人ならそれほど深く考えるようなことでもなく、フォーネリスも女淫魔たちに今までにない感情を抱くようになっていた。

嫌悪や敵意ではなく、あまたある獣人種族のうちの一つ――それらに抱く仲間意識のような感情を。

「フェネルリエカ、マリアベルを頼む。今日だけは、メルティアよりも優先してくれ」

「りょーかい。大変ね、勇者様」

「――フォーネリス様、ジェナ様。必ず、勝って戻ります」

「ああ。吉報を待っている」

そうして、フォーネリスは四人から視線を外した。

戦いが始まったどさくさで別れ、別行動になる。

これが最後の別れになるかもしれないと思いつつ、けれど勝利を微塵《みじん》も疑わない。

マリアベルは――勇者は大丈夫。

問題なのはこっち。自分たち。

フォーネリスはジェナに視線を向けると、金髪の聖女は先ほどまでの柔らかな笑みを引き締めながら力強く頷《うなず》いた。

その気持ちを奮《ふる》い立たせるよう、フォーネリスは背にある愛用の特大剣を抜き、天に掲げる。

「戦闘開始だ！　いくぞ、家族を、友を――愛《いと》しい人を取り戻すために戦え!!」

空は晴天。

雲一つない青空は嫌らしいほど清々しく、燦々《さんさん》と輝く太陽がフォーネリスたちを祝福しているようだった。

*

フォンティーユの魔導士を中心とした後衛部隊が魔法で援護する形で、フォーネリス率《ひき》いる前線部隊が王都へ突入したのは、まだ太陽が東側に傾いている午前中だった。

剣や槍、斧《おの》といった武器を構えた女たちが突撃し、その後に男が続く。

女を殺せないスライムの本能を理解した布陣はカーラが考え、フォーネリスが許可したものだ。

女ならば麻痺毒《まひどく》で弱らせ、捕らえられることはあってもすぐに殺されることはない。

それは敵をどれだけ殺そうとも、スライムの——人類を犯して孕《はら》ませ、子供を増やすという本能が女を『大切な苗床《なえどこ》』と捉えてしまっているからである。

自分の命よりも女の生存を優先するスライムの生態を逆手に取り、最前線は女性に任せ、もしその女性兵が囚われたら男性兵が助けるという布陣。

元々数が劣る人類側にとって、一人の兵士でも貴重な戦力だ。

殺されて失われるという形だけは避けねばならず、必然、女性を囮《おとり》にした作戦を取らざるをえなかった。

「突っ込みすぎるな！　後続を待て！」

仲間を、家族を、同性を奪われ、凌辱《りょうじょく》された女性兵たちの気力は高い。

自分もそうなるかもという不安よりも、その恐怖から仲間を助けなければならないという気迫が勝り、七百人という大人数からなる最前線の部隊は一丸となって王都の大通りを通り、中央広場へ向かって進んでいく。

特に接近戦を得意とする動き易さを優先させた軽装備のグラバルトの女獣人、リシュルアから派遣された重装備とメイスなどで武装した神官戦士たちは周囲の気迫、勢いに任せて王都の中へとなだれ込んでいくほどだ。

フォーネリスは突出しそうになる最前線の女性兵たちに大声で指示しながら、自身も最前線で愛用の特大剣を振ってスライムたちを薙《な》ぎ払っていく。

精霊銀で作られた特大剣はフォーネリスが強く握るだけで赤熱し、その熱量でスライムの粘液を蒸発させていく。

周囲の誰よりも速く、力強く戦う灰色髪の獣人の姿は見る者の希望となり、それを見た戦士たちもまたより一層気力を奮い立たせていく。

その勢いはとどまることを知らないほどで、フォーネリスが声を張って静止を叫んでも勢いが僅《わず》かに弱まる程度。

ようやくスライムを殺せる。仲間を救える。

グラバルトとの国境からフォンティーコの王都へたどり着くまで、いくつかの村を解放してスライムを『殺せた』ことにより自分たちでも戦える……そう理解した兵の士気はフォーネリスが想像していた以上の業火《ごうか》となってスライムたちを蹂躙《じゅうりん》していった。

「フォーネリス様、最前線に立つ部隊が大通りの中央にある広場まで到達しました！」

「もうそんなところまで進んでいるのか⁉　魔導士部隊とジェナたちは、まだ東門を制圧したところだと報告が来ているぞ……」

スライムを恐れずに突き進めることは新兵老兵が多い部隊にとっては利点だったが、その勢いが早すぎることにフォーネリスが驚きの声を上げる。

魔王が倒されて二十年が経とうとする時代、戦闘経験がある戦士の数が減っていたことも要因だった。

指揮官となれるものが少なく、必然、最も戦闘を得意とするフォーネリスがその立場にならなければならない。

そんなフォーネリスの指示を待たない進軍は、勢いで押し切ってしまう新兵の行動によく似ていると考え、フォーネリスは頭が痛くなった。

部隊の中核で戦場の形を想像しながら、どうするべきか考える。

フォーネリスだって、いまだ三十歳半ばを過ぎた若輩《じゃくはい》だ。魔王討伐《とうばつ》の経験こそあれ、大軍を率いて指揮した経験はそれほど多くない。

そんなフォーネリスが戦闘経験は一番多いのだから、寄せ集めの前線部隊の経験がどれほどかは推して知るべし。

だからこそ魔物を恐れないよう小さな村々を解放して、スライムを殺して、自信を付けさせたのだが、戦端が開かれるとかえってその勢いが指揮の邪魔をしていた。

「大通りで待機、後続を待つように前線へ指示を！」

「この勢いのまま王城まで進まないのですか!?」

「スライムの数が予想より少ない！　周辺の安全を確保していない状況で進めば、王都の真ん中で前線が囲まれ、孤立するぞ！」

東側にある大門から突入し、すでに前線部隊は王都の中央にある広場に到達している。

俯瞰《ふかん》した視点で見れば、真っ赤な円の中に、青い細線が一本、中央まで伸びている状況だ。

ここで横槍を入れられたら、あっさりと前線部隊と後続部隊が分断される――そうと分かって指示を飛ばしても、スライムを殺して仲間を救うという興奮から、若い女性で固められた前線部隊は止まらない。

戦えば勝てる。魔物を殺せるのだ。

ならば止まる道理などなく、この勢いのまま進むべき……と考えてしまうのは戦場の雰囲気《ふんいき》に中《あ》てられたからなのかもしれない。

「了解しました！」

「急げ！　……お前は後続部隊へ走れ！　なるたけ急いで前線の支援を行うように伝えろ!!」

「はっ！」

矢継《やつ》ぎ早《ばや》に馬上から指示を飛ばしながら、フォーネリスは自分の部隊でも救出した女性を保護し、癒《いや》し、東の大門と王都中央の広場——そのちょうど真ん中付近の位置で『ヴァルハリの祝水』を撒《ま》いて安全に休める地点を確保する。

民家は破壊され、いたるところにその残骸《ざんがい》や、逃げる途中で破壊されたのだろう馬車の破片が散らばる道の中央には、晴天の下、全身をおぞましいスライムの体液で汚した全裸の女性たちが数十人と並び、それは王都の奥へ進むほどに増えていく。

「街中でも、戦いの最中でも構わず犯しているなんて……おぞましい化け物め」

「まったくです。早く全滅させないと……っ」

「……そうだな」

その血気に逸《はや》った言葉に、フォーネリスは一瞬言葉を詰まらせた。

王都の至る所から女の悲鳴……喘《あえ》ぎ声が響き、それがまた勢いに任せて突撃する前線部隊の気力や戦意を高めてしまうことにフォーネリスは気付いている。

フォーネリス自身も、同性が——親友が治める国の民がこのような凌辱に晒《さら》されているとなれば、怒りを鎮めることが難しい。

今にも馬を駆って突撃し、スライムたちを一匹残らず蹴散《けち》らしたい衝動に駆られる……けれど、その激情は唇を噛《か》んで我慢した。

彼女は指揮官であり、冷静に戦場を見極めて『全員が無事に帰る』ことを目標にしなければいけない立場なのだ。

「ジェナ様が率いる神官部隊が大門を完全に確保したとのことです！」

「よくやった！　難しいだろうが、急いで前線との距離を詰めるように伝えてくれ」

「大通りの脇へ逸《そ》れたところで襲われている女性も多く、横へ広く安全を確保したいそうですが……」

「王城を攻め落とせば王都全体を確保できる！　戦いの最中に予定以上の救助者を増やせば、それだけ部隊の動きが鈍《にぶ》くなると伝えろ!!」

すぐにでも襲われている女性を救いたいのはフォーネリスも同じだ。

けれど、そうすれば戦えない人が増え、彼女たちを守るために戦士たちの数を減らさなければいけなくなる。

そうなれば、スライムに対抗する力が弱くなる。

そもそも、王都に囚われている女性の数は万に近いと予想していた。こちらの戦力よりも倍以上多いのだ。

そんな人たち全員を助けることなど不可能だとジェナも分かっているとフォーネリスも思うが……周囲がそう叫ぶのか、それとも襲われている女性を見て助けたくなったのか。

どちらにせよ――それは、不可能なのだ。

「フォーネリス様！」

「なんだ!?」

「前線部隊との間にスライムが！　横槍を突かれ、部隊が孤立しました!!」

「だから待てと言ったんだ！　男性部隊を援護に向かわせろ！　私の部隊も前に出る!!」

いくつもの情報が大波のように押し寄せるが、混乱せず、冷静に一番大切なことを優先して一つずつ片付けていくしかない。

フォーネリスの指示通りに男性部隊が最前線の女性部隊の救助に向かい、フォーネリスの部隊が最前線と安全地帯との中核に移動する。

——その部隊が移動する際、大通りから見える路地裏に数人の女性が捕らえられている肉壁を見付けた。

彼女たちは口を封じられ、全裸に剝《む》かれ、四肢《しし》は壁に植え付けられて首から上だけが空気に触れている状態。

その瞳には自由に動き回っている騎士たちへの羨望《せんぼう》が浮かび、食事を流し込む触手の管を挿入された口元にはうっすらと笑みが浮かんでいるようにも見える。

昼も夜も、雨の日も風が強い日も犯され続けた女性たちは自由になることなど考えず、その手は届かない遠い〝なにか〟に向けて伸ばされ——けれどそれすらできず、粘液の中で指だけが伸ばされていた。

「フォーネリス様」

「……罠《わな》だ」

女性兵の一人が、答えが分かっていても声を上げたが、僅かに息を呑《の》んでフォーネリスが言葉を紡《つむ》ぐ。

路地裏の女性たちは大通りを歩けばすぐに目が届く場所に囚われていて、一目見れば助けたくなる……そんな状況だ。

スライムだって女性を壁に貼り付けている少し大きめの一匹だけしか見えない。けれど、よく見れば女性を捉えているのとは別の壁は、周囲と見比べると不自然に見えない程度にだが僅かに綺麗《きれい》で、周囲を囲む建物の屋根部分は地上からは確認できない。

そんな状況ならすぐに助けることができるだろう……が、そんな状況に大切な人質――苗床《なえどこ》を置くだろうか？

そう考えれば、それが女性を餌《えさ》にした罠なのだと考えつく。

なにより、フォーネリスの野生の勘ともいうべきモノが危険だと訴えている。

そんな罠が王都の至る所に用意されており、後続のジェナたちも同じような状況なのだろうとフォーネリスは考える。

戦うことを専門にする自分とは違う、癒すことを専門とする聖職者にこの罠を見破れるだろうか……そこは、親友を信頼するしかない。

「後で助ける。……必ず、助けに戻ってくる」

「はっ」

「よく見ていろ――油断すれば、私たちもああなる。そして、スライムを必ず殺し尽くす覚悟を忘れるな」

太陽が中天を過ぎ、僅かに西へ傾きだすころ……戦況にそれほど大きな変化はなく、フォーネリスたちは『ヴァルハリの祝水』を撒《ま》いて東門から王都中央の広場までの道の安全を確保していた。

（スライムの抵抗が、思っていたより少ないな……）

前線を指揮するフォーネリスは、こうもあっさりと王都の中を進めるとは想像もしていなかった。

スライム――以前は最弱の魔物と侮《あなど》っていた彼女だが、その認識は『勇者の剣』を回収に向かった際の、古い遺跡での戦闘で払しょくされている。

魔法を使い、圧倒的な質量で攻め、頭が回る。

しかも数えきれないほど大量で、使う魔法は基礎的な魔法ばかりだがその威力はかなり高い。

一匹一匹が強敵であると認識しているからこそ、ほとんど犠牲《ぎせい》が出ずにここまで進めたことが怪しい――と思っていた。

（ジェナかカーラと相談したいところだが……）

ジェナは神官たちを率《ひき》いて負傷者――スライムとの戦いで毒を負った兵士や、広場までの道を確保する際に救助した女性たちの治療に回って忙しく、カーラはマリアベルたちと一緒に王族だけが知る地下道を通って別行動。

ならばフォーネリスが頼るのは魔王討伐《とうばつ》の旅で培《つちか》われた己の勘だが、その勘は怪しいと感じている。

何が怪しいのか……スライムの抵抗が少ないこと、こちらの犠牲が少ないこと、物事がうまく運べてしまっていること。

（マリアベルたちの方へスライムが集中している……という感じでもないのだが）

『ヴァルハリの祝水』が思っている以上にスライムたちに効いていて、それを恐れて襲撃してこないのかとも考えたが、そんなに物事がうまく運ぶとは考えることができなかった。

戦力に絶対的な差があるのだ。

殺せない女性兵士ならともかく、自分たちを滅ぼしうる毒を持つ男性兵士に向かって、捨て身で攻撃してこないというのは奇妙としか言いようがない。

その勘は当たっていた。

スライムたちは『ヴァルハリの祝水』の効果を恐れておらず、しかし男性だけで構成された部隊を襲わないというのは確かに奇妙で、不気味に思えてしまう。

同時に、すべてが上手《うま》くいきすぎていて、このまま王城まで奪還しようという声が各部隊から出始めていた。

――スライムにとって、この部隊がフォンティーユ国内へ侵入してきた時から罠は張り巡らされていたのだ。

村を解放させることで自信を植え付け、自分たちは強いのだと錯覚《さっかく》させ、勝てると幻想を抱かせる。

個々の命に頓着《とんちゃく》しないスライムだからこその思考。罠。

フォーネリスのような歴戦の戦士はその不自然さに気付けるが、若い騎士や戦士、経験の少ない新兵は気付けない。

一度だけでなく何度も勝利を重ねたことで「今度も勝てる」と思い込んでしまう。

そんな心理を一か月前から誘導させられていたなどと、誰が考えるだろうか。

人の感情の機微に聡《さと》いカーラをも見落とした、人間の本能を理解したスライムの罠は確実にフォーネリスたちが考えていた以上の成果となって部隊全体に現れ始めていた。

「フォーネリス様。前線部隊が更なる進軍を申し出てきています」

「待たせておけ」

「……これで五度目です。戦えば勝てるのだからと……その、フォーネリス様やジェナ様へ不満を漏《も》らす者も増えてきています……」

「気にするな。戦いはまだ始まったばかりなのだから、後続の魔導士部隊と連携して動くためだと伝えておけ」

「……はっ」

戦場を知らない新兵が自信と勝利の味を覚えればどうなるか、個人での戦闘経験はあっても部隊を率いた経験が少ないフォーネリスには想像できていなかった。

勇者と共に旅をした英雄。

その肩書きを慕《した》って集まった者たちは、勝てる時に勝負を挑まない彼女に僅《わず》かな失望を抱いたのかもしれない。

（……だが、たしかにこのまま部隊を止めておくわけにもいかない。マリアベルの為に、スライムたちの注意をこちらに集めないと）

決断する時が近付いていた。

安全に攻め進み、スライムを撃破していくか。

多少の犠牲は覚悟のうえで、強引にでも攻め進むか。

……どちらがより目立つかなど、決まっている。それでも、フォーネリスはぎりぎりまで後者を選びたくなかった。

捕まれば男は殺され、女は犯される。

魔物との戦いが常に死と隣り合わせだとはいえ、あまりといえばあまりな結末だ。

特に女性は、ただ殺されるよりも酷《ひど》い目に遭《あ》うのだから。

「……いや、待て」

「は？」

伝令が前線へ戻ろうと踵《きびす》を返した時、フォーネリスが止めた。

唇を噛《か》み、けれど胸中の不安を悟られないように表情には出さない。

「分かった。そこまで言うなら更なる進軍を許可する」

「……よろしいのですか？」

「今まで通り、後続の男性部隊と連携を取り、むやみな突撃は行わないように伝えろ。王城へ近付くほどスライムの抵抗は激しくなるはずだからな」

「分かりましたっ」

これで良かったのだろうか？

フォーネリスは自問して、広場から見えるフォンティーユの王城を見上げた。

人気《ひとけ》のない白亜の廃城は寂しいもので、これが勇者の国……レティシアが愛した国の象徴なのかと思うと、それだけで悲しくなってくる。

「レティシア、そこにいるのか？」

馬上でフォーネリスが呟《つぶや》いた。

その声は普段の彼女らしからぬ弱々しさで、悲しさが滲《にじ》んでいる。

……悲しかった。

勇者との旅。あの今も輝き続ける思い出が汚されてしまったようで。

(ジェナも、城を見て同じことを思っているのだろうな)

その確信があった。

悲しくて悔《くや》しくて、視線の先にあるフォンティーユの王城がとても遠い場所に思えてしまう。

……この無力感は、異世界の勇者が召喚される前の、魔王の軍勢に蹂躙《じゅうりん》される世界で微々たる抵抗しかできなかった若い頃のフォーネリスが感じていたモノと同じだ。

「あの頃より強くなったつもりなんだがな」

事実、剣技も経験も、フォーネリスはこの大陸でもっとも優れた戦士へと成長している。

それでもどうしようもない存在、敵。その気配を感じ、フォーネリスは馬から降りた。

元々、地上での戦いを得意とする彼女だ。馬上では得意の特大剣だって振りづらい。

「私たちも前線に出るぞ!!」

その声にフォーネリスの周囲を固めていた……戦いに慣れている三百人からなる精鋭部隊、その全員が顔を上げる。

瞳に迷いはなく、戦えと命令されたら戦う――そんな連中だ。

フォーネリスの部隊はその指示に従って前線へ移動……その途中、最前線となる王城へ繋《つな》がる通りの方から爆音が響いた。

「魔法――あの威力、スライムか!?」

「フォーネリス様、危険です！　後ろへ！」

「いや、私たちはこのまま前に出る!!　ここで勇者の為にスライムの足止めをするのが私たちの役目だ！」

この部隊に限らず、三千人からなる軍隊の人々は『勇者は別の部隊で活躍している』と思っていた。

どこにいるかは知らないが、どこかで戦っているはず……そう思い込むようにフォーネリスたちが正確な情報を漏らさなかったことも要因の一つだろう。

誰もその単語を口にしなかったのは、それをスライムに気取られないためである。

カーラの研究が確かなら、スライムは取り込んだ人間の知識も吸収する。

もし部隊の男性兵士が吸収されてマリアベルの場所を知られたら、それだけでこの作戦は崩壊してしまうのだ――ならばと、マリアベルがどこにいるかを知っているのは女性であり最も戦闘の経験があるフォーネリスとジェナだけ、であった。

する。

フォンティーユの王都を攻め始めてから、初めてフォーネリスが『勇者』という単語を口に
それによって、全員の意識が戦うことから『勇者の為』と意識が変わる。

「敵の戦力を可能な限り私たちの元へ集める！　おそらく、今までのように安全な道ではない
――だが、勇者の為に、世界の為に！　皆の命を私に預けてほしい!!」

「おぉぉおおおおおおおお!!!!」

フォーネリスの宣言が終わると、すぐに歓声が上がった。

三百人の部隊が三千人に匹敵する声を上げ、その熱気は爆発が起きた前線にまで届く。

攻撃を受けたのは最前線……ではなく、前線が危機に陥《おちい》った際に助けるため、距離を空けていた後続の男性部隊だ。

当然、生かす必要のないその部隊には複数のスライムが連続して最大級の魔法を叩きこみ、爆炎が、暴風が、五百人ほど集まっていた男性たちを吹き飛ばした。

灼熱《しゃくねつ》の火炎弾は爆発を起こした衝撃すらも致命の一撃になるほどの威力で、元々破壊されていた家屋の破片を巻き込んだ暴風は嵐となって勢力圏内にいる男性を切り刻む。

けれど、連戦連勝で気が緩《ゆる》んでいたとしても戦場のただなかにいた男たちだ。

戦えないほどの大怪我を負った数十人、そして死者を合わせれば戦闘不能者は百人ほど。

その姿を見てもなお戦意は衰えず、彼らは『ヴァルハリの祝水』を塗った武器を手にスライムへ向かい、一矢《いっし》報いようと襲い掛かる。

その突撃を予想していたのか、スライムたちは先端を尖らせた馬防柵《ばぼうさく》のような形状になると、穂先を伸ばして男たちの突撃の勢いを利用して攻撃しようとする。

今までならその攻撃――いや、粘液が触れるだけで敵を無力化できていた。

けれど、今回は事前に神官たちによって魔物の毒を防ぐ祝福を施《ほどこ》され、剣にはスライムの粘液を崩壊させる祝水が塗られている。

伸びた触手を剣で切り裂けば再生できずに崩れ落ち、その飛沫《しぶき》が肌に当たってもわずかな刺激を感じる程度。

そうしてスライムの馬防柵へ殺到すると、男たちはその粘液の塊《かたまり》たちを何度も何度も切り裂いていった。

「向こうもだ!!」

「分かってる!!」

スラムの弱点である『核』が露出すると、それを優先して破壊していく。

けれどスライムたちだって、無抵抗でやられるようなことはしない。至近距離に魔力で編まれた魔法陣を展開すると、作り出した火炎弾で戦士の数人を焼いたのだ。

「うぁあああああ!?」

「かまうな！　やれぇえええええええ!!」

悲鳴が上がる中、それでもスライムを倒すように叫ぶ。

無事な男たちはその声に背を押され、馬防柵を抜けるとその奥で魔法を放つスライムに向かって祝水に濡れた剣を振り下ろしていく。

数は多い。圧倒的だ。

一匹を倒せば、三匹のスライムが魔法を発動する。

触手を鞭《むち》のように撓《しな》らせ、槍のように突き出し、様々な形に変えて叩き潰そうとしてくる。

今までにない激しい抵抗は、その意識を逸《そ》らせるためだ。

フォーネリスがマリアベルの為に前線を押し出したように、スライムもまた女性だけで編成された前線部隊を孤立させるために男性部隊を襲う。

今まで激しい攻撃を行わなかったのは部隊の全容を知るためと、人類がどの程度戦えるのかを調べる為だった。

事前の準備で男性兵士を取り込めないスライムたちは情報が不足しており、同族を犠牲《ぎせい》にして部隊の目的をある程度把握《はあく》したのだ。

すなわち、王都の中央を突破して、王城にいる仲間を助けること——スライムはそう考えた。

そして、その作戦に合わせて無限のように思えるスライムの大群が動き出す。

そうして始まったスライムの攻撃が、あっという間に王都の中へ侵攻していた全部隊を追い詰めていった。

線となって展開していた陣形に横槍を入れて分断し、最大の強みである連携を不可能にしてからの各個撃破。

単純な物量差による部隊展開は人間らしいもので、そこには取り込んだ歴戦の騎士や戦士、冒険者の思考が作用しているのだろう。

スライムは無数に存在しながら、しかしその動きは寸分の狂いもなく完璧《かんぺき》な手順で同時に行われた。

まるで無数に分かれた一個体のように思考が連結しているかのような狂いのない攻撃は一瞬でフォーネリスや後続のジェナたちに襲い掛かる。

「くっ――『ヴァルハリの祝水』を撒け!!」

「はいっ」

だが、スライムたちにも予測できないのがカーラ特製スライム殺しの猛毒、『ヴァルハリの祝水』だ。

この戦いの直前に完成した毒の存在をスライムたちは知らず、それをまともに浴びると弱点である核を守っている粘液の操作ができなくなる。

苦しむように楕円形《だえんけい》の粘液が波打つと、数分でその形を保てなくなって崩壊。その場で溶け崩れ、残ったのは粘り気のある薄汚い粘液の水たまりと小指の先、もしくは親指の先程度はある小石のようなスライムの核だけ。

あとはそれを踏むなり武器の切っ先で叩くなりして砕《くだ》くだけ。

それは子供でもできる、スライム殺し。

それによってブラックウーズたちとフォーネリスたちの戦場は、彼女たちが想像していた以上に拮抗《きっこう》していた。

「奴らは『ヴァルハリの祝水』に触れられない！　円陣を組んで祝水を撒き続けろ!!　状況が確認できてから、私たちは各部隊の救助に向かう！」

　フォーネリスが突然の攻撃に混乱する兵たちに指示を飛ばす。

　部隊の最大戦力であるからこそ、やるべきことは正確にしなければいけない。

　どこを優先して助けるか、どう進むべきか。迷ったのはわずかな間だけ。

「コーネリア！」

「はっ！」

「お前はこの部隊を率いて後衛部隊の援護に向かえ！　なるたけ早く、魔導士たちを最前線にまで連れてこい!!」

「了解です！」

　名前を呼ばれた狐耳の女獣人は腰に帯びた剣を抜くと指揮権を引き継ぎ、反論することなくこの場にいる三百人部隊の前に出る。

「クォリア、フォリス！」

「はっ」

「はい！」

　赤髪の女騎士と茶髪の猫耳獣人が名前を呼ばれ、フォーネリスの前に出た。

「お前たちは先ほどの襲撃でも動揺《どうよう》していなかったな。私と一緒に最前線に出て、素人《しろうと》連中の指揮をしろ！」

「了解です」

「分かりました」

「――生き残るぞ！　全員で！　――できるか、戦うことしか知らない勇猛な戦士たちよ!!」

「はいっ!!」

フォーネリスは自分の部隊と別れ、たった二人の騎士と戦士を率いて最前線へ向かう。

表情には出していないが心臓は緊張と恐怖で高鳴り、手足が僅《わず》かに震えている。

戦うこと。死ぬこと。

それらは怖くない――が、戦場のただなかで犯され、嬲《なぶ》られるというのは戦士として、女として……どうしても恐怖を感じてしまう。

今までの戦いではありえなかった類《たぐい》の恐怖なのだから、当然だ。

それは、魔王殺しの英雄であるフォーネリスも変わらないし、彼女に選ばれて最前線へ向かう二人も一緒だ。

三人は足早に大通りを駆けると、すぐに最前線となっている戦場へとたどり着いた。

「加勢に来たぞ！　諦めるな!!」

狙われた女性部隊はここへたどり着くまでの僅かな間で完全に囲まれていて、それは真っ黒な粘液の檻《おり》に拘束《こうそく》された哀れな捕囚《ほしゅう》のようにも見える。

「クォリア、確かお前は魔法を使えたな!?」

「はいっ、簡単な風でしたら――」

「戦闘準備!!」

返事は最後まで聞かず、フォーネリスが声を上げる。

本来なら声を上げず、死角から奇襲を仕掛ける場面なのだが、フォーネリスはあえてすぐに気付かれるために声を上げた。

スライムたちがそんな三人に気付く。

牢獄《ろうごく》の一部が歪み、女性戦士たちを狙っていた触手がフォーネリスの方を向く。

フォーネリスは懐《ふところ》から『ヴァルハリの祝水』が入った瓶《びん》を二つ取り出した。

一つを愛用の特大剣に垂らし、二人の仲間が同じように武器に祝水を垂らすのを待ってから、もう一つの瓶をスライムへ向かって投げつけた。

「破壊しろっ!!」

言われるままにクォリアが風の魔法を使って瓶を破壊すると、飛沫が雨となって降り注ぐ。

向かってきていた数匹のスライムの全身が一瞬で沸騰《ふっとう》したかのように歪み、その形を保てなくなって崩れていく。

「反撃開始だ！　動ける者は全力で暴れろ!!」

崩れたスライムから露出した『核』を踏みつぶしながらフォーネリスが大声を上げた。

囲まれ、神官から施《ほどこ》された耐毒の奇跡の限界を超えるほどの大量の麻痺毒《まひどく》を流し込まれた一部の女性以外が、その声に反応する。

彼女たちは正規の騎士や戦士ではなく、身に着けているのは肌の露出を抑えることに重点を置いた簡素な装備である。

彼女たちも『ヴァルハリの祝水』を持ち、必死に抵抗していた。けれど――。

「駄目っ、助けてっ!!」

「このっ――このスライム、強い!?」

後から現れたスライムは、動きが違った。

祝水に濡れた刀身ではなく柄飾りや手の甲を打って攻撃を逸らし、死に至らない麻痺毒の量を調べて対応する――その動きは他のスライムたちよりも洗練されたように見え、事実、触手の動きが全く違う。

女性だからと遠慮《えんりょ》したものではない、そうと分かった上で攻撃を仕掛けてくる――それはフォーネリスにも同様だ。

「こいつら、今までのスライムと違うのか!?」

見た目は同じにしか思えないが、動きが全く違う――ただの女ではない、フォンティーユ最強の女騎士フィアーナから産まれたスライムだ。

その戦技、経験、そして一度に放出できる魔力の量は他のスライムたちとは段違いだとすぐに分かる――特大剣を巧みに使って触手をいなしながら、フォーネリスが足止めされた。

彼女を襲うのは三体、十数本の触手だ。

それをヴァルハリの祝水で清めた特大剣で刻み、無力化し、他とは違う強さに驚きながらもその数を減らしていく。

他の二人にも同様にスライムが襲い掛かるが、けれどブラックウーズが知らない武器——毒による攻撃に再生が封じられ、長所である圧倒的な質量による攻撃を生かすことができない。

けれど、スライムにはそれしかなかった——魔法と、麻痺毒と、触手。

生物としてどれだけの知識を得ようが〝それしか〟武器がなかった。それだけで十分だったからこそ、それ以上の進化を望まず、女性を使って数を増やすことに集中した。

人類は——カーラという女神を信奉するだけでなくその力を理解し、利用し、より良く世界を変えようと考えた新しい思考の持ち主は——そんなブラックウーズの理解を超える武器を作り出し、スライムたちを追い詰めていく。

フィアーナから産まれたスライムは、その戦技は確かに優れていても女性相手には本気で殺しにいけず、フォーネリスたちによって倒されるのにそう時間はかからなかった。

どれだけ強かろうが、全力を出せないなら宝の持ち腐れでしかない。

「やったか!?」

第一波を凌《しの》いだことにフォーネリスが声を上げた瞬間、今度は真横から砲撃のような質量のある風の弾丸が放たれた。

目に見えない風の魔法は、しかし勘によって危機を察したフォーネリスに防がれる。

けれど反応できなかった赤髪の女騎士クォリアが吹き飛ばされ、家屋の残骸《ざんがい》へ強《したた》かに背中を打ち付けて気絶する。

「——新手か!?」

現れたのは、今までのスライムよりも強力な魔法を使うスライム。

これはフォンティーユの魔導士たちから産まれたスライムであり、その中には一際《ひときわ》大きな巨体を持つスライムも存在している。

他よりも圧倒的な存在感を放ち、強力な魔力を宿していると一目で分かる――レティシアから産まれたスライムだ。

「正念場だ、全員気合を入れろっ!!」

そのスライムへ向かい、フォーネリスはあえて正面から突撃した。

目立つためだ。

たとえ捕まったとしても――この場に強力なスライムたちの注意を向けることができれば、それだけマリアベルたちの負担が減る……そう考えての行動だ。

「全員、無事か!?」

フォーネリスがそう声を上げたのは、今までよりも強力なスライム――レティシアやフィアーナから産まれた特殊なスライムが出現するようになって、三十分ほどが経過してからだった。

強力な魔法と巧みな触手捌《さば》きを使うスライムは最強の獣人フォーネリスから見ても強敵で、彼女は黒の軍服、その半分ほどがすでに粘液で濡れ、至る場所が破れてしまっている。

スライムたちの本能――女性を犯そうとした結果だ。

服を破って無力化しようとしたのだろうが、むしろその本能が弱点となって隙《すき》を作り、フォーネリスたちは強力なスライムの撃破に成功していた。

当然だが、女性を大切に扱うスライムたちの攻撃によっての裂傷などはなく、軽い打撲《だぼく》程度。戦いに支障はないが、濡れて張り付く服の感触と肌が露出した場所に直接触れる風の冷たさが気持ち悪い。

何より気が散らされてしまうのは、その臭《にお》いだ。

清潔だった衣服が汚物に塗《まみ》れてしまったかのような異臭を放ち、嗅覚に優れる獣人はそれだけで集中力が切れてしまう。

それはフォーネリスだけでなく、他の獣人たちも同じ。

スライムはあえて強力な異臭を放つように体液を調整し、獣人たちを惑わし、捕らえやすいようにしていた。

「ごほっ――大丈夫か、みんな……っ？」

咳《せ》き込みながらの声は、疲労感が滲《にじ》んでいる――体力的には、問題ない。

けれどスライムが放つ異臭は呼吸を困難にさせ、徐々に頭痛のような弊害《へいがい》すら起こし始める。

獣人の体力を奪うのには、何が一番効果的か？

答えは、その優れた五感を逆手に取り、狂わせることだ。視覚、聴覚、触覚……嗅覚。

スライムたちはその中で一番簡単な『悪臭』をばらまき、強力な個体をぶつけ、戦力の要《かなめ》である獣人たちの体力をゆっくりと、確実に、落としていく。

――それでもフォーネリスたちは善戦していた。

体調不良に陥《おちい》りながらも獣人たちは彼女の指示に従い、男女関係なく戦士として戦い続けたのだから。

スライムにとって誤算だったのは、フォーネリスたちはこれほど追い詰められても乱れず、逃走せず、統制がとれており、個々人が孤立しないことだ。

集団で戦われては一人を攫《さら》っている間に別の戦士から攻撃され、スライムはいまだに誰一人として攫えることができていない。

ならばと部隊全体を同時に攻撃し、その混乱に乗じて襲おうとしたがそれも効果が薄い――だが、それも時間の問題だ。

スライムたちにとってどれだけ同族が討伐《とうばつ》されようと、その数は人間たちよりもはるかに多い。

このまま数を頼りに圧《お》し続けても陽が沈む前にはフォーネリスたちを疲弊させ、全員を捉えることができるだろう。

最も優れた戦士、フォーネリスすら息を乱し始め、臭気によって体力に優れる獣人たちはすでに肩で息をする有様なのだから。

「フォーネリス！」

そんなフォーネリスたち最前線の部隊を観察していたスライムが、別の女性の声を捉えた。

王都の入り口で安全と退路を確保していたジェナたち、神官戦士を中心とした部隊だ。

入り口を巨大なスライムで塞《ふさ》がれたことで退路を失い、前へ出ることを強制されたのだ。

「ジェナ、どうしてここに!?」

「扉に擬態《ぎたい》していたスライムに東門を閉じられてしまって……なんとか退路を確保しようとしたのだけど」

「いや、いい——やはり私たちよりも、スライムの方が一枚上手だったようだ」

スライムの波がいち段落したところで、フォーネリスは素直に敗北を認めた。

愛用の特大剣を杖《つえ》にして、乱れた呼吸を整えようとするがそれも難しい。

けれど、動揺《どうよう》は思ったほど強くないことにフォーネリス自身が驚いている……それは一度敗北し、囚われ、凌辱《りょうじょく》されたことで相手の強さを理解していたからか。

魔物だからと、スライムだからと、見下す余裕などありはしない。

勝利を得る為なら、必死になって自分を、仲間すら犠牲《ぎせい》にしなければいけない——その覚悟は、勇者と共に魔王と戦った時からできている。

それはジェナも同じだった。

退路を塞がれたジェナは戦える仲間を優先してフォーネリスと合流していた。

一度解放したスライムの捕虜たちは再度奪われ、けれど『彼女たち』は殺されることはないからと……諦めて。

ジェナだって抵抗した。彼女たち神官戦士は女神ファサリナの力を借り、その奇跡で魔物を撃退しようとしたがあまりにも数が多かった。多すぎた。

懸命に戦った証拠に三つ編みにまとめられた艶《つや》やかな金髪は乱れ、汗が浮いた頬や額に張り付いて美貌《びぼう》を曇らせてしまっている。

大きな杖を握る両手は力が籠《こ》もって肌が白くなり、瞳にはうっすらと涙が浮かんで……。

「大丈夫だ、ジェナ。最後は私たちが勝つ――そう考えるんだ」

「え、ええ……そうね」

ジェナの脳裏《のうり》には助けられた奇跡に喜び、再度攫われる絶望に顔を歪めるフォンティーユの女性たち……その表情が浮かんでいる。

それだけで必死に助けを求めてくる人々の顔を忘れることなど不可能だったが、しかしそうしなければ次の瞬間には自分が攫われてしまうのだ。

固唾《かたず》を呑《の》み、ゆっくりと深呼吸をしてジェナは気持ちを落ち着けた。

「それで、次はどうするの？」

「どうしようもない――残された道は、正面だけだ」

フォーネリスは疲労が浮かんだ表情に苦笑を浮かべ、フォンティーユの王城を見上げた。

まるで誘うかのように王城へ通じる道だけはスライムの数が少なく、疲労した部隊で突破できるのはそこだけだ。

「罠《わな》だが、行くしかない。……私たちが長く戦えば、それだけマリアベルたちの方へ向かうスライムの数が減るんだからな」

「……そうね。それにしても、魔王やドラゴンと戦った私たちが、スライムなんかにここまで追いつめられるなんて」

「悪い夢だな、まったく」

それは侮《あなど》りの言葉ではなく、絶望へ沈みそうになる気持ちを奮《ふる》い立たせるための冗談だった。

その一言で二人の口元にはわずかにだが笑みが浮かび、心が軽くなる。

けれど、現場で戦う戦士たちにその余裕はない。

全員が生き残ることに必死で、ただひたすらに正面に存在する粘液の化け物を『ヴァルハリの祝水』で祝福された武器を使い切り刻んでいく。

「全員、聞け！　これからフォンティーユの王城へ向かう！　私とジェナが道を開くから、ついてこい!!」

ジェナたちと合流できたことで、数的には王城へ突入した時とそれほど変わっていない。

疲労こそあれ、戦力はまだまだ十分だ。

一点突破で王都の外へ向かうと思っていた戦士たちは異論を挟もうとしたが、しかし獣人たちは魔王と戦って生き残った自分たちの姫の言葉——生存本能に長《た》けた本能に従い、王城へ向かって突撃の隊形に変化する。

「皆さん、疲れていると思いますが頑張ってください！　今も、私たちの勇者マリアベルは戦っています！　私たちがここで退けば、彼女の負担が増えてしまう——耐えて!!」

ジェナも声を上げ、困惑の表情を上げている者たちに訴えた。

そう、彼女たちはマリアベルのために戦い、彼女を護るためにいる。

そのことを言葉にし、襲撃に混乱していた人々の理性によって目標を思い出させた。

——『勇者』のため。

今はそれに縋《すが》るしかなかった……勇者なら。マリアベルならなんとかしてくれると。

＊

「……ひどい」

王城の入り口へとたどり着いたジェナの口から、無意識にその言葉が出た。

年に数度、国の使者として訪れていた親友の国。

親友と初恋の男性が築いた、この大地で最も美しいとされていたエルフの国は無残に蹂躙《じゆうりん》され、その様子を一変させてしまっていた。

美しい花々は枯れ、調度品《ちょうどひん》は汚され、あらゆる場所から異臭がする。

それは王都の比ではなく、五感に優れる獣人たちは無意識に口元を隠し、目には、脳に直接痛みを感じると錯覚《さっかく》するほどの異臭から無自覚に涙が浮かんでしまう。

……そのあまりの様子にジェナは一瞬だけ足を止めたが、しかしすぐに歩み出した。

「フォーネリス、大丈夫ですか？」

「う、く……ああ、まだなんとか」

いかに優れた戦士であっても、五感を介した苦痛を完全に耐えることはできない。

いや、むしろ優れた五感を持っているからこその苦痛に、フォーネリスは脂汗《あぶらあせ》すら滲《にじ》ませながら歩いている。

彼女も他の獣人たちと同じく涙を浮かべながら、その動きは目に見えて鈍《にぶ》ってしまっていた。

「皆さん、獣人の方々に肩を貸して――王城の中に入ります」

動いたのは戦力として弱い老兵たち。

少年兵たちは装備を担《かつ》ぎ、まずは神官戦士たちが王城内へと入る。

……城の中は、外にも増して酷《ひど》い有様だった。

吹き抜けの横幅が広い大階段から外へ繋《つな》がる扉まで続く絨毯《じゅうたん》は粘液を吸って腐敗し、踏めば革のブーツ越しにグジュ、と気色の悪い感触を伝えてくる。

腐敗臭も外とはくらべものにならず、この場所にいるだけでフォーネリスたち獣人は倒れこんでしまいそうだ。

「大丈夫、フォーネリス？　窓は……開けたらスライムが来てしまうから開けられないか……」

城入り口の広間は広いとはいっても、三千人もの人が入れるほどではない。

後から来る人たちであっという間に満員となり、神官戦士たちが率先《そっせん》して別の部屋の安全を確認するために移動する。

それを見送ってから、ジェナも行動を開始した。

スライムが嫌がる『魔除《まよ》けの光』を行使して周辺の安全を確認し、一息つく。

「こほっ」

（……酷い臭《にお》い）

周辺の安全を確保しても、この臭いばかりはどうしようもない。

スライムの侵入を警戒して換気もできず、ジェナは口元を隠しながら周囲を見回した。壁といわず床といわず、あらゆるものが穢《けが》れた地獄そのものといえる空間は、記憶の中にあるフォンティーユの王城とは全くの別物で、廃墟のように思えてくる。

（人の気配がする……）

ジェナは吹き抜けとなっている大階段の向こう。二階から確かに人の気配を感じた。

城下町がそうであったように、城内にもたくさんの人……そして、親友であり共に魔王討伐の旅をしたレティシアもまた、この城に囚われているのだと思い出す。

「……レティシア？」

ジェナは二階に向かって声をかけた。

返事はない……けれど、ズルリ、と。重量のある粘着質なモノが蠢《うごめ》く音がした。

二階の窓から射し込む太陽の光が陰り、音の発生源が相当な大きさであることが分かる。

「皆さん、二階に何かいます！　警戒を!!」

「ちっ」

ただのスライムではないと、ジェナの本能が警戒する。

広間にいた全員の視線が二階へ向く中、蠢くモノが僅《わず》かにその顔を――姿を覗《のぞ》かせた。

巨大な……蛇。いや、顔がないソレは特大のヒルに見えなくもない。

「な――」

ジェナが言葉に詰まったのは、あまりにもその威容がおぞましかったからだ。

巨大なスライムは城下町でも見掛けたが、スライム特有の楕円《だえん》ではなく別生物の形をしてこれほど大きいモノは初めて見たからだ。

それはまるで、リシュルアで見たヒトガタのような――まったく別種の生物。いや、新しい魔物のような異様さで……けれど、ヒトガタにはなれなかったモノという印象を受ける。

その胴体からは、無数の『手』が生えていた。

人間の手。五本の指がある、肩から先の腕。

それが大量に……そしてその腕が巨体を運びながら、巨体の半身を階段の上に覗かせた。

「全員、戦闘準備!!」

特大剣を杖《つえ》にしていたフォーネリスが声を張り上げた。

持っていた『ヴァルハリの祝水』を懐《ふところ》から取り出し、舌打ちをする。

(くそっ、最後かっ!?)

空《から》になった瓶《びん》を乱暴に投げ捨てる。

これで抵抗できる手段が一つ減った。あとは精霊銀製の特大剣に力を込めて発動させる魔法剣だが、二階から顔を覗かせる異形《いぎょう》の巨体に祝水よりもどれほどの効果があるものか……。

それでも戦わなければならない。

逃げ道は、もうないのだ。

どこにも――この大陸の、どこにも。

「戦え!　正念場だぞ!!」

幕間　――　カイブツの葛藤

――人間に、なりたかったのかもしれない。


ブラックウーズに真っ当な思考があれば、もしかしたらそう思っていたのかもしれない。

ソレを初めて手に入れた時、ブラックウーズの思考に何かが芽生《めば》えた。

なんなのかを、『彼』は理解できない。

この世界に生まれ、虫や獣を喰らい、そして人間の『雄《おす》』を取り込んだ。

ブラックウーズは『彼』となり、その本能が訴えるままに血肉を喰らい、取り込み、自らを肥大《ひだい》させ、そして女を襲って同族を増やしていった。

それだけだった。

それしかなかった。

けれど、グラバルトの神殿で勇者の娘を犯し、破瓜《はか》の血を吸収し、そして破瓜の血を吸収したスライムを取り込んだ時……ブラックウーズという存在に変化が起きた。

元々が際限なく肥大し続けるという突然変異種だった『彼』は、『勇者の血』を手に入れたことで更に変化し――自我のようなものが、目覚めたのかもしれない。

勇者の血とブラックウーズの遺伝子が交わり、金髪の魔導士から産まれた突然変異種。

スライムではなく、より効率良く人を襲うための形をした魔物。

それは魔物と呼べるのだろうか？

ゴブリンやオークのような二本の腕に二本の足を持つモノも魔物と呼ぶが、それとはまた違う。

『戦え！　正念場だぞ!!』

灰色髪の獣人が声を張り上げたのを理解する。

生命力に満ち満ちた、力強い輝きを持つケモノ。

魔力はないが、力強い子供を産んでくれる。

『皆さん、集まって！　全員で戦うんです!!』

美しい金髪を三つ編みにしている女神官が、女神の力を持つ人間を集めて指揮している。

神官の女たちを犯した時、最初は触れるだけでも粘液が崩壊した。

けれどそれも、何代も経過させることで克服した。

今では、特別な魔法を使う子供を産んでくれる。

……ブラックウーズにとって女とは苗床《なえどこ》である。

本能のままに犯し、子を孕《はら》ませ、同族を増やすためだけの存在。

だったというのに、今は少しだけ違う。

女を犯し、姿形を変え、段々と……スライムではなくなっていく。

ブラックウーズではなくなっていく。

その変化が――もしちゃんとした意思があり、言葉を理解していたなら……このブラックウーズは、羨《うらや》ましいと思ったのかもしれない。

美しい人の形をした者たちが。

自分たちとは違う、女神に祝福される人間たちが。

だから姿を変えた。

スライム本来の楕円《だえん》ではなく、簡単な形状の蛇に。

そして、手を生やした。人間のように。

けれども違う。ブラックウーズはどれほど想おうが、彼は怪物だった。

人間にはなれない。どれだけ人間の男を取り込み、その思考を理解し、行動を真似《まね》しようと――『彼』は怪物だった。怪物でしかなかった。

今も……この城を攻めている人間たちとは違う。

女を苗床としてとらえるためにしか行動できない――。

「アルフレド様」

ブラックウーズの陰に隠れた褐色肌《かっしょくはだ》の少女が、愛《いと》おし気にその名前を呼んだ。

アルフレド――ブラックウーズが取り込んだ男。魔法の使い手。

それからずっと、この少女……奴隷《どれい》、サティアはブラックウーズの傍にいる。

第四章 ― 勇者の仲間たち

「戦える者は前に出ろ！　魔導士、援護してくれ!!」

「りょ、了解です――!?」

二階から現れた異形《いぎょう》のスライムは、まず真っ先に魔導士を狙った。

その全身が五十段近い大階段の中腹に差し掛かる頃、全身から生える一本一本の腕――その数十本が手を開き、五指を広げ、それぞれが赤、青、黄……違う魔力で編まれた魔法陣を展開。どれもが最強の魔導士レティシアが使うほどの強大な魔力を放ちながら輝いたかと思うと、その色に応じた炎や氷、雷撃といった魔法が紡《つむ》がれる。

「――冗談だろ。……防げ!!」

強大過ぎる魔力を肌で感じたフォーネリスが、信じられないと思いながらも咄嗟《とっさ》に叫んだ。本能が死を実感させ、身体《からだ》が委縮《いしゅく》しそうになるのをその大声でかき消したともいえる。

獣人たちを中心とした前衛の後ろに控える魔導士たち――他の部屋の探索に向かってそれほど数は残っていなかったが、それでも三十人ほどの魔導士が相対する魔法陣を編み、たった一匹の巨大スライムが放つ魔法を相殺《そうさい》しようとした。

けれど、その魔力が出鱈目《でたらめ》だ。

氷の槍を炎の玉で打ち消そうとしても、槍は簡単に貫いた。

雷撃を逸《そ》らそうと水の壁を生成したが、蒸発させられた。

炎の玉を撃ち返そうと放った風はその火力を高める結果となり――魔導師たちが放った魔法を、そのことごとくが破壊され、呑《の》み込まれ、一瞬でブラックウーズにとって厄介《やっかい》な魔導士たちが吹き飛ばされた。

「戦えない者全員をここに集めろ!!」

言いながら、フォーネリスは己の直感を信じて巨大な異形のスライムへ突撃した。

(離れたら、魔法で狙い撃ちにされるだけだ!!)

魔法を使う魔物との戦い方は知っている。

接近し、詠唱《えいしょう》を妨害することでその高火力を封じるのだ。

それにはその高火力の間近に身を晒《さら》すことになり、当然、恐怖が付きまとう。

『恐怖』を乗り越えることこそが、生き残れることの第一歩。それを知っているからこそフォーネリスは最前線に身を晒し、その巨大な異形に向かって特大剣を振り下ろした。

「こいつが親玉だ！　ここで殺せ!!」

『ヴァルハリの祝水』は確かにブラックウーズにも通用した。

来客へその繁栄《はんえい》を示すために作られた大きく、広く、装飾過多な大階段はスライムにとって戦いやすく、そしてフォーネリスには戦いづらい造りだった。

無数の手を持つスライムはあらゆるところを足場にして体幹の均衡を保てるが、フォーネリスは高い位置にいる敵へ攻撃することになって、斬撃に体重を乗せられないのだ。

(くそっ、踏み込みづらい!?)

高低差のある階段は蹴《け》り足に体重を乗せるのが難しく、踏み込んだ足の踏ん張りも悪い。

当然、腕の力だけで振った特大剣は普段よりも勢いは弱く、しかし刀身を浸す『ヴァルハリの祝水』がその粘液を崩壊させ、蒸発させる。

しかしブラックウーズは斬られた箇所《かしょ》の粘液を分離させると、躊躇《ためら》わずに階下へと捨てた。

それからすぐに斬られた箇所を修復してしまう。

「くそっ!!」

すぐに大切な母体であるフォーネリスを無傷で摑《つか》まえようと、無数の腕が伸びた。

毒づきながら後ろへ跳べば、そこに足場はない。

獣人特有の優れた身体能力で細い階段の手摺《てす》りを踏んで足場にすると、特大剣を薙《な》いで伸ばされる『腕』を牽制《けんせい》したが、その数が多すぎる。

刀身は確かにブラックウーズの粘液を崩壊させるが、その液体だって無限ではない。

斬れば斬るほどその量が薄まっていく。

(これだけ巨大だと、どこに『核』があるか分からないぞ!?)

いまだにその全容は見えていない。戦っているのは階段の中腹だが、ブラックウーズの下半身は階段の奥、二階だ。

この巨体の中から小さな核を探すとなると、いったいどれほどの『ヴァルハリの祝水』が必要になるか――想像もできない。

フォーネリスが困惑している間に他の獣人たちも戦闘に参加したが、彼らは腕の数本だけで手いっぱいになり、フォーネリスに近付くことさえ難しいようだ。

特に男の獣人には遠慮《えんりょ》なく魔法を使い、手加減などせず彼らを無力化していく。

「フォーネリス、援護します!!」

そんな中、前線で戦う女性兵たちの身体が白い光に包まれた。

その淡い光は暖かく、身体の芯へ染み入ってくる――神官戦士たちが使う身体強化の奇跡だ。

「すぐに他の部屋に行っている魔導士たちも――」

「来たらすぐに足場を崩させろ!!　私たちに構うな……この化け物を地下に落とせ!!」

時間を稼《かせ》ぐ――その為だけにフォーネリスは少しでも特大の異形を足止めしようと考えた。

けれど、それすら無駄だ。その行軍はスライムらしく遅いものだったが、フォンティーユの王城を丸呑《まるの》みするほどの質量を一瞬でも足止めすることなど不可能。

すぐにその巨体が一階の広間に到達する――それよりも早く、ブラックウーズの無数の『腕』がついにフォーネリスの左腕を掴まえた。

「しまっ――はなせっ!?」

フォーネリスは男顔負けの腕力でその触手腕を反対の腕で引き千切《ちぎ》ろうとしたが、次は右腕が、それから両足、腰が掴まれた。

獣人姫のその美肢体《びしたい》は空中へ持ち上げられ、それでも必死に逃れようと全身を暴れさせる。

「フォーネリス!?」

「私に構うな、戦え!!」

獣人の姫とはいえ、この場では一つの戦力に過ぎない。

そう思っていても、一緒に戦っている者たちがそう簡単に割り切れるものではない。

しかもブラックウーズは——あろうことか、沢山《たくさん》の人の目がある中でフォーネリスの服を剝《は》ぎ始めたではないか。

色気のない黒の軍服でも隠し切れない豊満な尻と胸、くびれた腰——男の目を惹《ひ》く美肢体が徐々に露《あらわ》になっていく。

——ブラックウーズは優しかった。

厚い軍服こそ乱暴に扱ったが、その下にあるブラウスはきちんとボタンを一つ一つ丁寧《ていねい》に外し、ゆっくりと美肢体を露出させたのだ。

すぐに健康的に色付いた肌、大人びた黒い下着、汗が浮いたヘソ……そこまで露になると、今度はその下だ。

武骨で大きなベルトとタイトスカートの留め具までが外された。ブラと同じ大人びた黒のショーツまでが露になると、流石《さすが》のフォーネリスもその頰《ほお》を羞恥《しゅうち》に染め、唇を噛《か》む。

「戦え!!　私に構わず戦えっ!!」

フォーネリスの声に呼応して戦いが再開される。

多くの兵たちが声を上げながらスライムに突貫し、なんとかフォーネリスを拘束《こうそく》する腕を破壊しようとした。――けれど近付けない。

スライムは巧みに触手腕と魔法を使って兵たちを牽制《けんせい》する――その戦いの経験は今まで吸収した男たちから得たもので、集団戦の真理、仲間が囚われた時の人の思考……それらも当然持ち合わせている。

兵たちはフォーネリスを助けようとするが、却《かえ》ってその思考が動きを直線的にしてしまう。

その思考や心理を逆手に取り、ブラックウーズはあっさりと……城下町での戦闘が嘘のように、女性たちを捉えていく。

「やめ、やめなさい――っ!?」

その中でも極上《ごくじょう》の餌《えさ》は、やはりフォーネリスとジェナ。

勇者と共に旅をし、レティシアと一緒に戦った英雄二人。

ブラックウーズは他の女性と同様に、次はジェナへとその触手椀を伸ばす。

彼女もまた、捕らえられた仲間を助けようと集中力を乱し、その隊列を乱してしまっていた。

ブラックウーズは考える――こんなにも、簡単なのかと。

フォーネリスを捉え、今、もうすぐジェナへその触手が届く。

金髪の『聖女』はその表情に恐怖を浮かべ、けれど歯を食いしばってその恐怖を克服しようとしているようだった。

『彼』の中にある無数の意思があらゆる方向から向かってくる敵を認識し、圧倒的な巨体でありながら死角は存在しない。

それはさながら、百を超える無数の手の一つ一つに別々の意思が宿っているかのよう。

数人の獣人が二階へ回り込んだが、腕の一薙《ひとな》ぎで階下へ叩き落とされた。

「大丈夫ですか!?」

ジェナは心優しい女性だ。誰にでも分け隔《へだ》てなく、優しい笑顔を向けることができる。

だからこそ、誰かが怪我《けが》をすれば我がことのように苦しみ、動揺《どうよう》してしまう。

二階から叩き落とされた獣人の元へ駆けよろうとしたジェナはあっさりと触手腕に捕まった
――が、両手で構えるほどの大杖《おおづえ》から放たれた光が、ブラックウーズの触手を浄化する。

『ヴァルハリの祝水』の毒と同等か、それ以上の効果を持つ『魔除《まよ》けの光』は国中のシスターを犯し、女神の聖なる力にも一定の抵抗を得たブラックウーズにとっても、まだまだ効果があった。

「だいじょ――」

だが、どれだけ粘液を崩壊させようとも無限に等しい質量がある粘液塊にとっては無意味だ。

すぐに再生し、今度こそ青と白を基調とした清楚《せいそ》な法衣に身を包んだ聖女を薄汚れた粘液の化け物が捕らえ――それどころか、二人を捕らえると自ら床を破壊して巨体からは想像もできない素早さで地下へと潜っていった。

「そんな!? フォーネリス様、ジェナ様!?」

声を上げる彼らの眼の雨で、床を崩壊させた衝撃で身体の一部が地下へ潜ったブラックウー

ズは、その巨体を分離させて下半身だけを一階へと残して地下牢《ちかろう》の暗闇の中へ消えていく。

「くそっ!?　お二人を助けに行かないといけないのにっ!!」

しかし、半分になったとはいえ、それはスライムたちの大元──ブラックウーズだ。

『本当に欲しいモノ』を手に入れた今、何の遠慮も、手加減も必要ではない。

先ほどまでとは桁違《けたちが》いの魔法陣がその表面、無数の腕から紡がれ、まるで色とりどりの鮮やかな鎧《よろい》に包まれるかのように……圧倒的な物量、質量の魔法が放たれた。

それは王城の一階を完全に破壊し、窓や壁を粉砕《ふんさい》し、中にいた人々を吹き飛ばす。

けれど、一人も殺してはいない。

男は殺しても良かったが、中には大切な母体も混じっているからという手加減だったが、一階にいた全員が外へ吹き飛ばされ、衝撃で気絶し、そうでなくても激痛で動けなくなる。

そうして、一人ずつ……城の壁に張り付いていた粘液に捕らえられ、吸収されていく……。

次は、別室にいる他の兵士たちだ。

＊

「う……」

フォーネリスが激しい頭痛に呻《うめ》き声を上げた時、瞳に映ったのは真っ暗な世界だった。

太陽の光は届いていない。

肌寒いのは、自分が服を着ていないからだと気付く。

「く、そ……」

「フォーネリス、気が付きましたか？」

「ジェナか……無事か!?」

「大声を出さないで……」

その声はすぐ近くだったが、暗闇と気を失っていたことで感覚が狂ったのか、フォーネリスはすぐにはジェナの位置が分からなかった。

しばらくすると暗闇に目が慣れ、そこが石壁に囲まれた……地下牢だと気付く。

そして同時に、自分とジェナ、それ以外にもたくさんの女性が壁に張り付けられている状態だと分かってくる。

「ここは……フォンティーユの地下牢、か？」

「ええ、そうみたいですね」

「くそ、寒いな」

上着とズボンのボタンを外され、下着姿のフォーネリスが毒づく。

その隣では清楚な法衣姿のまま、濡れた衣服を肌に張り付けたジェナが苦笑する。

「捕まってしまったわね」

「ああ、そうだな」

「……これから、どうなるのかしら？」

「……決まっている」

フォーネリスがそう言うと、彼女たちの意識が戻るのを待っていたのだろう――壁の粘液たちが二人の美女へ触手を伸ばし始めた。

細い、小指程度の細い触手が無数に……人を警戒する蛇のような緩慢《かんまん》な動きで、足元から。

「くっ……」

「気持ち悪い……といっても通じないのが難点だ」

できるだけ気持ちが暗くならないよう、冗談めかしてフォーネリスが言ったが、その程度で気持ちが晴れるわけはない。

何せ、今から自分たちはこの触手に犯されるのだから……。

「時間は稼げただろうか?」

「勇者じゃない私たちには、これが限界なのよ」

あとはマリアベル頼み。勇者の子供、親友の娘――と。

「な……っ」

「そんな――っ」

フォーネリスと……暗闇の奥から運ばれてきた女性が同時に声を上げた。

美しい銀髪は粘液に汚れ、均整がとれていた肢体は長年の凌辱《りょうじょく》で筋肉が衰えたのかその足取りは弱々しい。

「レティシア、無事だったか!?」

「フォーネリス、ジェナ!?　どうしてここに……さっきの揺れは、まさか貴女《あなた》たちだったの!?」

「よかった、ああ、よかった……女神ファサリナ様、ありがとうございます……」

突然の再会にフォーネリスとレティシアが驚きに声を上げ、ジェナが親友の無事に女神へ感謝の祈りを捧げる。

そのレティシアは、ひどい有様だ。

一国の女王が粘液で作られた首輪に拘束され、それに引っ張られる形で歩かされている。

そして、そのままフォーネリスたちの前へ移動させられた。

ここに黒髪の勇者がいれば、昔の旅が今から再開されるような――淡い希望が胸に湧く。

けれど、レティシアは全裸で、フォーネリスは軍服がはだけて下着が丸見え。

ジェナだって全身が粘液まみれで、肢体にピタリと張り付いた法衣がむしろ全裸よりも恥ずかしい姿に彩ってしまっている。

そしてここは、フォンティーユ城の地下牢……。

「二人とも、無事なら早く逃げてっ」

「これが無事に見えるか？」

フォーネリスは親友との再会で僅《わず》かに声を明るくしたが、状況は絶望的だ。

フォーネリスとジェナは壁に磔《はりつけ》で、レティシアからは魔力の波動が感じられない。

いかに大陸で一番優れた魔導士とはいえ、魔力がなければただの人なのだから。

「レティシア、よく聞いて。ここにマリアベルも来ているの」

「そんなっ!?　ジェナ、どうしてあの子が……」

「マリアベルはあの男の聖剣と鎧を継いだ。今では、私なんかよりもよほど優れた戦士に育ったぞ」

「……戦わせたくなかったのよ」

「分かっている。無事にこの問題が片付けば、気が済むまで怒ってくれ」

……そうしている間にも、フォーネリスとジェナの足には細い触手が巻き付き、徐々に上ってきていた。

「二人とも、耐えて――いつかきっと、助かるから」

「ああ。大丈夫だ」

「ええ……レティシア、貴女こそ大丈夫？　ずっとここに閉じ込められていたのでしょう？」

同時に、レティシアの肉付きの良い肢体にも薄汚れた触手が絡みつき、その尻に、腰に、胸が汚されていく。

「ここは地下牢――スライムが、言うことを聞かないダメな子にお仕置きをする場所。だから気を付けて……」

そして、フォーネリスとジェナはその『気を付けて』が何を指しているのか思い知らされることになる。

第五章 — 敗北者たち

「むごぉ!?　ぐぶっ、ふ〜〜〜〜っ!?」

暗闇の中にくぐもった悲鳴が響いていた。

発生源は石床の上。

さきほどまで壁に張り付けられていた灰色髪の獣人フォーネリスが床へ押し倒され、なにか……『イモムシのようなもの』に押し倒されていた。

太い円筒形の身体《からだ》にイボ脚と呼ばれる短い脚——けれどその脚は触手のように太く大きく、その無数の触手が女の身体に体重をかけて動けなくしてしまっている。

それほど巨大ではない。

形状はフォーネリスの顔から上半身までを覆《おお》い隠す程度。

一階で戦ったブラックウーズと比べれば、子供とも言えない幼虫程度の大きさだ。

けれどイモムシは無数の手を器用に操って獣人姫の腕を完全に拘束《こうそく》し、口を塞《ふさ》いでいた。

そして二匹目のスライムが現れると上半身を覆うイモムシと同じようにこちらは下半身……膣《ちつ》と尻穴に極太の粘液棒が挿入され、まるで杭《くい》打ち機のような乱暴さで打ち付けられている。

「んふぅぅう!?　ふぅぅううう!?」

（やめっ、やめろっ!?　い、きが……っ、息がっ!?）

下半身のイモムシが腰を打ち付け、上半身のイモムシが口内を乱暴に凌辱するたびにフォーネリスからは苦悶《くもん》の声が漏《も》れ、唯一自由になる足先を必死に振って抗議の意志を示す。

必死に蹴《け》ろうと暴れるが、しかしイモムシは両足の間だ。

むしろ腰を振ることで膣と尻の穴が締まり、よりいっそうスライムの男性器の太さと乱暴さを感じてしまう。

フォーネリスの頭上を飾る狼の耳が窒息《ちっそく》による恐怖を感じて後ろに倒れ、長く豊かな灰色の尻尾《しっぽ》も力なく石床の上に伸びてしまっている。

態度ではなく行動でその恐怖を示しているがスライム相手には無意味で、イモムシは変わらず腰を振り続けた。

見た目とは違い、かなりの重量があるのだろう。

拘束されているフォーネリスはかなりの怪力だが、それでもイモムシを引き剝《は》がせずに床の上でもがくだけ。

腕はイモムシの背に回され、粘液の身体に指が食い込んでしまっていることからかなりの力が込められているというのが分かるが、スライムは痛みなど感じず腰を動かし続けていた。

「むぅぅう!?　ぅううう!!」

腕には今まで以上に力が込められ爪がスライムの背中をひっかき、両足が必死に何度も床を蹴る。

腰を浮かせてイモムシを跳ね飛ばそうとしたが、上半身と下半身を別々に押さえつけられていてはそれも不可能だ。

まるで押し潰すような乱暴な動きは簡単に膣と尻穴の奥にまで届き、勝手に声が漏れてしまうのを止められない。

口を塞がれた酸欠から意識が薄れると、脳の奥へ直接刺激がしみ込み、瞳から勝手に涙が零《こぼ》れそうになってしまう。

「うう、ぅぅううう～～～!!」

（離せっ、はなせぇえええ!!）

ドスン、ドスンと床が震えていると錯覚《さっかく》してしまうほどの激しい打ち下ろしに、腰が砕《くだ》けてしまいそうだ。

黒の軍服と下着をはだけさせたまま乱暴に犯されるのは初めてではなかったが、だからといって慣れるものでもない。

それからさらに、何度も何度もイモムシがフォーネリスの上で腰を振り続けると、

「ふぅう……ふぅぅん!?」

フォーネリスの口から漏れる苦悶の声に、少しずつ甘いモノが混じり始めた。

目の奥に極彩色《ごくさいしき》の火花が散り、眦《まなじり》から涙が零れ落ちる。

全身には疲労ではなく興奮の汗が浮き、徐々にその肌が赤く火照《ほて》り始めてしまうのを止めら

れない。

「ふぅぅうう!?」

(やめ、ろぉぉお!?　そこ、はっ。そこは!?)

膣と尻穴を犯す粘液棒が、フォーネリスが強く反応を示してしまう場所を見付けてしまったのだ。

膣肉と肛門《こうもん》がキュッと締まり、侵入しているスライムの肉棒を意志に反して包み込むように締め付けてしまう。

その反応に気を良くしたのか、腰を振るたびにフォーネリスの弱点へ肉棒が当たるようにイモムシはその形を変えていく。

「んぅぅうう!?」

(やめっ――やめろぉぉおお!?)

フォーネリスには自分の腰の奥が痺れていくのが分かった。

痛みだけだったイモムシの性交に微かな甘い痺れを覚えてしまい、それが恐ろしくて塞がれた口から否定の声を漏らそうとする。

けれど口から漏れた声には確かな甘い感情が混じっており、フォーネリスはそれが自分の声だと理解できないほど。

酸欠で意識が薄れていく。

腰から感じる甘い痺れだけが思考を満たし、徐々に何も考えられなくなっていく。

イモムシの背中に回されていた指はその表面を引っ掻《か》くことを忘れ、いつの間にか抱きしめるような格好になってしまっていることにフォーネリスは気付けない。

「んふぅぅうう!?」

フォーネリスにはたまらなかった。

力強い打ち付けに、自分の弱点を狙い撃ちする肉棒の形状。

疲れ知らずの腰打ちは激しいままで、一向に弱まる気配がない。

それが等間隔で、延々と送られ続けてくるのだ。

(耐えろっ、たえろぉおおっ!)

フォーネリスたちには希望があった。

勇者の娘、マリアベル。彼女がスライムの大元であるブラックウーズを討伐《とうばつ》し、この国を解放するまで――それまで耐えれば、助かるのだと。

しかし希望とは、往々《おうおう》にして完全な救いというわけではない。

スライムの凌辱《りょうじょく》に耐えようとすればするほどに快感が腰の奥へ蓄積し、それが溢れた時は天にも昇る甘美となって女の意識を刺激してしまう。

フォーネリスもその前例に漏れず、快感を耐えようと全身を強張《こわば》らせ、必死にスライムの好意を否定しようとしているのが分かる。

フォーネリスは床を蹴ることでしか抵抗できず、次第にその音も小さくなっていく。

「ふぅぅう、ぅぅううう!!」

力強くスライムを睨みつけていた瞳が屈辱に歪み、同時にフォーネリスの腰が意志に反して勝手に大きく震え出した。

絶頂だ。

口を塞がれているので嬌声《きょうせい》こそ出なかったが、身体の反応からその絶頂が酷《ひど》く深いものなのだと分かる。

黒の下着と厚手のズボンで彩られた下半身が汗と愛液で濡れていく。

膣肉と尻穴が今まで以上の力強さでスライムの肉棒を締め付けた……が、そんなことなど関係ないとばかりに、イモムシは腰を振り続ける。

「ふぅううう!?　んむぅぅううう!?」

(やめっ、ろ――っ。少しっ、休ませ……っ!?)

瞳の奥がチカチカと光り、鼻息が荒くなる。

心臓がバクバクと早鐘を打ち、絶頂した肉体は本人が気付かないうちにスライムの腰の動きに合わせて自分も腰を振って乱暴な動きに合わせようとしてしまう。

「ふぅう、むぅううう!?」

(こ、のっ。いったいっ、いつまで――っ)

腰を振り続けるのか。そう毒づきたくなるが、口はイモムシの頭部……と思われる箇所から生えた肉棒で塞がれ、もし口にできても言葉はスライムに通じない。

「んぅぅう、ぐむぅぅう!?」

（ま、ず――マズい、やめっ、やめろぉぉおっ!?）

屈辱に歪んでいた瞳が驚愕《きょうがく》に見開かれ、四肢《しし》を必死に暴れさせる。

短い間隔で訪れる連続しての絶頂に、目の奥で光が爆発したような眩暈《めまい》を感じてフォーネリスは言葉にできないまま必死に喉《のど》を鳴らした。

その刺激を知っている。この屈辱を知っている。

初めてスライムに犯された古い遺跡で散々教え込まされたことだ。

どれだけ耐えても、抵抗しても、絶頂させられる屈辱。屈服させられる敗北感にゾクゾクと背筋が震え、オオカミを連想させる獣の耳が、尻尾が、ペタンと力なく折れ曲がる。

「ふ、ぅぅうううう!?」

ビクン、とその肢体が今までで一番力強く震えた。

イモムシの背に回していた手に力が籠《こ》もり、両足を天井へ向かって突き上げてしまう。ブーツの中で指先までピンと伸ばした深い深い絶頂はフォーネリスの頭の奥まで痺れさせ、少しの間、その意識をトばしてしまうほど。

それでもイモムシの動きは止まらない。

「んぶっ!?　ぉう、おあっ!?　あふっ、あっ、あぶっ!?」

（ま、てっ。す、こし――すこしでいい、すこしっ、だけっ――やすっまっ）

スライムの動きですぐに意識を取り戻したが、だからといってこの淫獄が終わったわけではない。むしろ、ここからが始まり……いや、いまだに始まってすらいないのかもしれない。

ピンと伸ばした足が元に戻らない。

深い深い絶頂が尾を引き、イモムシの腰の動きに合わせて何度も何度も絶頂してしまう。

脳が焼ける。頭がおかしくなる。……本気でそう思った。

呼吸も満足にできず、ただひたすら絶頂だけを、快感だけを与えられる。

それはもう苦痛であり、快感に痺れていた頭がズキンと鋭く痛むほど。

それでもイモムシはフォーネリスを押し潰すような勢いで突き続け、フォーネリスはそのイモムシを抱きしめ、足を伸ばして絶頂し続ける。

そんなフォーネリスのすぐ傍では、ジェナが襲われていた。

彼女は衣服をきちんと着込んでいるが、異変はただ一つ。

彼女の顔に、蜘蛛《くも》のような形状をしたスライムが張り付いていた。

八本脚を後頭部へ回し、がっちり食い込んで剝がれない——ジェナは必死に白魚のような綺《き》麗《れい》な指で蜘蛛を引き剝がそうと藻搔《もが》き、三つ編みに纏《まと》められた見事な金髪を振り乱し、苦しさから両足を暴れさせる。

しかし暴れたことで法衣が捲《めく》れてしまい、清楚《せいそ》な純白のショーツとガーターまでが丸出しになってしまっていることに本人も気付いていない。

「がッ、ごぼっ、ぉおっ⁉」

（のどのっ、奥にっ⁉　これは——⁉）

男根を模したスライムの男性器だ。

それが蜘蛛の腹部から伸び、ジェナの喉奥まで突き刺さっていた。

ジェナは白い法衣を乱しながら床を転がり、必死に顔に張り付く蜘蛛を引き剝がそうとするけれど、剝がれない。

頭の後ろに回された足は細いが、しかしそれでもスライムだ。

見た目以上に頑丈で、フォーネリスの怪力でも引き剝がせないほど力強い。

聖女と呼ばれる英雄の一人であっても、ジェナの細腕でどうにかできる相手ではなかった。

「んむぅ⁉」

ジェナの美しい肢体が弓なりに反る。

口内に押し入った肉棒が暴れ、蜘蛛は動かないまま勝手に前後運動を繰り返して快楽を貪《むさぼ》ろうとする。

それによって喉奥が刺激されてジェナは嘔吐《おうと》しそうになったが、口の中の肉棒が邪魔をして喉元まで戻ってきた胃液を無理矢理飲み下す羽目になった。

目には涙が浮かび、唇の端からは泡立《あわだ》った涎《よだれ》が零《こぼ》れ落ちる。

スライムにとって、ジェナの唾液《だえき》――体液は極上の餌《えさ》だ。その一滴も零さないよう丁寧《ていねい》に吸収し、さらに味わおうと口内の肉棒を暴れさせた。

「むぐぅう⁉　ぅむぅうう⁉」

（くる、し――ぃっ⁉）

両手は蜘蛛を引き剝がそうと顔に向き、肢体はがむしゃらに床を暴れまわる。

粘液に濡れて肢体に張り付いていた法衣が更に乱れ、足首まで隠す長いスカートは完全に捲れ上がってその下にある純白の下着だけでなく臍《へそ》の位置まで完全に露《あらわ》になってしまっていた。

下着に合わせた可憐《かれん》な花の装飾が施《ほどこ》されたガーターとストッキングまでが丸出しになったが、聖女本人はそれを気にする余裕もない。

視界は完全に蜘蛛に覆《おお》われ、今にも酸欠で気を失ってしまいそう。だというのに——

（なん、で……っ）

——ジェナも彼女の夫も気付いていなかったことだが、聖女の肢体は普通の人よりもずいぶんと敏感だった。

喉を塞《ふさ》がれ、苦しみに悶《もだ》えなければいけない状況だというのに彼女の肢体は明確な快感を覚え、あろうことか露になった下着はクロッチの部分を楕円《だえん》に変色させ始めてしまっている。

喉を突かれただけで愛液を漏《も》らし、濡れて張り付いた法衣——その胸の頂点ではそれと分かるほど乳首がしこり立つ。

「んふぅう!?　むぅっ、むぅううっ!!」

（あ、ああっ!?　なんでっ、なんれぇえっ!?）

息も満足にできないほど苦しいはずなのに、どうして自分は眩暈《めまい》を覚えそうなほど身体を疼《うず》かせているのか理解できない。

数日おきに行われていた夫婦の営《いとな》み。

確かにそれで満足できなかったのは事実だが、しかし敬虔《けいけん》な女神の信徒であるジェナは自分の肉欲が強いとは思っておらず、それが普通だと感じていた。

強い肉欲を制御することも、女神に対する信仰を試されているのだと信じて疑ったこともない。

だから、蜘蛛のような怪物に顔を覆われ、喉を塞がれた状況でも快感を覚えてしまうなど信じられず、困惑してしまう。

必死に顔の蜘蛛を引き剝がそうとするが、しかしジェナの細腕では不可能。

蜘蛛の腰の動きはさらに激しくなり、地下牢《ちかろう》の暗闇にジュポジュポとした水音が響くようになるほどだが、ジェナは苦しさに呻《うめ》くどころか声に甘い色を滲《にじ》ませ、何もされていない清楚な純白のショーツに卑猥《ひわい》なシミを広げていく。

小ぶりだが形の良い胸も、乳首や陰核といった性感帯を刺激されたわけではない。

だというのに性的な刺激を覚えてしまう自分の肉体に困惑し、その間も激しく喉を突かれて、さらに愛液の量を増やしてしまう。

まるで、ジェナ本人が虐《いじ》められて喜ぶ変態だと教え込むように。

それが今、ジェナと、そしてフォーネリスへ施《ほどこ》されている『調教』だ。

レティシアが言ったように、ここは『ダメな子にお仕置きをする部屋』だった。

叱《しか》ったりするのではない。

ただただ犯し、そして思い知らせるのだ。自分は絶頂し、子供を産むだけの存在なのだと。

抵抗できず、凌辱《りょうじょく》され、そして無様に……普通の営みでは感じることのない屈辱を思い知らされて絶頂させられる。

力強い獣人は、押し倒されてなす術《すべ》もないまま凌辱されるという屈辱に絶頂する被虐《ひぎやく》感を。

美しい聖女は、薄汚い蜘蛛に喉を突かれただけで股《また》を濡らして絶頂する変態性を。

ただ、ブラックウーズは思い知らせる。

自分にとって女とは、その程度の存在なのだと――そして、逆らうことの無意味さを。

取り込んだ男たちの加虐性がそうさせるのか、魔物本来の本能がそうさせるのか。

ただ、ジェナとフォーネリスにとって、これは始まりでしかない。

「んぅぅううっ!?」

（あっ、だめっ、だめっ!?　ぃや――いやぁああっ!?）

ビクン、とジェナの美肢体が弓なりに反った。

背中を浮かせ、天井へ向かって胸を突き出すような格好になりながら、何度も大きく肢体を痙攣《けいれん》させる。

喉を突かれる苦しさによる絶頂はジェナが想像するよりもずっと深く、激しかった。

それを知ってしまった肢体はあっさりと決壊し、股間《こかん》からチョロチョロと勢いのないおしっこを漏らしてしまう……。

「んむぅう!?」

（いやっ、いやぁあああ!?　だめっ、止まって、止めてぇええっ!?）

雲に顔を覆われていても、ジェナには分かってしまった。

自分が喉を突かれるという乱暴な刺激で絶頂し、そして、その刺激でおしっこを漏らしてしまったことを。

石床には湯気が立つ水たまりが作られ一旦その勢いが収まると、ようやくジェナは浮かせていた背中を床に落とした。

「ふぅう、ふぅうう……」

（そ、んな……わたし……）

顔を覆われたまま、呆然自失《ぼうぜんじしつ》となって蜘蛛の下で瞳を見開く。

この歳《とし》になって漏らし、しかも漏らしながら絶頂してしまった……それはとても衝撃的で、その事実を頭が理解できない。

「ふごっ、ごぉっ、おぉぉおっ!?」

何が起こったのか理解したくないまま、ジェナは喉を突かれ続け……すぐにまた肢体を震わせながら、床の上を転がり出した。

「んむっ!?　ぐ、ぅうっ!?」

（なんっ、でっ。なんでっ、のどっ……突かれて苦しいのに!?）

失禁に動揺《どうよう》する暇もなく、喉を犯す動きが再開される。しばらくすると漏れる声に混乱以外の感情が混じり、床の上を転がる動きにも艶《つや》が混ざり始めた。

最初は苦しくて暴れまわっていた動きが、徐々に、腰をくねらせ、もどかし気に両足を動かす行動に変化する。

蜘蛛を引き剝《は》がそうと握る手からは力が抜け、ジェナは少しずつ……また背中を浮かせ、小さく痙攣した。

「んふぅ、んふぅぅ……っ」

喉を突かれて苦しいのに、夫との性行為のように腰の奥が疼いてしまう。

苦しいのと気持ち良いのを同時に感じ、頭が混乱していた。視界が塞がれてしまっているのも混乱に拍車をかけ、自分が今どういう状況なのかを段々と認識できなくなっていく。

だからだろう。

「っむぅ、んむぅぅう!?」

(駄目っ、今はっ、今は触らないでっ!!)

服に染み込んだ粘液の動きが変化したことを感じ取り、身体を左右へ振って逃れようとした。

肢体を包む法衣が意志を持ったように——染み込んだ粘液が独自に動き、全身を刺激し始めたのだ。

腰を揺らすとスカートが更に捲れ上がり、汗と愛液、そして漏らした恥液によって純白の生地が完全に透けてしまっている下着が完全に露になる。

その下にある秘部は毛髪と同じ黄金色の陰毛まで丸見えで、今以上の刺激を求めるように陰部がヒクヒクと小さな開閉を繰り返していた。

顔を塞がれているジェナは気付かない。

自分がどれほど暴れ、そして浅ましく腰を振っているのか。

刺激されない下半身はもどかし気に腰を揺らし、胎の奥に段々と熱が溜まっていくのを自覚する。

けれど、胸と喉の刺激では腰の奥の熱を冷ますことができず、どれだけ絶頂を重ねても……解放されるどころかもどかしさが募《つの》るばかり。

自分の目で確認できないからこそジェナは腰を振り――そしてまた、あっさりと絶頂した。

「ふぐぅうう!?　……ぅぅうう」

(そんな、こんなこと……いつまで)

聖女と呼ばれるほどの女性が浅ましく肢体《したい》を震わせ、何も触れていない胸がひとりでに形を変えてはジェナの口から苦悶《くもん》とはまた別種の声が漏れ出て肢体を痙攣させた。

そして次は純白の法衣と下着越しにもそれと分かるほど興奮に勃起《ぼっき》した乳首がクニ、と乱暴に摘《つ》ままれた。

触手が服の上を這《は》ったわけではない。法衣に染み込んだ粘液が乳首を揉《も》んだのだ。

「ふぅううう!?」

新しい刺激にまたジェナは絶頂し、また股間から愛液とおしっこを吹き出した。

冷たい石床に作られた湯気が立つ水たまりが面積を広げ、地下牢の中にスライムが放つ異臭とはまた違った臭《にお》いが広がる。

ひどい有様だった。

美女が二人、冷たい石床に転がされてイモムシや蜘蛛を連想させる形状をしたスライムに凌辱され、穢《けが》され、その尊厳を破壊されようとしている。

いまだイモムシに押し倒されているフォーネリスは杭打《くいう》ちのような乱暴さで膣と尻穴、喉を突かれて悶絶し。

蜘蛛に顔を塞がれたジェナは小便を撒《ま》き散らしながら床を転がっている。

……そして、次はレティシアだ。

親友二人の痴態を見せつけられ、聡明で美しいハーフエルフの女王、勇者の妻は股を濡らしていた。

半年という長い時間の凌辱で彼女の身体は完全に開発され、腕と足、腰は肉付きが増し、胸や尻は一回り大きくなってしまっている。

激しい運動といえば性行為だけで、運動らしい運動もしていない手足は筋肉が衰え、触手の命令に抵抗もできない。

「……っ」

(魔力が……)

二人の親友が凌辱されている間に、少しだけ回復していたことに気付く。

微々たる量だ。

火の玉を一つ作り出すのが精いっぱいの魔力量で、それではスライムに抵抗できないと分かっている……だからこそ、レティシアは表情を暗くして触手に引かれるまま歩き出す。

——床で凌辱される親友二人を見ながら、次は自分だと。

魔力が回復したレティシアは、優先して犯される。すでに彼女を遥《はる》かに凌駕《りょうが》する力を手に入れたブラックウーズだが、レティシアとフィアーナ、それと数人の魔導士や騎士をいまだに警戒していた。

勇者を倒した英雄。魔王が存在していた頃から戦い続ける歴戦の騎士や魔導士。

その経験は脅威《きょうい》であり、常に魔力を奪い続けて無力にしておかなければならないと本能が訴えていた。

だから、レティシアの魔力が僅《わず》かでも回復すると――彼女は凌辱される。

……それが理解できているからこそ、レティシアは自然とその股を濡らし、これから魔力を奪われることに恐怖しながらも期待してしまう。

薄汚れた粘液が天井から、壁から、四方八方から伸び、レティシアを捕まえた。

彼女は抵抗しない。できない。

この半年で、それが無意味だと思い知らされ、身体の芯に刻まれてしまったからだ。

どれだけ拘束《こうそく》を外そうと暴れても、僅かな魔力で攻撃しても、隠し持っていた小剣で切り裂いても――ブラックウーズには意味がない。

もはや、一度囚われて疲弊《ひへい》したレティシア、そして武器を奪われたフォーネリスやジェナでは抵抗することも……逃げ出すことも不可能だ。

レティシアは必ず勝つと、負けないと心を強く持っていたのはまだフォーネリスたちが捕まっていなかったからだ。

この二人ならスライムに抵抗できると淡い希望を抱いていたからだ。

その二人が捕まった……顔には出していなかったが心は深く沈み、手足から力が抜けていく。

これが絶望なのだろう、と思い知らされた。

「……あぁ」

これから凌辱されることを思い浮かべながら、ふと脳裏《のうり》をよぎる言葉があった。

再開に喜び、絶望に沈んだ心に残ったのは……マリアベル。

マリアベルが来ているとフォーネリスとジェナは言っていたが、父親から黒髪と黒色の瞳を受け継いだ娘がどれほど戦えるのかをレティシアは知らない。

彼女の中では、マリアベルは心優しい——年齢相応の娘でしかない。

魔法が苦手で、ぬいぐるみが大好きな、普通の女の子。

王族としては少し頼りないけれど、心優しく育ってくれた愛《いと》しい娘。

その娘がこの城にいて、そしてブラックウーズに捕らえられたら……そう考えるだけで胸が張り裂けそうになり、怖くて、恐ろしくて、愛液に濡れた足が震え出す。

「だめぇ!!」

それは咄嗟《とっさ》の……何かを考えての行動ではなかった。

想像の中で凌辱される二人の娘、マリアベルとメルティアの姿が浮かんだ瞬間、レティシアは無意味と理解しながらもなけなしの魔力を使って自分を拘束し、家畜のように引っ張っていた首枷《くびかせ》を破壊した。

「あの子たちに手を出さないでっ!!」

地下牢《ちかろう》だが、牢に鍵《かぎ》はかけられていない。

女性たちは壁なり床なりに磔《はりつけ》になっているので、そんなものなど無意味だからだ。

レティシアの魔法は首枷を破壊するに留まらず、回復した魔力を全開に使って周囲を吹き飛ばす衝撃波へと変わった。

鉄の牢が吹き飛び、壁を破壊し、僅かにだが地下牢全体が震える。

周囲の壁に張り付いていた粘液たちの動きが僅かにだが鈍《にぶ》る。突然の攻撃に反応できず、一瞬だけレティシアは自由になった。

レティシアは二人の親友を助けようと手を伸ばすが、しかし魔法は発動しない。

魔力が尽きていた――舌打ちをして、裸のままレティシアは駆け出した。

（マリアっ、メルティア……っ）

長年凌辱《りょうじょく》されていても、娘への愛だけが思考を占《し》める――けれど、女王が地上へ繋《つな》がる階段へたどり着く前に、触手によって彼女は捕らえられた。……あっさりと。

当然だ。スライムは城中に、地下牢の至る所に存在している。

……魔力が尽きた魔導士など、ただの女でしかない。

「離してっ――離せっ!!」

今までにないほどレティシアは暴れた。

腕や肩が痛むほど両手を振り回し、スライムを蹴《け》り、必死に地上へ出ようとする。

けれど、そんな抵抗は無意味だ。

触手は暴れる両腕を難なく拘束し、両足に絡みつき、親友二人と同じようにレティシアを床に押し倒す。

……向かってきたのはイモムシと蜘蛛、両方だ。

「離せっ――マリアっ、メルティアっ!! いやっ、いやぁああああ――むぐぅ!?」

蜘蛛が顔に張り付き、イモムシがレティシアを押し倒す。

その口内には蜘蛛の、膣と尻の穴にはイモムシの肉棒があっさりと侵入した。

いくら形を変えようが、元は粘液なのだから歯を立てた程度で防げるものではない。

「んぐぅううう!?」

それでもレティシアは暴れた。蜘蛛の肉棒を噛《か》み千切《ちぎ》り、イモムシを引き剝《は》がそうとまだ自由に動かせる足でその胴体を蹴りつける。

裸の背中が石床に擦れて痛んだが、その痛みが現実を思い出させた。

(マリアとメルティアがここにいるのっ。ここにっ、この城に――っ)

スライムから凌辱される恐怖も、娘の姿を思い浮かべれば何も怖くなかった。

なんとかして娘を助けなければ――ただその一心でレティシアは暴れ、なんとか地上へ出ようともがき続ける。けれど……。

「んふぅ!? んぐぅう!?」

イモムシが動きを開始した。

フォーネリスへそうしたように杭《くい》で地面を穿《うが》つような乱暴さで膣《ちつ》と尻穴を突くと、半年も開発され続けた肢体はあっさりと奥から愛液を溢れさせ、全身から力が抜けていく。

（いやっ、お願いっ!?　やめてっ、やめてぇえええ!?）

快楽を思い出してしまったレティシアは涙を流しながら首を横に振り、心の中で懇願《こんがん》する。

（だめぇ……お願い、娘は、娘だけはっ）

涙を流しながら、必死に瞳でスライムに訴える。

もう我慢できなかった。耐えられなかった。

娘の名前を聞いて、レティシアの中で何かが崩れ、壊れてしまったのかもしれない。

緊張感や義務感といった、彼女を支えていたもの――国の女王としての矜持《きょうじ》のような何か。

それが、砕《くだ》けてしまった。

「んむぅぅううう――!?」

あっさりと、開発され尽くしたレティシアは絶頂した。

たった数回突かれただけでの絶頂に、激しく潮を吹きながら顔を赤くする。

恐怖、屈辱……なにより、娘が戦っているのに、母親である自分はスライムに犯されてあっさりと絶頂してしまったという敗北感。

すぐに暴れていた手足から力が抜け、目尻はだらしなく垂れ下がり……それでも、なんとか両腕はイモムシを押し返そうとその胸を押す。

抵抗……けれどそれは、スライムにとってあってはならないこと。

特にレティシアという強力な魔導士は、抵抗できないように躾《しつ》けなければいけない。

「ふぅう!?」

ゴスンと音がしそうな勢いで、イモムシがその腰をレティシアに打ち付けた。

衝撃で半年前より一回りは大きくなった豊満な胸が柔らかく波打ち、快感に乳首が勃起《ぼっき》する。

本来なら痛みを感じるほどの激しい衝撃だが、女王が感じたのは脳天を貫くほどの強い快感。

開発され尽くした肢体は乱暴にされることにも快感を覚え、股《また》を濡らし、唾液を溢れさせる。

「むぐぅ!?」

顔を覆《おお》っていた蜘蛛が噛み千切られた肉棒を再生させると、また口内へ侵入させた。

また噛み千切ってやろうとレティシアは歯を立てたが、今度は肉棒に弾力があって噛み切れない……むしろ噛まれたことも快感だったかのように動きを激しくし、ジェナへする口辱以上の激しさでレティシアの喉《のど》を突き始めた。

「がっ、くぐぅ——んぐぅう!?　ぐふぅう!?」

(くる、し……やめ……っ)

粘ついた水音が周囲へ響くほど乱暴に喉を突かれたことで胃液が逆流し、酸欠に陥《おちい》りそうになった頭はまともにモノを考えることができなくなる。

苦しいという気持ちだけが頭に浮かんでいるのに、けれどイモムシの凌辱で開発された肢体は快感を覚え、苦しみの涙を流しながら絶頂してしまう。

二人よりもはるかに早く肢体は快感へ順応し、それでもレティシアは娘たちのことを忘れることなく、地上へ戻ろうと手を地下牢の出口へ向けて伸ばす。

（マリア――マリアっ、メルティア――っ。ごめんなさい、ごめんなさぃぃいいいいい!!）

「んぐぅううう!?」

レティシアは床に押し倒されたまま、絶頂した。

脳裏《のうり》にはありし日の穏やかな笑みを浮かべた娘二人が浮かび、母親である自分に話しかけてくる――そんな平和な日常を妄想しながら。

「ひぐぅ!?　ひゃ――ひゃあああ!?」

「んぐぅうぅうううう!?」

「むぅううううう!?」

世界を救った英雄。勇者と共に旅をした仲間たち。

女王と、姫と、聖女と呼ばれていた美しい三人の女性。

しかしその三人はイモムシに、蜘蛛に、美肢体を穢《けが》され、冷たい石床に押し倒され、潮や小便を撒《ま》き散らしながら絶頂を繰り返す。

凌辱は終わらない。三人が何度絶頂しても、同時に嬌声《きょうせい》を響かせても、抵抗しても、助けを求めても……懇願しても。

凌辱は終わらない――これは躾なのだ。もう逆らわないように。

三人はただのスライムの子供を孕《はら》むためだけの肉袋だと理解させるための。

その三人のくぐもった嬌声が、地下牢に響いて……暗闇に呑《の》み込まれていった。

第六章 ── 勇者たちの戦い

長年使われていない秘密の通路は王都の郊外──朽《く》ちて塞がれていた古井戸から、王城の一階にある王族だけが使うことを許されている浴場へと繋《つな》がっている。

他にもいくつか有事の際の脱出経路、隠し通路は用意されているが、マリアベルとレティシアが知っているのはこの一つだけだ。

周囲には何もない……樹齢《じゅれい》百年を優に超えるだろう大木が目印の古井戸は厚い石蓋《いしぶた》で塞がれていて、苔《こけ》や蔓《つる》で緑に汚れてしまっている。

誰も近寄らないのだろう、周辺も雑草が生い茂って荒れ放題という有様からは、ここが王族の脱出路だと想像もできない。

「ここです」

遠くで鬨《とき》の声が上がり、魔法による爆音がマリアベルたちの耳に届く。

戦いが始まったのだ。

風が吹き、この世界でたった一人だけの艶《つや》やかな黒髪がまるで彼女の本心を表し……後ろ髪を引かれるように靡《なび》く。

マリアベルは音がした方へ不安混じりの視線を向け、その肩にカーラが右手をのせた。

「誰もが危険を覚悟して集まったんだ。前に進もう……ね、マリアベル様」

「──はい」

マリアベルは優し過ぎる。

付き合いが短いカーラは、時々そう感じていた。

この女勇者は大陸のほとんどをスライムに支配された状況であっても、誰かが犠牲《ぎせい》になることを恐れ、誰にも犠牲になってほしくないと思っている。

──勇者が戦えば魔物が倒れ、そして世界が救われる。

そんな理想は夢物語で、現実にはたくさんの血が流れ、沢山《たくさん》の人が死ぬ──魔王が生きていた時代から、そうだった。

異世界の勇者が前に立って戦っても、人間も、獣人も、亜人も妖精も……沢山の命が奪われ、消えていった。

二十年以上も昔のこと──それとも、あれからまだたった二十年しか経っていないというべきか。

魔王との戦いを知らないマリアベルは心優しく──平時なら優れた統治者となれただろう。けれど、こと戦いとなれば優しさは枷《かせ》となり、前へ進む足を鈍《にぶ》らせる。仲間を置いて進むことができなくなり、本当の目的へとたどり着けない。

マリアベルは、そういう人種だ。

小さな命と大きな使命、そのどちらへも手を伸ばし、そのどちらにも手が届かない……そんな危うさは勇者として致命的で、けれどマリアベルらしいとも思う。

だからカーラは、これは『戦いに参加した本人の責任』だと暗に伝え、マリアベルの背中を押した。

「行きましょう。準備は良いですか？」

「ええ、大丈夫よ。マリア」

「さっさと終わらせてしまいましょ」

「こっちもだ」

「……中に入ったらいきなりスライムがいるとかは、ないわよね？」

母親譲《ゆず》りの美しい銀髪の魔導士、メルティア。

太陽の光を連想させる明るい金髪を持つ妖精の女王、タイタニア。

栗色髪の女剣士であり、『ヴァルハリの祝水』を完成させた科学者カーラ。

そして、燃え盛る紅蓮《ぐれん》を連想させる真っ赤な髪の女淫魔《おんないんま》、フェネルリエカがマリアベルの声に返事をする。

二人は決意を新たに、そして女淫魔はそんな決意へ水を差すかのような、けれど重要な問題を口にした。

マリアベルがクスリと小さく笑う。

「魔物の気配はしません。……嫌な予感も」

「そ。勇者様の勘なら信用できるわね」

「そうそう。最近のマリアベルは、ちょっと凄《すご》いんだから」

「……別に、貴女《あなた》が言うことじゃないと思うけど」

タイタニアの言葉にフェネルリエカは呆《あき》れるが、妖精の女王は我がことのように胸を張り、どこか自慢げだ。

人や魔物と比べるととても小柄な種族だが、その小さな身体《からだ》に比べて豊満な胸がタプンと震え、その存在と柔らかさを強調する。

戦いに赴《おもむ》くというにはとても頼りない緑色のドレスから、今にも零《こぼ》れ落ちそうな美巨乳と均整の取れた肢体《したい》。

赤髪の女淫魔も一瞬目を奪われてしまいそうな美貌《びぼう》に、フェネルリエカは対抗心を抱いたのか、挑発的な笑みを浮かべながら胸の下で腕を組んで自身の巨乳を強調させた。

「……いったい何をしているのですか」

その様子にメルティアは呆れたが、美貌というのは淫魔にとって最大の武器であり、それで負けたくないというのは本能のようなものなのかもしれない。

「危機感がないねえ」

「でも、心強いです」

呆れたような、感心したようなカーラの声にマリアベルが返事をすると、揶揄《からか》ったつもりだったカーラは苦笑した。

（緊張が少しはほぐれたみたいだし……感謝しないとね。まあ、本人たちは意識してないんだろうけど）

肩の力が抜けたマリアベルの様子にカーラの苦笑は笑みへと変わり、同時に、小さな妖精と張り合っているフェネルリエカの脇腹を肘で小突いた。

「ほら、行くよ」

「もうっ。最初に挑発してきたのは妖精の方なのにっ」

「なに言ってるのよ。勝手に意識したのはそっちじゃないっ」

「はいはい。胸の大きさなんかで喧嘩《けんか》しないでください。……重いだけじゃないですか。肩も凝《こ》るし」

「まあ――メルティアったら、自分が一番大きいからって、もう勝った気になっちゃって」

「なんの話ですか……あと、貴女から呼び捨てにされるのは嫌です。そんなに親しくもないですし」

そんなメルティアの反応は予想通りだったのか、フェネルリエカは流れるように揶揄う相手を変えた。

ここ最近で見慣れた、いつも通りの光景。

これから強力な魔物との戦いに赴くとは想像もできない、緊張感のない遣《や》り取《と》り。

マリアベルは適度に肩から力を抜くと、ゆっくりと周囲に意識を広げていく。

風の流れ、大地の揺らぎ、魔力の歪み、人々の声。

それを感じる。それが聞こえる。手に取るように分かる。

二十年以上も昔に起こった勇者と魔王の戦い。

その戦いにおいて、マリアベルたちの父親でもある勇者の行動は常軌を逸していたのだという。

曰《いわ》く、その勘は未来予知のようなものだ、と。

まるで事前に何が起きるのか知っているかのように魔物の攻撃を捌《さば》き、時には大規模な襲撃すら予見し、部隊を率《ひき》いて奇襲を仕掛けたこともあるのだという。

吟遊詩人《ぎんゆうしじん》が歌う内容だから誇張も含まれるだろうが、しかし勇者の妻でありマリアベルとメルティアの母親であるレティシアはその歌を否定せず、疑問に思ったマリアベルたちに微笑《ほほえ》みを向けただけだった。

それはまるで、その歌の内容が事実だと告げているようで、父親の記憶を持たないマリアベルは凄く興奮したことを覚えている。

（あの時は興奮しただけだったけど……）

今なら分かる。

きっとこれは父親と同じ感覚で、世界の危機に比例して自分の勘が研《と》ぎ澄まされていくことを。

本当に、未来が分かるような――自分と他人で見ているモノが違うような、奇妙な感覚。

違和感ともいっていい。

それを感じた時、マリアベルは決まって『その先』で嫌なことが起こったことを知っている。スライムの襲撃、仲間たちの犠牲——そして、フェネルリエカの救出も。

だから、マリアベルはその感覚に選択を委《ゆだ》ねることにしていた。

父親が守ってくれている……そんな気がしたのだ。勇者として、世界の救世主として、女神の力を与えられたものとして。

「ほら、フェネルリエカ。井戸を塞《ふさ》いでいる石蓋を退かして」

「……私一人なの？」

「もう、カーラ様ったら……私も手伝います、フェネルリエカさん。タイタニア様、少し離れていてもらってよろしいですか？」

「ええ。こういう時、身体が小さいと不便なのよね」

タイタニアの言葉に、同じく人間やエルフとしては小柄な体格のメルティアとカーラは苦笑した。

「それでは……いっせーの、っ」

石蓋はかなりの重量だったが、二人は……いや、マリアベルは難なくその蓋を退かしてしまう。

勇者……女神の祝福を受け、世界を救うもの。

世界が危機に瀕《ひん》した時に現れるとされていたその存在は、まるで世界そのものの意志を表しているかのように力を増す。

——世界が、生き残ろうとするかのように。

「ふう、ふう……凄い怪力ねえ、勇者様」

「そんな――」

フェネルリエカの言葉に、恥ずかし気に頬《ほお》を僅《わず》かに赤くするマリアベル。

「いや、褒《ほ》め言葉……だろうけど。女性へ向ける言葉じゃないでしょ、それは」

そんなマリアベルの肩に座り直しながら、タイタニアがツッコミを入れた。

女性に対して怪力、というのは確かに誉め言葉ではないだろう。

だが、今は戦う力を欲しているマリアベルとしては嬉しかったようで、その表情は嬉し気だ。

「本当、言葉が悪い淫魔《いんま》ですね」

「まあ酷《ひど》い！　本心を伝えるのは大切よ。これからスライムの親玉と戦うのだとしたら、もしかしたら勇者様でも……危険かもしれないんだし」

カーラが荷物をまとめた革袋を背負い、メルティアがいつもの調子でフェネルリエカへ棘《とげ》のある言葉を向ける。

妹――勇者が信頼しているからこそ同行を許可しているが、メルティア本人は勇者の傍に魔物がいてほしくない……そう思いつつも、フェネルリエカは何度もメルティアを助けてくれているけれど――と複雑な感情だ。

だからこそ『危険』というフェネルリエカの言葉を聞いて、反論に詰まってしまった。

「……ぁ、その……」

「ふふ――いじわるが過ぎたわね。気にし過ぎなのよ、貴女たち姉妹は」

それは、フェネルリエカなりの激励《げきれい》か、それとも注意を促しているのか。

同じ魔物。

魔王から作られ、人と戦うことを本能に刻まれた魔物。

けれど、スライムは人間だけでなく魔物にまで牙を剝《む》き、そして人語を解する淫魔たちは人間と共に行動している。

生態系が狂い始めている——その事実に気付いている存在は、まだ一人もいない。

けれど、それに違和感を覚えているのだろう。フェネルリエカの態度は、魔物というにはとても勇者に馴《な》れ馴《な》れしい。

きっとそれは、今はフェネルリエカや人間と行動を共にする女淫魔たちにしか分からない感覚で、他に説明のしようがないのかもしれない。

自分たちが生き残るための本能として、勇者や人に近付いているのか——。

どちらにしても、彼女の明るい雰囲気《ふんいき》は勇者たちにとって励《はげ》ましになっていた。

「さ、行きましょう?」

そのフェネルリエカは、カーラに言われるまでもなくまず最初に古井戸へと入った。

勇者の勘を信じていないわけではないが、もしスライムが古井戸の底にいたとすれば、勇者が危険になる——彼女はスライムと戦うために必要だ。

怪物を倒すために。

同じ魔物だが、倒さなければいけないと思ってしまう何かを感じながら、フェネルリエカは古井戸を下りていく。

井戸には不自然に梯子《はしご》が設置されていて、石蓋で隠されていなければ確かに違和感がある造りである。

「下は大丈夫！　スライムはいないわ！」

「分かった！」

次に同じく空を飛べるタイタニア、そこからカーラ、メルティア、最後にマリアベルが井戸を下りた。

中は真っ暗だったがメルティアが光の魔法を使って松明《たいまつ》代わりの明かりを作り、四つ光点が蛍《ほたる》のように四人の周囲を舞う。

「うわ……これは凄い」

声を上げたのはカーラだ。

普段、それほど景色などを気にしない彼女だが、そんなカーラでも驚くほど、古井戸の底には人の手が入り、頑強な石材や木材を使って補強された通路が作られていた。

壁に手を触れる。

綺麗《きれい》に並んではめ込まれた正四角形の石材は冷たく、そしてヌルリとしていた。

スライムの粘液ではない。

湿気と暗闇の中で育った菌糸類《きんしるい》だろうとカーラは予測する。触れた指先に痺れはなく、空気にも違和感はない。

「マリアベル様、何か感じる？」

「いえ。スライムの気配はないです……たぶん」

「その多分っていうのが少し不安だけど、魔力の流れも変じゃないし――進むしかないか」

マリアベルの肩の上で目を瞑《つむ》り、魔力の流れを感じていたタイタニアも同意する。

この大陸にあるあらゆるものから溢《あふ》れた魔力によって生まれる妖精は、そこに流れる魔力を感知する能力がある。

大地から生まれた妖精の女王タイタニアは井戸の底に流れる魔力に集中し、そこに異物が入り込んでいないことを感じていた。

同時に、離れた場所でだんだんと酷く乱れていく魔力の流れも。

外ではすでにスライムとの戦いが始まっている。

マリアベルたちは一刻も早く王城へたどり着き、騒動の大元――ブラックウーズを討伐《とうばつ》する使命がある。

早く行動し、倒すことで多くの人が救われるのだからと考えれば、マリアベルにとって足を止めている暇などない。

井戸の外で話した会話が最後の平穏とならないよう、彼女は決意を新たに先頭に立って地下道を進み始めた。

太陽が届かないからか空気は冷たく、昼間だというのに光の魔法に照らされた息は白い。

しばらく進むと、最後尾を歩くメルティアが足を止めた。

「この先で、お城に出ます」

「ふうん。ほんと、なにもなかったわね。拍子抜けしちゃうわ」

「ここから先はそうも言っていられない」

フェネルリエカの気の抜けた声に苦笑しながら、カーラが背負っていた荷袋から複数の小瓶《こびん》――試験管を取り出した。

数は五つ。

その内の四つを懐《ふところ》やホットパンツのポケットに入れ、最後の一本は腰の剣を抜くとその刀身に中身を垂らす。

『ヴァルハリの祝水』――スライム殺しの猛毒だ。

それを見て、フェネルリエカが目に見えて顔を顰《しか》めた。わざとらしく鼻を押さえる仕草まで。

「臭《くさ》いのよねえ、それ」

「私たちには全然分かりませんけど……」

「メルティア様たちは良いわよねえ――ほんと、それだけは損だわ」

緊張をほぐすためのおどけた遣り取りだったが、それも長くは続かない。戦闘を歩くマリアベルが突き当たり――何の変哲もない石壁に突き当たった。

彼女はそこでいくつかの石を適切な手順で弄《いじ》り、隠し通路を開く。

地下道の冷たい空気が流れ、視界一杯に光が広がる。

――その光に視界が慣れると、映ったのは穢《けが》れた調度品《ちょうどひん》、床、天井、壁……見覚えのある間取りと、信じられないほど汚れた王城内の浴室。

……マリアベルはゆっくりと周辺を警戒しながら、浴室に足を踏み入れた。

つい最近も使われていたのだろう。湯船だけは綺麗だ。

「ついた……」

「お湯？　スライムもお風呂に入るのかしら？」

「水分は吸収するだろうが、入浴の習慣なんてあるはずがないだろ」

「冗談じゃない。場を和《なご》ませようとしただけよっ」

フェネルリエカの怒った、それで少し照れが混じった声が浴室に響いた。

その様子は恐怖や緊張とは程遠く、淫魔特有のお気楽な様子が感じられる。そんなフェネルリエカの態度に、メルティアは聞こえるように大きなため息を吐く。

「ここはもうスライムの……巣窟《そうくつ》なんです。少し静かにしていてくださいっ」

「はいはい――それで、大本のスライムはどこにいると思う？」

「予想するなら、女王レティシア様の傍……寝室か、それとも騎士が集まる場所か」

「玉座の間です」

マリアベルが浴室の天井を見ながら呟《つぶや》いた。

その声には確信があり、普段は優しく穏やかな表情の彼女らしからぬ険しい視線で睨《にら》んでいる。

「上にいます……そんな気がします」

「………」

その言葉に四人は顔を見合わせる。

そして天井を見上げたが、そこになんらかの――ブラックウーズがいると確信させる証拠のようなものは何もない。

けれどマリアベルはそう感じると、迷いのない足取りで浴室の出口へと向かう。

「さあ行こう、戦いだ」

「はいっ」

カーラの言葉にメルティアが力強く頷《うなず》いた。

母親が使っていた大きな杖《つえ》を両手で抱えるように持つと、先端に飾られる宝玉が淡い光を放つ――。

それはまるで、メルティアの決意を表しているかのよう。

マリアベルに続いてメルティアとカーラが浴室から外へ出ると、最後尾のフェネルリエカがまた顔を顰めた。

「その光も嫌い」

「う……ごめんなさい」

「そうやってすぐに謝るところは好きよ。ただの冗談を本気にしちゃうところも」

「あ、ぅ……またそうやってからか――」

メルティアが後ろを振り返った瞬間だった。

浴室の出口、その天井。

そこに擬態《ぎたい》していたスライムが今まさにフェネルリエカに襲い掛かろうとしていた。

声が出ない。開いた口が「あ」の形で止まり——それを後ろのカーラとフェネルリエカが不思議そうな顔をして見つめる。

時間の流れが遅くなったその中で、マリアベルが駆けた。

黒髪の勇者は攻撃するのに邪魔な姉をやり過ごすために壁を足場にして駆け、着替えを入れる棚《たな》を踏んで跳ぶと天井から落ちてくるスライム——粘液の塊《かたまり》、その中心を残像すら見逃しそうな速さで聖剣を鞘《さや》から抜き、躊躇《ためら》いなく斬り裂いた。

魔物が嫌がる清浄な光を湛《たた》えた刀身は薄汚れた粘液を浄化し、消滅させ、その中央にあった『核』を狙い違わず破壊する。

速い——という問題ではなかった。

剣術に理解のあるカーラですら一拍遅れて反応し、天井を見上げるほどの速度。その時にはもう、マリアベルは床に降り、聖剣を鞘へ納めるところだ。

「危ないです。外に出たら、油断しないでください」

「あ、ありがと……」

普段のマリアベルらしからぬ冷たい……冷静な声。

彼女の意識はすでに玉座の間にいるブラックウーズへ向き、勇者の本能ともいうべきものが魔物の駆逐《くちく》を訴える。

勇者――。

女神ファサリナが世界を救う為に異世界から召喚した英雄。

三種の神器、剣、鎧《よろい》、そして盾を授けられた唯一魔王へ対抗できる存在。

その本能が魔物に反応し、彼女らしからぬ好戦的な性格へ変えようとしている――。

「び、びっくりした……」

その動きに反応できず、宙へ置いていかれる格好になったタイタニアがそう呟くのがやっとの動きである。

妖精の女王は羽を動かしながら表情を引き締め、いつでも戦えるようにと体内で魔力を練《ね》る。

カーラの動揺《どうよう》に、腰の名剣の具合を確かめるように鞘に納められたソレの柄を撫《な》で、表情を硬くする。

マリアベルほどではないが勇者の血を引く姉のメルティアは、そんな妹が心配になり……けれど、かける言葉が見つからないままその後を追った。

「この城へ来るまでに何度か見る機会はあったが……やはり凄《すご》いものだな、マリアベル様は？」

「怒っている……んだと思います」

メルティアは悲しかった。

浴室から出て、見る、王城内の光景……見覚えのある光景だ。どの道をどう進めば玉座の間へ進むのか、一年経った今でも覚えている。

自分たちの私室、母親の、王城へ勤めていた兵士たちの顔……そのどれもが鮮明に思い浮かぶ。

けれど、それはもう、何一つ残っていないのだ。

壁が、天井が、調度品が、床が……何もかもが穢れている。

黒に近い灰色の粘液はあらゆるものに付着していて、カーラが剣に塗った『ヴァルハリの祝水』の匂《にお》いがなければ、一丸となって襲い掛かってきていただろう。

「王城が、私たちの家がこんなに変わってしまって……怒っているんです」

マリアベルはまっすぐに前を見て、安全を確保するためにカーラが撒《ま》く祝水の匂いに抵抗して襲い掛かってくるスライムたちを事前に感じ分け、早足になりながら斬り裂いていく。

その足が、少しずつ速くなっていく。

頭の高い位置で纏《まと》めている黒髪が、纏っている黒服の一部が、動きに置いていかれるように後ろへ引かれる。

普通に歩いていたら早足になり、そしてついには駆け出すように。

メルティアたちはその後ろを追いかけるのがやっとだ。身体能力の差だけではなく、腰を低くして駆けるだけでなく、自分たちに襲い掛かってくるスライムだけを見極めて最小限の動きで斬り裂き、的確に『核』を破壊する。

躊躇いなどなく、まるでそこに何があるか、これから何が起こるのか、それが分かっているかのような動きは流麗《りゅうれい》で、まるで舞を踊っているかのよう。

ポニーテールにまとめた黒髪が揺れ、真っ白なうなじが露《あらわ》になると、それ回数分のスライムが消滅していく……。

「ゆるさない。許さない、許さない――っ」

「マリア、待って！　落ち着いてっ！」

「ちょっと、落ち着きなさい、マリアベル！」

メルティアとタイタニアは、マリアベルを落ち着かせようとそう声を掛ける。

タイタニアの小さな身体は、今はメルティアの肩の上。その方が早く移動できるからという考えからだったが、だからこそ見えるものがあった。

マリアベルの背中――ではない。視線を横に向ければ、そこにはスライムの粘液が付着し、乾燥し、穢れて曇った窓がある。

そこから見える光景に、タイタニアは表情を強張《こわば》らせた。

「ひどい……なんて数なの!?」

窓の外は、目を覆《おお》いたくなるほど酷《ひど》い有様だ。

家屋は破壊され、フォーネリスたちが戦ったからか一部では火の手が上がり、巨大な……二階建ての建物すら簡単に丸呑《まるの》みしてしまいそうな巨体のスライムが、王城へ向かってきている。

それも複数だ。

一匹や二匹ではない。――十匹を軽く超えている。

タイタニアの声で、巨大なスライムが城下町の方面から向かってくる光景に気が付いたメルティアは言葉を失い、立ち止まる。

「どうして王城に向かってきている……ジェナ様たちは!?」

「まさか、もう……」

「負けたのよ――見なさい、戦っている者は誰もいないわ」

フェネルリエカは冷静だった。いや、自分だけでも冷静であろうと努めていた。

メルティアだけでなく、普段冷静で口が悪いカーラでさえ言葉を失って窓に張り付いてしまっている。

「お姉様、大丈夫ですか!?」

「マリア!? マリア――街が、私たちの国が……みんなが」

先を走っていたマリアベルが、メルティアたちがついてきていないことに気付いて戻ってきた。

息一つ乱しておらず、その表情は強張っている。

まだ怒りは収まっていないが、けれど冷静さを失っているわけではない。

「――はい。皆さんは、覚悟をしてこの戦いに臨んだのです……私たちは、私たちが為《な》すべきことを為しましょう。それが、今できる唯一のことだと思うんです、お姉様」

「それは……」

古井戸へ入る前にカーラが言った言葉。

不安に揺れていたマリアベルの背中を押すための言葉が、今の彼女の『芯』になっていた。

そして勇者は、その言葉を仲間へ向ける。

立ち止まるのか、進むのかと。

「……そう、ね。進みましょう――行って、勝ちましょう。それをフォーネリス様たちも願っているはずだから」

「……ああ、そうだね」

まずメルティアが、マリアベルに続いて歩き出した。

カーラは一瞬だけ躊躇《ためら》うように窓を見て、それから歩き出す。

フェネルリエカはいつも通り、二人が歩き出すとその後をついていく。

二階にある玉座の間は、中庭に繋《つな》がる門の正面にある大階段を上ったすぐ先にある。

大広間を通ればすぐの場所だが、マリアベルたちが広間へたどり着いたとき、そこには大穴が開いていた。

……階下の地下牢《ちかろう》から、女性たちのくぐもった声が聞こえてくる。

マリアベルが大穴の底に視線を向けると、真っ暗で良く見えない。

「お姉様、光を……」

「いや、見るな。――見ない方がいい。先へ進もう、マリアベル様」

「カーラ様？」

カーラも穴の底が見えたわけではない。けれど、マリアベルよりも付き合いの長い彼女は、そのくぐもった悲鳴の中に聞き覚えのある……ジェナの声を聞いた。

聞き間違えるはずがない。剣術の腕で戦士と認められ、けれどその剣よりも女神の御力を研究する禁忌《きんき》に没頭して異端とされた自分を拾い上げてくれた……恩人の声だ。

すぐにでも地下へ降り、助けに行きたい衝動に駆られる。

けれどその感情を呑《の》み込み、血が滲《にじ》むほど唇を噛《か》み、少しの間だけ地下の暗闇を睨《にら》みつけた後──カーラは背を向けた。

「……地下にはジェナ様がいる。おそらくフォーネリス様も。助けることよりも、倒すことを優先するんだ、勇者様」

「──いいんですか？」

「さっきまでの貴女《あなた》と同じだ、マリアベル様。怒りで頭がどうにかなりそうだ」

小柄なカーラの体が強張り、一歩一歩の歩みが遅い。

それでも彼女たちは二階へ進む──玉座の間はすぐそこ。来客に国の繁栄《はんえい》を伝えるための扉は厚く、大きく、そして荘厳だ。

普段なら屈強な兵士が二人掛かりで押し開けるその扉が、ひとりでに開く。

いや、その奥にいるブラックウーズが来客をもてなすように──懐《ふところ》へ招き入れるように、扉を開いたのだ。

「う……」

酷い臭《にお》いだった。

玉座の間からは王城の通路よりもなお濃い異臭が放たれ、四人は咄嗟《とっさ》に口元を押さえた。

空間が歪んで見えてしまうほどの臭気は目に痛く、無意識に涙が零《こぼ》れ落ちる。

唯一、女神の鎧の加護に守られたマリアベルだけが、超然とした様子で玉座がある方向を見据える。

「くっ」

カーラは懐から試験管を取り出すと、それを足元へ叩きつけた。

『ヴァルハリの祝水』が床を濡らし、結界のように四人の周囲を浄化する。

「みんな、大丈夫か!?」

「あー……助かったわ、カーラ」

「目と鼻が痛い……」

「我慢しろっ」

フェネルリエカの弱音を一蹴《いっしゅう》し、カーラが剣を構える。それにメルティアとタイタニアが続く。

ブラックウーズは玉座の傍にいた。

まるで王家の象徴へ座するように佇《たたず》み、悠然《ゆうぜん》と――其処《そこ》にある。

異形《いぎょう》、だった。

遠目には巨大な蛇に見えるだろう、のたうつ巨体。その表面には無数の突起があり、その一つ一つが人の腕を模しているのだと分かるとマリアベルたちは表情を嫌悪に顰《しか》めた。

「これが、大元のスライム……」

メルティアが絶望の滲《にじ》む声で呟《つぶや》く。

彼女の本能が悟っていた。理解していた。

勝てないと。

……相対した者にしか分からない。その意識を、敵意を向けられたものにしか理解できない感情。その根源の一つ。

――恐怖に身が竦《すく》む。

母親の大杖《おおづえ》を握る両手が震えているのに、止めることができない。

憎い敵のはずなのに、両足が子供のように震えて動かない。

『――――』

その巨体が、何か音を発した。

意味を為さないものだ。それが『声』のように感じたのはマリアベルだけで、メルティアたちはブラックウーズが威嚇《いかく》する音なのだと錯覚《さっかく》する。

「誰、ですか?」

マリアベルだけはブラックウーズの威容に呑《の》まれず、その傍にある――小さな影に向かって声をかけた。

小柄な少女だ。

褐色《かっしょく》の肌に灰色の髪。着ている服は豪華なものだが、持っている杖だけはこの場に似つかわしくない質素なもの。

少女――サティアが初めてアルフレドから買ってもらった贈り物。冒険者としての証《あかし》ともいえる、大きな木の杖。

サティアはその大きな杖を胸に抱きながら、ブラックウーズの陰に隠れ――マリアベルたちを様子見している。

「どうしてこんなところに人が？」

「……アルフレド様」

少女の声は小さかったが、マリアベルたちの耳にしっかりと届いた。

それは人の名前だった。

アルフレド――マリアベルたちには聞き覚えのない名前だが、褐色肌の少女は確かにブラックウーズを見て、そう呼んだ。

「――敵です」

『――――』

少女の声に合わせ、ブラックウーズが『音』を発した。

体内の粘液を蠢動《しゅんどう》させ、空気を流して発しただただの音。けれどそれは確かな『声』となってマリアベルは警戒を最大限に強める。

この瞬間になって、ようやくマリアベルは鞘《さや》に納めていた聖剣の柄に手を重ねた。

そこにある女神の力――父親のぬくもりに触れ、勇気をもらう。

「来ます!!」

直後、巨大な蛇が蠢《うごめ》いた。いや、無数の腕を動かして移動する様子は、巨大なムカデか。

人間の腕を模しているが、実際には粘液で作られた手の形の触手である。

その強度は凄《すさ》まじく、手が床を掴《つか》もうとすれば石造りの床にひびが入ってしまう程。握力も、人間の限界を超えている。

同時に巨体まで蠢けば、ただそれだけで城全体が震えるほどの衝撃となってマリアベルたちに襲い掛かり、立っていられなくなる。

膝をつき、衝撃に耐え、その間にブラックウーズの巨体が蛇のように地を這《は》いながら迫ってくる――っ。

「はぁあああ!!」

マリアベルは床に膝をつきながら聖剣を大上段に構え、握る手に力を籠《こ》める。

まるで人の意志――人々の勝利の願いが集まったかのように光は強くなり、けれどそれは大切な人の腕に抱かれるかのように温かくメルティアたちを包み込む。

ブラックウーズの威容に呑まれた意識が解放され、轢殺《れきさつ》しようと迫るブラックウーズの巨体を、メルティアたちは左右へ跳んで避けた。

「これでっ!!」

マリアベルは右に。メルティアは左に。

跳んで避けると左右から聖剣の斬撃と、メルティアとタイタニアによって放たれた特大の火球による爆撃がブラックウーズに襲い掛かった。

ブラックウーズの頭部が真っ二つに切り裂かれ、爆発し、蒸発する。

けれど傷口からすぐに新しい粘液が盛り上がり、元の形状へと再生した。

「聖剣の光が⁉」

「『核』に届かないなら、何度でも斬るだけです‼」

タイタニアの言葉に驚くことなく二度目の斬撃――よりも早く、今度はブラックウーズの表面にある無数の腕が伸び、マリアベルに迫った。

メルティア、カーラ、タイタニアやフェネルリエカは完全に無視した形で、十、二十――五十以上の腕が触手のようにマリアベル一人に迫る。

「くっ⁉」

ブラックウーズ本体への攻撃を諦め、マリアベルは迫りくる腕への対応に追われてしまう。

勇者の鎧《よろい》はスライムの麻痺毒《まひどく》を防ぐが、これだけの数の腕に囚われては勇者として腕力が増したマリアベルでも動けなくなってしまうのは明らかだ。

マリアベルが質でブラックウーズを上回るなら、ブラックウーズは量で彼女を捕らえようとする。

そう、捕らえようとだ。

広間でフォーネリスたちと戦った時のように、ブラックウーズは魔法を使わない。

『彼』は女勇者を捕らえようと腕を伸ばしているに過ぎない。

ただ、その数が多すぎる。

一本を斬る間に三本増え、すでにその数は百に届くほど。

フォンティーユの王城へたどり着くまでに遭遇《そうぐう》したスライムたちも複数の触手を一度に操っていたが、それとは比べ物にならない数である。

「マリアっ!!」

ただ、腕触手の動きは第三者からすれば単調だった。

マリアベル一人を追い、四方から襲い掛かったとしても最終的な目的となる場所は同じなのだから。

メルティアは腕触手が動く場所を予測して火炎魔法を放ち、十数本を纏《まと》めて吹き飛ばす。

火の魔法を不得意とするエルフ種だが、母親譲《ゆず》りの膨大《ぼうだい》な魔力で強引に炎を作り出した形だ。

威力は他属性の魔法よりも低いが、火を苦手とするスライムには一定の効果がある。

触手が吹き飛び、傷口が焼け、回復が一瞬だが目に見えて遅くなった。

そこへ更にタイタニアが炎の魔法を放ち、触手の回復を遅らせる。

「今のうちに！」

「ありがとうございます!!」

その間にマリアベルは腕触手の包囲から飛び出すと、玉座の間を駆けまわる。

扉から玉座までかなりの距離があり、横にも広い。

騎士の受勲式《じゆくんしき》や褒章式《ほうしようしき》の際には多くの騎士や貴族が並ぶ場所なのだ。その広さは相当なものので、マリアベルが駆け、巨大なブラックウーズが暴れてもまだ空間に余裕がある。

無意味なように思える広さだが、王族がその権威を示すのに必要だからと広く造られた玉座の間はマリアベルが端から端まで全力で駆けても時間が掛かるほどであり、その後を腕触手が追っていく。

ブラックウーズ本体も頭部と思われる場所を持ち上げ、マリアベルを視線で追う。

「メルティア様っ」

「はいっ」

そうして腕触手が一塊《いっかい》の『流れ』を作ったところを狙い、カーラが懐から取り出した試験管を投げつけた。

メルティアが風の魔法で作り出した衝撃波によって試験管が破壊され、『ヴァルハリの祝水』が雨となって腕触手に降り注ぐ。

マリアベルを追っていた腕触手たちは一本残らず沸騰《ふっとう》し、蒸発し、浄化されて消滅してようやく隙《すき》が生まれた。

「これでっ!!」

そのままもう一度、マリアベルがブラックウーズの本体を斬り裂こうと聖剣を構えると、しかし今度は違う方向から飛来した火炎弾が邪魔をして、彼女は後ろへと飛んだ。

「アルフレド様の邪魔は、させない……っ」

静かだが、確かな意識が宿った声は灰色髪の少女、サティアから。

彼女はマリアベルに木の杖の先端を向けると、明らかな敵意を持って魔力を練《ね》り、もう一度火炎弾を作り出す。

「どういうことだ!?　スライムに味方する人間がいるのか!?」

カーラが驚きの声を上げると、その声量にサティアが視線を向けた。

「誰にも、アルフレド様は傷付けさせない……っ」

小さな声で、しかし確かな意志で、そう告げるとサティアはカーラたちにも杖を向ける。

同じ人間だから――というには、この場で魔法を使う敵という存在はあまりにも脅威《きょうい》だ。

カーラは一瞬だけ迷うと、あまりの異様さと他にできることが何もないフェネルリエカに視線を向けた。

「ちっ。フェネルリエカ、私たちはあの子を止めるぞ！　メルティア様とタイタニア様はマリアベル様を魔法で援護してっ!!」

「は、はいっ」

「分かった！　気を付けなさいよっ!!」

「人間なんかほっときなさいよ!?」

カーラが指示を出し終わる頃には、ブラックウーズは行動を再開していた。

新しい腕触手でマリアベルを捕らえようとし、マリアベルは触手のあまりの多さに逃げ回ることしかできなくなる。

ブラックウーズは執拗《しつよう》だった。

自分に変化を与えたのが勇者の体液だと理解し、破瓜《はか》の血を取り込んだ時と同じように……

もう一度その甘露《かんろ》を味わおうと、それに固執して他のことは何も考えられなくなっている。

身の内にある無数の意識も女勇者を凌辱《りょうじょく》することに固執し、サティアやメルティアたちのことなど誰も考えていない。

世界で唯一黒髪を受け継いだ女勇者と、どこにでもいるような魔導士たちだ。

どちらが希少で、大切なのかなど誰にでも分かること。

それでもブラックウーズの本能がそうさせたのか、それとも『アルフレド』がそう望んだのか。

マリアベルを追うのとは別に、数本だけだが腕触手がカーラとフェネルリエカにも向いた。

「ちょっと!?」

「動くなっ!!」

腕触手は豊満な肢体《したい》と魔力を持つフェネルリエカを先に狙った。

それを見越してカーラは彼女を同行させ、そして女を捕らえようと動きが僅《わず》かに鈍《にぶ》った瞬間に、その触手を祝水で清められた剣で斬る。

祝水は触手の再生を阻害《そがい》し、けれどブラックウーズは斬り口を分離させることでわずかの間をおいて触手を再生させる。

広間で一度、フォーネリスから斬られていたからこそ学べた対処法だ。

けれど完全に再生するまでに僅かだが普段よりも時間が掛かり、魔物の本能が女勇者を捕らえることを優先してカーラたちを追う動きが鈍くなる。

「このまま、あの女魔導士を捕まえるぞ！」

「ねえ、今、私を囮《おとり》にしたわよね⁉」

「ちゃんと助けたっ‼」

その口論は緊張感のかけらもなかったが、だからこそブラックウーズの巨体から感じる絶望感を忘れさせ、サティアを捕らえるために足を動かすことができた。

二人が所々で入れられる腕触手の横槍を防ぎ、全力で駆けると、サティアは困惑した。

常にブラックウーズに守られていた彼女は戦闘経験をそれほど積んでおらず、ブラックウーズが望むマリアベルと、自分に迫ってくるカーラとフェネルリエカ、そのどちらを迎撃するべきか悩み、動きが鈍くなる。

「フェネルリエカ、右にっ」

「もうっ、人使いが荒いんだからっ」

カーラは二手に分かれるように指示を出した。

直後、二人の真上から腕触手が雨のように降り注ぎ、槍のように床へ突き刺さる。カーラはその攻撃をなんとか避け、サティアへと飛び掛かった。

一方、戦闘訓練を積んでいないフェネルリエカは触手の威容に怯んだことで足を止め、そのおかげで結果的に助かり、安堵《あんど》の息を吐く。

「捕まえたっ」

「離してっ、くださいっ！」

サティアへ飛び掛かり、その小柄な身体《からだ》を押し倒したカーラに向かって、至近距離から魔法を発動。

放たれた風の魔法はカーラを吹き飛ばそうとしたが、しかし彼女はサティアの服をしっかりと摑《つか》んでおり、吹き飛ばされた勢いのまま小柄なサティアも床を滑っていく。

「ちょっと!?」

ちょうど、その滑る先にいたフェネルリエカがサティアを摑み、サティアの服を摑んでいるカーラも止まる。

「誰よ、この子!?」

「知らん――が、この子がいてはマリアベル様が本気で戦えない」

マリアベルは優しい性格だ。

人間相手に聖剣を振れるとは思えず、だからこそカーラは優先してサティアを捕まえることにしたのだ。

確かにそれほど強くないとはいえ、別方向から魔法の援護があればブラックウーズとの戦いに支障をきたすので、悪い手とはいえない。

けれど、二人がサティアを捕まえたことでブラックウーズの意識――そのいくつかがカーラたちの方を向き、腕触手が捕まえようとする。

「こっちに来た!?」

「よほどこの女魔導士が大切なようだなっ」

カーラは懐《ふところ》から取り出した試験管の封を口で開けると、中身で自分の剣を濡らし迎撃の構えを取った。

「戦う気なの!?」

「こっちに触手が向けば、それだけマリアベル様が動きやすくなるっ」

「冗談でしょ……」

向かってくるのは二十本近い腕触手。

その触手の壁ともいうべき勢いにフェネルリエカが信じられないと声を上げ、しかしカーラは一歩も引く気はないようだとその背中から気迫を感じ取った。

「私は無理だからね!?」

「最初から期待していないっ!! その女魔導士を眠らせたら、その子と荷物を置いてマリアベル様かメルティア様の援護に向かえっ」

「ほんとっ、アンタって大っっ嫌いっ。命令し過ぎなのよっ——ほら、私の目を見なさい、お嬢ちゃんっ」

「やっ、だめっ——アルフレド、さま……っ」

フェネルリエカは淫魔《いんま》の能力を使い、自分の目を正面から覗《のぞ》き込んだサティアに催眠《さいみん》を掛けた。

本来ならこのまま夢の中へ入り込んで卑猥《ひわい》な艶事《つやごと》を行い、生気を奪うところだが今は状況がそれを許さない。

サティアを眠らせて動きを封じると、フェネルリエカはすぐにカーラから離れた。

そのカーラはマリアベルには及ばないものの、人間という枠内《わくない》ならば一流と称されても不思議ではない剣捌《けんさば》きで向かってくる腕触手を斬り、避け、巧みな体捌きで正面の一方からのみ攻撃されるよう立ち回ってフェネルリエカとサティアを護り始めた。

先ほどと同じだ。

目標がマリアベルからサティアへ変わっただけで、触手は目標を手に入れようとばかり動き、どうしても動きが単調になっている。

そこを衝《つ》けばカーラ一人でも時間稼《かせ》ぎならなんとかできた。

「おお、い――――っ!!」

(斬っても斬っても後から再生されるっ。触手の相手をしていたら、いつまで経っても終わらないぞ、マリアベル様っ)

聖剣の光や『ヴァルハリの祝水』がスライムの粘液を浄化させているとはいえ、まるで無尽《むじん》蔵《ぞう》に思える粘液量――回復速度に弱音を吐きそうになる。

なんとかその言葉を呑《の》み込んだが、科学に傾倒して剣技の鍛錬を怠《おこた》っていた肉体では体力が続かない。

すぐに息が上がってきた。

(もう少し頑張ってよ、私の身体っ)

カーラが必死に二十本程度の触手を相手にしている頃、マリアベルは八十本近い触手に追われ、玉座の間を駆けまわっていた。

（数が減ってきた——）

微々たる変化だ。普通の人からすれば百も八十も変わらず、どちらにしても圧倒的な物量差で押し潰されてしまう……だというのに、マリアベルはその変化に希望を見出《みいだ》し、玉座の間を逃げ回りながら何か使える物がないかと周囲を見る。

「マリア!!」

「まだ大丈夫です！」

周囲にあるのは壺《つぼ》や絵画のような調度品《ちょうどひん》、天井にはシャンデリア、床には絨毯《じゅうたん》といったもので、ブラックウーズを直接攻撃できそうなものはない。

シャンデリアを落とした程度では巨大な蛇の姿をした魔物には通用しないだろうし、元は粘液の塊《かたまり》だ。衝撃には強い。

壺や絵画も同様で、ぶつけた程度では意味がないだろう。

（ならっ）

マリアベルはその中で、こちらに近寄れず、気にしながら立ち止まっているフェネルリエカを見た。

すぐにできることを思い浮かべ、行動する。

触手に追われて逃げるままに絨毯の上まで移動すると、彼女はそのまま床を一文字《いちもんじ》に薙《な》ぎ、絨毯を切断する。

「フェネルリエカさん、持って、飛んでください!!」

「これでいいの!?」

言われるまま、フェネルリエカは絨毯を持って飛び上がった。

背中に小さいながら羽を持つ淫魔《いんま》は短時間なら空を飛べる――同時に手に持った絨毯が縦に伸び、一瞬だがマリアベルの姿をブラックウーズから隠してしまう。

丁度《ちょうど》、ブラックウーズの本体と触手が直線に並ぶように逃げたことでできた一瞬の隙《すき》。

ようやく攻撃できる瞬間を作り、マリアベルは今度こそ聖剣を大上段に構え、集中する。

「これで――っ」

まるで天を衝《つ》くような振り上げから、裂帛《れっぱく》の気合と共に全力の振り下ろし。

放たれた光は今までで一番強く、明るく、そして熱い。

光は頭上のフェネルリエカを避けるために絨毯を斜めに裂き、その先にいるブラックウーズの巨体を同様に斬り裂いた。

そのまま後ろにある王城の壁――それだけでなく、外壁、そしてはるか遠くにある空にまで光の斬撃は続く。

絶望に沈みそうな戦いの中でも真っ白なままの雲すら斬り裂いて、人の瞳では見えない遥《はる》か先まで光の斬撃は伸びた後、ゆっくりと尾を引きながら消滅した。

「やったか!?」

「まだですっ!!　お姉様、タイタニア様！　頭を吹き飛ばしてっ!!」

腕触手の動きが鈍《にぶ》ったことでそれを見ていたカーラが声を上げた直後、マリアベルが姉と妖精の女王に指示を出す。

言われるまま魔法でブラックウーズの頭部を吹き飛ばすと、同時に聖剣の光で斬り裂かれた胴体が僅《わず》かな間を空けて沸騰《ふっとう》し始める。

光に浄化され、消滅する——白煙を上げながらブラックウーズの胴体が斜めにズレたが、しかし完全に崩れ落ちることはない。

粘液の消滅と同時に体液を流し込み、傷口を塞《ふさ》いでいく。

「炎よ!!」

「これで終わって!!」

二人分の魔力を合わせて放たれた火炎弾は、今までで一番巨大——まるで天井に太陽が生まれたかのような熱量を放ちながらブラックウーズの頭部に直撃し、粘液を蒸発させ、白煙を昇らせる。

蛇のような巨体がのたうち、苦痛に藻掻《もが》きながら悲鳴のような『音』を鳴らす。

暴れる尻尾《しっぽ》が壁を、窓を、床を激しく破壊し、衝撃でシャンデリアが落ちてくる。

カーラはサティアを抱えて、落ちてきたシャンデリアを避けると、すぐに少女を床に転がし、傍に置かれていた荷袋を両手で持って一回転。

遠心力を利用して高い位置にあるブラックウーズの頭部——特大の火炎弾で吹き飛ばされ、再生の途中にある傷口へと投げつけた。

「メルティア様、タイタニア様!! もう一発!!」

「力を貸してください、お母様、ファサリナ様――風よっ!!」

「さっさと死になさい！　スライムごときがっ!!」

メルティアとタイタニアが最後の力を振り絞《しぼ》り、放ったのは風の刃。

それは荷袋を引き裂き、その中にあった大量の『ヴァルハリの祝水』をブラックウーズの体内にぶちまける。

これにはブラックウーズも対抗できる手段がなかった。

触手を斬られたのではなく、本体、弱点である『核』の傍に猛毒をぶちまけられたのだ。

天井に届きそうなほどの巨体がさらに勢いを増して暴れ、身体の表面に無数の――三十を超える数の魔法陣が作られる。

「お姉様っ!?　タイタニア様っ!?」

カーラはサティアを庇《かば》いながら床に伏せ、フェネルリエカは危険を察して窓の外へ飛んで逃げる。

しかし、魔力を使い果たしたメルティアとタイタニアは咄嗟《とっさ》に反応できず、色とりどりの――無数の属性で編まれた複数の魔法陣を見上げることしかできなかった。

最後の足掻《あが》き――もはや進化も勇者も男も女も関係ない。

魔物としての本能が敵を倒すことを優先し、全員に向けて必殺の魔法を無数に放つ。

炎の玉が、氷の槍が、雷の矢が玉座の間を蹂躙《じゅうりん》し、壁を、天井を、跡形もなく吹き飛ばす。

「きゃぁぁあああ!?」

「くっ⁉　離れないでメル――」

「お姉様、お姉様っ⁉」

マリアベルは自分に向かってくる魔法の全部を斬り伏せながら、なんとかメルティアたちの元へ向かおうとする。

けれど、魔法の勢いが収まらない。

粘液が溶け消えていくとはいえ、いまだその魔力はほとんど残っているのだ。

フォンティーユの王城を中心に王都全域を吹き飛ばしそうなほどの暴力的な魔法陣はその勢いを弱めず、まるで永遠に続きそうな嵐に晒《さら》されながら、それでもマリアベルは姉の心配をし続けた。

今日まで一緒に頑張ってきた家族。

最愛の人。自分を支え、守ってきてくれた姉。

その人を守るためなら、多少の傷など関係ないと勇者は前に進む。

しかし、最短距離で移動しようとするマリアベルの邪魔をするかのように魔法で破壊された天井の破片が落ち、道を塞《ふさ》いだ。

そうしている間に、今度は魔法の勢いに床が耐えられなくなり、徐々に玉座の間の床に亀裂が走り、一部ずつが崩れ落ちていく。

ブラックウーズが暴れていることもあり、この部屋自体がそう長く持ちそうにないというのがマリアベルにも分かった。

「お姉様!!　返事を、返事をしてくださいっ!!」

返事はない。

いくつかの魔法を斬り裂き、姉がいた場所に辿《たど》り着くと、そこには誰もいない。

慌ててマリアベルは周囲を見回した。

頭の高い位置で纏《まと》められた長い黒髪が動きに合わせて横に広がり、マリアベルの焦りの度合いを伝えている。

「お姉様っ」

「マリアベル様、こっちにっ!!」

「カーラ様!?」

声が聞こえた方へ移動すると、そこには眠っているサティアを背負ったカーラの姿があった。

視線を下に向けると、彼女の足元にも深い亀裂が走り、今にも崩れ落ちてしまいそう。

……何より、カーラの状況だ。

サティアを助ける為に行動したことで魔法の攻撃を受け、カーラは左足からひどく出血していた。

白衣を切って作った紐で止血こそしているが、真っ赤に流れ出る血が痛々しい。

そんなカーラには、不思議と魔法の嵐が降り注いでいなかった。

「どうやらスライムにとって、この女魔導士は特別らしい。玉座の間で、女王様よりも傍に置いていたくらいだしね」

たしかに、サティアの傍にいると魔法の嵐が襲ってこないことにマリアベルは気が付いた。

同時に、ブラックウーズは自分の魔法で玉座の間のほとんどを破壊し、発生した崩壊によってマリアベルたちを見失っている。

ほんのわずかの間だが、こうやって話す機会が生まれてカーラは、マリアベルの無事に安堵《あんど》の息を吐く。

「そ、そうですか……それより、お姉様を知りませんか!?」

「メルティア様!? いや……もしかして、落ちたのか？」

カーラの視線が、いくつか床にできた亀裂――そして小さな穴に向く。

マリアベルはゾッとした。魔法の嵐、無数の触手に追われても感じなかった恐怖に身が竦《すく》み、背筋に冷たい汗が流れる。

魔力が尽きた魔導士はただの人と変わらない。

そんな姉が瓦礫《がれき》と一緒に一階へ落ちたとなれば、ただでは済まないはずだと奇妙なほど冷静な頭で理解できてしまう。

「タイタニア様の声も聞こえないし……もしかしたら」

「そんな――お姉様、お姉様っ!?」

『――――』

マリアベルが動揺《どうよう》した瞬間、ブラックウーズが鳴いた。

すでに全体の七割が崩壊し、普通のスライムより一回り太い程度の大きさにまで縮んでしまい、面積が少なくなるほどに放てる魔法の量も減っていく。

死か、それとも魔力が尽きかけているのか――どちらにせよ、この魔法の嵐もそう長くは続かないように感じる。

そのブラックウーズは必死に窓まで這《は》うと、そのまま外へと落ちていった。

「しまった⁉」　『核』を破壊しないと復活するぞ⁉」

「お姉様、返事をしてください⁉　そんな、いや、ダメです……私を一人にしないで……」

「マリアベル様、しっかりしてっ」

「う、ううう……」

「――――っ」

ついにマリアベルが泣き出してしまい、カーラは歯を食いしばり――勇者の頬《ほお》を全力で叩いた。

崩壊が始まった玉座の間に、バチン、と大きな音が響く。

「しっかりしろっ。ここまで一緒に戦ってきた仲間の努力を無駄にする気かっ」

「あ、う……うっ、ううう……っ」

「諦めるなっ。勇者なんだろっ。その剣は、鎧《よろい》はっ、なんのためにあるっ」

「でも、でも……っ。お姉様が――っ」

「生きてるっ。死んでないっ――私を恨んでくれていいっ。だから、戦ってくれ、勇者様……」

それは嘘なのだと、誰にでも分かることだ。

調べてもいない。探してもいない。

それでも、カーラはマリアベルに戦えと叫ぶ。勇者と呼ぶ。

……この瞬間を逃せば大元のスライムを討伐《とうばつ》できないと理解し、だからこそマリアベルに追わせようとする。

身内の死を悲しむ暇すら与えず。

それを残酷《ざんこく》と理解しているからこそ、カーラは自分を憎むように言い、マリアベルはその意志を汲《く》んで……嗚咽《おえつ》を漏《も》らしながら服の袖《そで》で目元を拭《ぬぐ》った。

勝たなければいけないのだ。沢山《たくさん》の人が犠牲《ぎせい》になった、この戦いを。今日までの戦いを、勝利で終わらせるために。

「い……行きます」

「ああ、頼む……」

カーラには窓から逃げたブラックウーズを追えなかった。背中の女魔導士のこともあるが、怪我《けが》をした足で二階から飛び降《くだ》りれば、最悪は命の危険すらある。

下は崩壊した瓦礫と砕けた窓ガラスが散乱し、とても飛び降りることなどできない。

しかし身体能力に優れるマリアベルなら、追える。弱ったブラックウーズを殺せる。

もう、それしかないのだ。

「行って、ほらっ」

「……カーラ様、すぐに戻ってきます」

「カーラでいい。行ってらっしゃい、勇者様」

いつか聞いた言葉。

初めて会った時にも、同じことを話したような気がする。

マリアベルは微笑《ほほえ》み、頷《うなず》いた。

「……はい、カーラ」

振り返らずに、彼女は砕けた窓から飛び出すと、ブラックウーズを追った。

残されるカーラは安全だと、ただそう信じて。

＊

「ん、ぅ……おかあ、さま……」

エルフの姫が、天井から垂れてくる水滴で濡れた頬を面倒そうに手で拭い、瞼《まぶた》をぴくぴくと震わせる。玉座の間で発生した戦闘から、どれくらいの時間が経っただろうか。

頭部を薄紫色の魔法陣で包まれたメルティアは階下へ落ちてから一度も目を覚まさず、時折、母を呼びながらわずかに身じろぎをするだけだった。

身じろぎでスカートが乱れ、左側に深いスリットが作られたスカートが捲《めく》れて桃色の可愛《かわい》らしい下着がちらりと見え隠れする。

旅には不向きな、けれど自分を飾りたいという年頃らしい、せめて見えないところだけでも女性らしくあろうとした結果か。

可愛らしさを重要視した薄桃色の下着は左右が紐結びになっており、スカートの裾《すそ》と下着の紐がメルティアの動きに合わせてわずかに揺れる。

……ただ異様なことに、今のメルティアは粘液のベッドともいえる粘り気のある床に横たえられ、眠ったまま目を覚ます気配はない。

その原因は、今も頭部を覆《おお》う紫色の魔法陣。

『彼』が取り込み、学んだ、魔導士が得意としていた催眠《さいみん》魔法。

本来は魔物との戦いで負った傷の激痛を忘れるために使う魔法だが、今は母親譲《ゆず》りの美貌《びぼう》を持つメルティアを眠らせるために使われ——玉座の間で魔力を使い果たした魔導士に、その催眠に耐えるだけの力は残っていなかった。

まだ可憐《かれん》な顔立ち。けれど肉体は成熟した大人の女性で、特に同年代の女性と比べてもひと回り以上大きい胸は、横になると重力に囚われて下着に包まれながらも形を変えてしまうほど。

大きく、そして柔らかいのだと……服の上からでも男の欲望を刺激する女性の象徴。

「んぅ……ぅぅ……」

眠っていてもスライムの嫌悪感に眉《まゆ》をしかめ、身を捩《よじ》り、逃れようとするのは流石《さすが》の一言。

けれどその抵抗は微々たるもので、結局は穢《けが》れた粘液ベッドの上で身動《みじろ》ぎし、母親が使っていた冒険者としての衣服を怪我してしまう程度。

そのまましばらくすれば、嫌悪から逃れようと動く足が勝手に足首まで隠すスカートを乱し、更に下着の露出が激しくなってしまう。

そのまま周囲から伸びた触手が音もたてずに銀髪の女エルフへ近づくと、そのスカートをまくり上げる。

黒のサイハイブーツと白雪のようにキメ細かな肌、そして桃色のショーツが丸出しになった。けれど、メルティアは目を覚まさない。

「ん、ぅ……すぅ……」

周囲から放たれるスライム独特の異臭に眉《まゆ》をしかめるが、その下半身は無防備に下着を晒《さら》してしまった状態。

薄桃色のショーツは白のレースで飾られており、同じく白のワンポイントリボンが可愛らしさを際立《きわだ》たせる。

左右は紐結びで簡単にほどけてしまいそうだが、触手はそうはしない。

眠るメルティアの下半身を露出させると、今度は何よりも男の目を惹《ひ》く爆乳ともいうべき巨峰へむかう。

上下をベルトで締め、揺れることを制限するデザインは、むしろメルティアの爆乳を更に大きく見せ、本人も恥ずかしいと思ってしまうもの。

触手はそのベルトを器用に外し、勇者の姉姫の胸を解放してあげる。

ベルトの締め付けから解放された爆乳は喜ぶようにタプンと揺れると、いまだ服に締めつけられていというのに僅《わず》かだが左右へ広がって見せるほど。

服の中央を飾る黒のインナーが左右へ伸ばされて卑猥《ひわい》な皺《しわ》を刻み、胸の締め付けが緩《ゆる》んだことでメルティアの寝顔が僅かに安らぐ。

そのままエルフらしい緑と白を基調とした冒険者服をはだけさせれば、上半身は着崩れた服と白い肌、そして胸を包む黒のインナーが露《あらわ》になる。

インナーの下に下着をつけているのかブラの線が浮かび上がり、裸よりも恥ずかしい格好だ。

下半身はロングスカートが完全に乱れ、薄桃色の下着が丸出しのまま。

服としての役割を失い、肌を僅かに隠すだけとなった緑と白の冒険服が興奮を助長させる。

「ん、ぅ……」

下着が露になってからさらにしばらくして、ようやくメルティアはうっすらと瞼を上げた。

「あ、れ……？」

うっすらと開いた瞳に映ったのは、石の壁だった。

周囲は薄暗いが、なにも見えないというわけではない。天井が崩れ、そこから差し込んだ太陽の光が周囲を照らしている。

埃《ほこり》っぽい空気のせいもあって、まるで天から光の柱が降りているかのような錯覚《さっかく》を抱きそうになる。状況を確認しようと身体《からだ》に力を籠《こ》めると、自分が横になっていることに気づく。

「ここ……ひっ!?」

身体を起こして周りを見回すと、周囲が粘液に囲まれていることに気付いて悲鳴を上げた。

慌てて周囲に手を伸ばし、指先に硬い木の感触。すぐそばに、母が使っていた杖《つえ》が転がっていた。

それを右手で握った次の瞬間、地面から伸びた触手がメルティアの手首を摑《つか》む。

「そんなっ⁉」

慌てて右手首に視線を向けると、今度は左手首。

さらに腰、両足――地面へ横になった体勢で、メルティアはあっさりと大の字に拘束《こうそく》されてしまって悲鳴を上げた。

気絶から覚醒《かくせい》したばかりの頭では認識が追いつかず、今がどのような状況なのか分からない。

わけも分からず周囲を見回すと、眠るメルティアを視姦《しかん》していた粘液たちが蠢動を開始した。

石壁が、天井が、四方八方、あらゆる場所から触手が伸び――この時になって、メルティアは遠くから女性たちの声が聞こえていることに気が付いた。

（そうだ！　私、玉座の間で大きなスライムの魔法で吹き飛ばされて……）

頭部を破壊され、ブラックウーズが大暴れした衝撃で床が崩れ、宙に浮いた状態で魔法の直撃を受けたことを思い出す。

咄嗟《とっさ》に残っていた魔力で防御したが衝撃を完全に殺せず、気絶したことを思い出すと――。

「タイタニア様⁉　タイタニア様、大丈夫ですか⁉　ここにいますか⁉」

メルティアは声を上げ、記憶の最後に最も近くにいた仲間の名前を暗闇の中に叫んだ。

小さな妖精の女王。

自分とは違い、魔法の直撃だけで死んでしまいそうな小さな命を探すと――メルティアはその姿をすぐに見つけることができた。

タイタニアはその細い手足を、可憐な羽を粘液の壁に埋められ、メルティアと同じように大の字で固定されていた。

その頭部にはメルティアを眠らせていた紫色の魔法陣があり、しかしそこに込められた魔力は残り少ないとすぐに分かる。

魔法陣が明滅をし始めると、タイタニアが目を開く。

「タイタニア様!!」

「ん……メル、ティア？　もう少し……」

「眠らないでください！　スライムに囲まれています！」

「――――っ」

この状況でも二度寝しようとする妖精に状況を伝えると、タイタニアは目を見開いて周囲を確認した。

大の字に拘束された手足、動かせない羽、空《から》っぽに近い魔力――。

「メルティア、魔力はどれくらい回復している？」

「う……あまり。まだ、逃げ出せるほどでは」

いくら母親譲りの強大な魔力を持っているとはいえ、回復速度は普通のエルフと変わらない。

その点では、人体ではなく大地から直接魔力を吸い上げる妖精の方が回復は早く、タイタニアは自分がこの状況を打破しなければならないと考えた。

（でも、これじゃ……）

氷の魔法では自分の手足ごと氷漬けにしてしまうし、壁一面を覆う量のスライムが相手では風の魔法で吹き飛ばしてもすぐに再生してしまうだろう。

他の魔法も同様で、今の魔力量ではなんとか抜け出せるかもしれないが、とても逃げ切れる状況ではないと理解できてしまう。

落下した衝撃で耳鳴りがしていたが、それが収まると聴こえてくる――女性たちの喘《あえ》ぎ声。

「メルティア、私がなんとかするから貴女《あなた》だけでもここから逃げなさいっ」

「何を言っているのですか、タイタニア様！　逃げるなら一緒に！」

「いいからっ。……あなたに何かあったら、マリアベルが悲しむ――」

その言葉を言い終わるよりも早く、メルティアたちの覚醒《かくせい》に気が付いた辺り一面を覆うスライムたちが蠢動《しゅんどう》を開始した。

上下左右、あらゆる場所から触手が作られたのだ。

数は十本ほど。それほど多くないが、魔力をほとんど失っているメルティアとタイタニアにとっては、それすらも凶悪な数に思えてくる。

「くっ、このっ!!」

その姿を見るや、タイタニアは残った魔力の多くを左手に集め、詠唱《えいしょう》もなく発動。

放った風の魔法は左手の手首から先を覆っていた粘液を吹き飛ばし、肘から先を露出させる。

そのまま肘を曲げて手をメルティアの方へ向ける。

「いいっ!? 魔法は切り札っ、本当に危険な時まで我慢――むぐっ!?」

タイタニアの人形のように小さな顔、その口が粘液に覆われ、言葉を塞《ふさ》がれた。

しかしそれ以上は何を言わずともメルティアに意図が伝わり、銀髪の姫は小さな妖精の女王の瞳を力強く見返しながら頷《うなず》く。

それを見て、タイタニアは迷うことなく自分を守るためではなくメルティアを逃がすために残った魔力の全部を使うことを決意した。

放ったのは氷の魔法。一瞬で自分たちを捉える粘液を凍結させる。

メルティアはそのまま力任せに触手を砕《くだ》いて拘束から逃れたが、小柄で腕力に乏《とぼ》しいタイタニアではそうもいかない。

それでも必死に力を込めて氷の拘束を砕こうとするが、事前に拘束の面積を減らしていた左腕を自由にするのがやっと。

それを見たメルティアが歩み寄ろうとすると。

「むぅううっ！」

「――――っ!?」

「むぐううっ、むぅううっ!!」

氷で口を塞がれているタイタニアが喉《のど》を鳴らしてメルティアを止める。速く逃げるようにと目で訴える。

それを見たメルティアは躊躇《ためら》い、足を止め、けれどタイタニアの意志を汲《く》んで逃げようと背を向け――その真横から新しい触手によって殴《なぐ》られ、粘液の床を転がった。

「むぅううっ!?」

（そんなっ!?　私の魔法をこんなに早く破るなんてっ!?）

実際、タイタニアの魔力が万全だったなら数分は凍結させられていただろう。

しかしほとんど魔力が残っていない状態では、周囲を覆う粘液たちの表面を凍らせるのがやっとでしかなかったのだ。

それでも自分とメルティアを拘束していた触手を凍らせたこと自体が驚嘆《きょうたん》に値するのだが、逃げられなければ意味がない。

短時間で回復した魔力はそれだけで底をつき、今度こそタイタニアは魔力が尽きてしまう。

「むうぅうっ！」

（メルティア、大丈夫!?　――ひっ!?）

タイタニアはメルティアを心配したが、しかし自分を拘束していた粘液が溶けると悲鳴を上げた。

戦場で身に着けるというには可愛《かわい》らしい緑のドレス。その下に粘液が潜り込んできたのだ。

粘液たちはタイタニアの細い手足を伝ってドレスの下へ侵入すると、そのまま愛用の下着の上まで一気に侵入してくる。

ドレスだけでなく下着まで濡れてしまう気持ち悪さに全身が震え、同時にグラバルトの遺跡で行われた凌辱《りょうじょく》を思い出して表情を強張《こわば》らせた。

だがそれよりもメルティアの心配をしていると、別の触手が粘液の床に倒れた銀髪の姉姫の腰に巻き付き、抱きかかえるように起き上がらせる——。

「このっ!!」

その時、気絶していなかったメルティアは即座に火の魔法を応用して、自分の腰に巻き付いた触手を中ほどから吹き飛ばした。

腰に触手の残りを巻き付けたまま荒い息を繰り返し、殴られたことで痛めた左肩を押さえる。

そのまま、躊躇いなく床に落ちていた母親の杖《つえ》を拾い上げて——それでもタイタニアを一瞬でも見捨てられなかったことが、彼女の敗因だ。

逃げられる可能性など万に一つ程度の低いものだっただろうが、それでも足を止めなければこの場からは離れられたはず。

けれど最後までタイタニアを気にしたメルティアの頭上——吹き飛ばされ、光差す崩れた天井の位置から離れた彼女の頭上には、スライムが覆った石造りの天井がある。

そこから高粘度の液体が糸を引きながら垂れるとメルティアの見事な銀髪を穢《けが》し、髪を束ねる赤いリボンを濡らし、服全体に絡み付いていく。

粘液が全身に纏《まと》わり付き、動きの邪魔をするのだ。

メルティアは母親の杖の先端にある宝石に残った最後の魔力を発動しようとしたが、しかし。

「そんなっ!?　身体が勝手にっ!?」

その言葉通り、メルティアの両手は勝手に持ち上げられ、事前にローブを開《はだ》けさせられていたことで無防備な腋《わき》を曝《さら》け出してしまう。

両手を頭の上で拘束された姿は、まるで牢《ろう》に繋《つな》がれた罪人のよう。

銀髪の女魔導士は顔を赤くして必死に体の自由を取り戻そうとするが、彼女の身体を操っているのは全身に纏わり付いた粘り気の強い粘液である。

薄く全身を包み込む程度だというのに、異常なほど力が強い。

凍っていない状態では砕くこともできず、粘液なので伸縮性に富み、とてもではないが簡単に引き剝《は》がせそうにない。

手に持った杖を強く握って魔法を発動しようとするが、杖が頭上にあってはそれも難しい。

杖を介した魔法の発動は、先端の宝石から放たれる。

その宝石こそが魔力を蓄《たくわ》え、同時に、蓄えた魔力を強めてくれるからだ。

だが、今の体勢で魔法を放てばメルティア本人にも影響が出てしまう。

杖という希望こそあるが、だからこそそれを上手《じょうず》に使えない絶望がある。

メルティアは魔導士らしい三角帽子と開けたローブという格好のまま膝立ちにされ、両手を頭上で拘束されるという屈辱の体勢を強制された。

「むぐぅううっ！」

「大丈夫です、タイタニア様っ！」

（杖はっ、杖だけは離さないようにしないとっ）

ここまで拘束されてしまっては逃げ出すことも難しい。

だが、杖さえ握っていれば逃げる機会はいつかきっと訪れる――メルティアはそう強く思うと、母親が愛用していた杖を手放さないように強く握った。

――が。

「ひゃんっ!?」

そんな覚悟とは裏腹に、触手が狙いを定めたのは彼女の腋。

ローブを開けさせられて丸見えになった真っ白な腋。無駄な毛など少しもない、きちんと手入れされた箇所《かしょ》。

粘液の触手が舌のような動きでそこを舐《な》めると、メルティアは最後の抵抗とばかりに強張らせていた表情を歪ませてしまう。

「ひっ、ひぁっ!?　なっ、そんなとこ――ぉほっ!?」

メルティアは別にくすぐったがりというわけではないが、しかし腋を重点的に触られるという経験があったわけではない。

しかも今は殺し合いをしている最中だというのだから、意識していなかった場所からの刺激に驚き、全身から力が抜けてしまう。

「や、やめっ、やめなさぃぃっ!?」

せめてまともに戦うように訴えたかったが、しかしその声すら腋からの刺激――くすぐったさに上擦り、情けない声へと変わってしまう。

そしてそれは、メルティアの正面で拘束されているタイタニアもだ。

「――ふむぅううっ⁉」

メルティアへの凌辱が開始されると同時に、タイタニアの小さな肢体《したい》にも粘液が殺到した。

小さな妖精の女王はすでに全身が粘液まみれ――小さいが身長に比べると豊満な肢体に纏わり付くと、濡れたドレスの上から蠢動《しゅんどう》する触手の動きが見て取れる。

ふくよかな両足、鼠径部《そけいぶ》、腰、ふくよかな胸、そしてドレスの胸元から這《は》い出て首筋まで。

小さな身体のあらゆる場所を触手が這い回り、タイタニアはその気持ち悪さから逃れようと身動《みじろ》ぎをする。

けれど両手両足を拘束されていては動ける範囲もほとんどなく、むしろその抵抗はメルティアに見られてしまうだけ。

「タイタッ――ぁひっ⁉　ひゃっ⁉　タイタニアッ、さまっ‼」

腋を舐められるくすぐったさを必死に耐えながら、メルティアがタイタニアを心配する。

舐められているだけの自分とは違う、触手で全身を穢される小さな女王の姿に心を痛める。

けれど、タイタニアにとっては、今のメルティアの視線こそがつらかった。

「むぅううっ⁉」

（見ないで、メルティアっ！　こんなっ、こんな姿っ！）

羞恥心《しゅうちしん》が薄い妖精だが、かといってスライムの触手に穢される姿を見られて何も感じないというわけではない。

タイタニアはこれから行われる行為――そして、自分がどんな痴態を晒《さら》してしまうか。それを想像するとメルティアに向けて喉を鳴らすが、しかしそれが言葉になることはない。

口を塞いでいる触手はすでに凍結から解放され、もはやタイタニアに唇を解放する手段など残されていないのだ。

そうしている間にもドレスの下で触手が這い回り、タイタニアの性感帯を刺激する。

胸や股間《こかん》だけではない。わき腹や鎖骨《さこつ》、膝の裏、指先、指の間、仙骨《せんこつ》といった場所まで。

普段は気にも留めない場所だが、触れると敏感に反応してしまう。そんな場所。

スライムはタイタニア本人以上に彼女の肢体を理解し、刺激する。

特に強い反応を示した手足の指の間や仙骨の位置は重点的に刺激され、最初は逃げるために動いていた肢体が、次第に艶《なま》めかしい熱気と色香を孕《はら》んで左右へ揺れ始める。

一度犯されている、というのも悪影響だった。

性的な刺激を知らないまま生きてきた妖精の女王は、その先にある『絶頂』を知り、今、自分がその高みへ無理やり昇らされようとしているのだと理解する。

「ふーっ、ふー……っ」

（ああっ。だめ、だめだめだめ……っ）

薄汚い粘液に全身を撫《な》でられているだけだというのに、タイタニアは自分が高みへ昇っていることを自覚してしまう。

性的な刺激を知らなかったからこそ、一度知ったその肢体は絶頂を予感し、そして我慢できない震えが手足の先まで伝播《でんぱ》する。

「タイタニア様っ、頑張って!!　耐えてください！」

「ふぅーっ、ふぅ――っ!!」

（いや――っ。見ないでっ、メルティアっ、見ないでっ）

せめてもの抵抗にとタイタニアは僅《わず》かに首を振って髪を乱し、その表情を隠そうとする。

その意思に沿って太陽の輝きを連想させる黄金色の髪が乱れるとタイタニアの屈辱と羞恥で赤くなった表情を隠し、それでもまだ見られたくないという羞恥心から顔を伏せる。

完全にメルティアから見られない――そのはずだったのに、口を塞いでいた触手が外れると顎《あご》を掴《つか》み、無理やり顔を持ち上げた。

「いや――いや、いやぁあっ!?　みないでっ、メルティアみないでっ!!」

「タイタニア様っ!?」

全身を愛撫《あいぶ》する触手の動きが激しくなる。

特に胸と股間。女体の中で最も敏感な乳首と陰核――そして、経験が少ない女王の肢体が驚かないようにと、ショーツの下に侵入した触手が膣穴のごく浅い位置まで入り込み、いたくないように、けれど激しく前後し始める。

「やっ、だっ、だめっ、それだめぇえっ!?」

自慰《じい》の経験すらない、凌辱による絶頂しか知らない小さな妖精女王の肢体が壁に埋め込まれたまま激しく痙攣《けいれん》した。

その絶頂する表情を、メルティアから見られているとしても、隠しようがない。

乱れた黄金色の髪の間から情けない絶頂顔を晒しながら全身を震わせると――しかし、触手はその程度で動きを止めなかった。

「やっ、まっ――まってっ、まってぇぇええっ!?」

一度絶頂したことで少しは休めると思っていたのか――少なくとも、グラバルトの廃神殿ではそうだったのだが、今回は違った。

触手たちはタイタニアが絶頂した後も刺激を続け、ドレスに浮かび上がる触手たちも彼女の胸や股間――乳首や陰核、そして膣穴を刺激する動きを止める様子はない。

小さな体躯《たいく》に比して大きく膨《ふく》らんだ胸が形が変わるほど激しく揉《も》まれ、ドレスのスカート部分はグチュグチュと粘着質な音が絶え間なく響くようになり、さらに新しい触手がスカートの中へ潜り込むとタイタニアが目を見開く。

「うそっ、そこ――はぁああっ!?」

「タ、タイタぁうっ!? タィタニぁさま!?」

腋を舐められながらメルティアが名前を呼ぶが、タイタニアは必死にメルティアから表情を隠そうと藻掻《もが》いている。けれどその体力も尽きると――新たにスカートの中へ侵入した触手が、ほんの少しだけ前進した。

「アひぃいっ!?」

侵入したのはもう一つの穴、肛門《こうもん》だ。そのまま前後の穴を使って触手たちはタイタニアに未知の性感を与えようと動き始める。

膣の触手が奥へ進めば肛門の触手が外へ出て、肛門の触手が奥へ進めば膣の触手が外へ出る。互い違いの前後運動に小さな妖精の肢体が大きく震え、ドレスに包まれたままの肢体は痙攣が止まらない。薄汚れた半透明の液体の中で手の平に爪を立てる強さで拳が握られ、タイタニアがどれだけ我慢しているのかが分かる。

けれど、性的な経験がほとんどない彼女に、前後の穴だけでなく全身を愛撫される刺激に耐えることなど不可能だった。

「メルティアっ!!　みなっ、見ないでぇえええっ!?」

「————っ!?」

タイタニアの絶叫に、メルティアは必死に目を閉じた。

せめてその姿を——絶頂する表情を見ないよう目を閉じ、顔を伏せる。

「ふぁあああっ!?　ああっ、アアアアアっ!?」

「もうむりっ、もう無理だからぁああっ!?」

「あああ……っ——もうぃや——やめ……っ、あひぃいっ!?」

「ああ……はあっ、はあっ……ああぁ」

それから、どれくらいの時間が経っただろうか。

タイタニアの声が弱々しいものへ変化すると、メルティアは閉じていた瞼《まぶた》を上げた。

——そこにいたのは、目を閉じる前と同じ姿のタイタニア。

濡れたドレスを肌に張り付け、その上に蠢《うごめ》く触手を浮き上がらせている卑猥《ひわい》な格好。

そして……披露し、涙を流し、普段の陽気な姿とは真逆の淫惨《いんさん》極まりない姿。瞳からは意志の光が薄れ、喉が嗄《か》れたのかひゅーひゅーと力ない呼吸を繰り返し、全身が小刻みに痙攣し続けている。

スカートの下に潜り込んだ触手はゆっくりとした動きに変わり、ただただ、タイタニアを休ませないよう、けれどこれ以上体力を消耗《しょうもう》させないように、という最低限の配慮《はいりょ》。

ただそれだけ――変わり果てた妖精の女王の姿に、メルティアは……。

「たっ、タイタニア様……」

名前を呼んだが、返事がない。

二度目の性行為というには激しすぎる連続絶頂にタイタニアは目を開いたまま意識を失っていた。……それに気付くと同時に、今度はメルティアの肢体を拘束《こうそく》する粘液が蠢動を開始する。

「ひっ!?」

タイタニアの凄惨《せいさん》な姿を見たメルティアは、心の底から怯《おび》えた。

自分の身体《からだ》を操る重い粘液を見る瞳に、隠しようのない恐怖が浮かび、これから自分もタイタニアと同じようなことをされるのだと考えるだけで身体の芯から震え出す。

「くっ、いやっ!?　離してっ！」

メルティアは必死に逃げようと身体を暴れさせたが、そんな抵抗など無意味とばかりに新しく作られた触手が彼女の下半身を隠すスカートを左右に広げた。

左側に深いスリットが作られたスカートはたったそれだけで本来の役割を放棄し、その下に隠されていたサイハイブーツに包まれた美脚、真っ白な太もも、そして桃色の可憐《かれん》なショーツを丸出しにしてしまう。

レースの布地は薄く、少し引っぱっただけで破けてしまいそうな下着が危うい色香となってメルティアの下半身を彩っている。

……そして目を凝《こ》らさなくてもクロッチの一部が僅かに透け、頭髪と同じ銀色の陰毛が覗《のぞ》く。

汗やスライムの粘液ではない。

メルティアはタイタニアの痴態を見ると、これからの凌辱《りょうじょく》を想像して股間を濡らしていた。

「み、みないで……」

恥ずかしくて顔を伏せるが、スライムたちが言うことを聞くはずもない。……だから。

「……やめなさいっ」

メルティアは、全身を拘束された状況だというのに、けれども強気にそう言い放つ。

一国の姫らしく憎らしい敵をキッと睨みつけ、母の杖を持つ右手に力をこめる。

けれど内心では恐怖に震えていた。

……グラバルトの遺跡でスライムに襲われているメルティアはもう一度凌辱されることに酷《ひど》く怯え、けれど必死にそれを隠そうとする。

だが、頭上で拘束されている細腕はすでに震えており、全然隠せていなかった。

またあの屈辱を味わうことになる……そう考えると気持ちが怯《ひる》み、背中に冷たい汗が流れる。

そんなメルティアの内心を知ってか知らずか、触手の一本が彼女の柔らかな頬を舐《な》めるように這《は》うと、彼女は表情を嫌悪に歪めて必死に触手から遠ざかろうと首を捻《ひね》る。

（いやっ、いやっ！）

心のなかではスライムに何をされるか理解しているし、それに対する覚悟もできている。

それでも、一度も普通の男性経験がないメルティアには耐えがたい恐怖だった。

（やだっ、やだ……っ）

なんとか触手の拘束から逃れようとするが、丸出しの下半身を左右へ振るだけの結果となり、スカートの裾《すそ》が揺れるだけ。

スカートを持ち上げられたことで丸出しになった胸と同様に、身長には不釣り合いな大きいお尻、その形のよさ、淫靡《いんび》さを際立《きわだ》たせる結果となる。

桃色の下着に包まれたお尻を振りながら、メルティアは周囲を確認する。

（なにか、なにか使えるものは……っ）

残り僅かな魔力だけでは逃げることは不可能だと、戦闘経験の少ないメルティアにも分かる。

ならば、逃げるための道具――それを見付けなければいけないのに、周囲には何もない。

粘液の壁。壁。壁。あとは鉄格子《てつごうし》と、崩れた天井だけだ。

「やめてっ、やめなさいっ！」

メルティアは必死に声を上げ、少しでも時間を稼《かせ》ごうとした。

天井から争う音は聞こえない。玉座の間での戦闘が終了したのだと分かる。

（マリアが――耐えていれば、マリアが助けにきてくれるっ！）

最愛の妹。父の血を濃く受け継いだ、黒衣の勇者。

その姿を脳裏《のうり》に思い浮かべれば、勇気が湧く。スライムになんか負けないと、心に強く思う。

けれど……一度スライムに犯された身体は、そうはいかない。

頭では強く「負けない」と思っていても、身体のほうは犯されたくないと震えてしまう。

その恐怖はローブに染み込むスライムの粘液が増すほど強くなっていく。

あの時も……グラバルトの神殿で犯された時も、衣服はほとんどそのままに、全身をずぶ濡れにされ、そして触手に拘束されていた。

そして今回も。

その類似点《るいじてん》がメルティアの精神を混乱させ、耐えるという気持ちと、犯されたくないという恐怖がない交ぜになる。

「負け、ないっ。わた、しは……絶対にま、けませんっ！」

頭上で両手を拘束され、ローブを開けさせられ、ショーツを丸出しにしたままメルティアは気丈に自分を凌辱しようとする触手を睨みつけた。

絶対に負けないと、心に強く刻む。だが、身体は恐怖に揺れ、指先まで震えている。

カチカチと鳴る音は、メルティアの奥歯だ。

瞳だけは強気を装《よそお》い、しかしその全身は恐怖に打ち震えている。

……そんなメルティアの後ろに、一本の新しい触手が生えた。

「なっ、なにをしているのですか!?　やめなさいっ！」

触手が大きなお尻に触れるとメルティアがその存在に気付き、肩越しに振り返りながら必死に声を張った。

まだ何もされていない、クロッチに小さなシミを作る桃色の下着に包まれたお尻が左右に揺れる光景は壮観だが、凌辱されるメルティアの方はたまったものではない。

「やめてっ、やめてぇぇ！」

メルティアは上半身を必死に暴れさせ、なんとか拘束から逃れようとする。

耐えればいい——そう思っていても、しかし犯されてもいいというわけではない。

魔力が回復しきっていないメルティアはただの女でしかなく、最初に男を取り込んだブラックウーズから分離したスライムは女を犯す存在。

逃れることなど絶望的、不可能にしか思えない。それでもメルティアは必死に抵抗する。

そうすると黒のインナーに包まれた大きな胸が大迫力に揺れ、スライムの視線を楽しませた。

タプン、タプンという音が聞こえてきそうな大きな揺れだ。

上下左右へ大胆《だいたん》に、暴力的に。むしろその抵抗を楽しむように、彼女の肢体《したい》を包む粘液は少しだけ拘束を緩《ゆる》めたようにも見える。

「うぅっ、くぅうっ！」

暴れるほどにメルティアが纏《まと》う衣服は乱れ、下半身では下着は完全に丸出しとなり、すでに開けられていた母親のローブは肌を隠す役割を半ば放棄してしまう。

腕に服は残っていても上半身はインナーと下着だけとなり、細い肩や小さなお臍《へそ》まで丸出し。

桃色ショーツの腰部分にある左右の紐がメルティアの動きに合わせて揺れている。

……穢《けが》れを知らないメルティアの大きくて白い尻に、穢れによどんだ触手が触れた。

「いや……さ、触らないで……っ」

可愛《かわい》らしい桃色のショーツに包まれた白い臀部《でんぶ》、そこを粘液にまみれた触手が、まるで舐めるように這い回る。――その気色悪さにメルティアの全身が総毛立った。

ショーツに包まれた美尻が右に左に揺れる。その動きを先読みして触手が尻肉を舐めまわす。

「いや、やめて……やめてぇ……っ」

泣きそうな声を上げながら、メルティアは尻を振るしかない。膝立ちの格好で拘束された全身はほとんど動かせず、なんとか首を回せる程度。

魔導士の大きな三角帽子が揺れるだけで、少しも頭上の両手が緩む様子はない。

しばらくするとスライムが自分の反応を楽しみ、嬲《なぶ》っているのだとメルティアも気づいた。

その屈辱《くつじょく》に涙が浮かび、我慢できずに頬を濡らす。

「ひっ……そ、そこは――っ!?」

新しい刺激にメルティアが目を見開くと、しかし後ろを振り返らせないように新しい触手が彼女の頭を押さえつけた。

メルティアの美貌《びぼう》に恐怖の色が浮かぶ。新しい刺激――それは、ショーツ越しにだが、尻の谷間に触手を強く押し当てる行為。

狙いは、初心《うぶ》な性知識しか持ち合わせていないメルティアには想像もできない……肛門《こうもん》。

すぐに触手はショーツ越しに肛門をいたぶり始める、メルティアは恐怖と絶望に目を見開く。

「ひぃ!? そんな、そんなっ!? そんなところ、だめ、だめぇっ!」

視線を正面に固定されたメルティアが必死に叫ぶ。

その視線の先では、膣穴と肛門を凌辱されたタイタニアがいまだに放心した状態で脱力している。自分もああなるのかと、先ほど聞いた嬌声《きょうせい》を思い出すと、メルティアは恐ろしくてたまらない。

性的な知識がないからこそ、喘《あえ》ぐという――魔物に聞かせるには恥ずかしい声を自分が上げてしまうのではという恐怖が胸に湧く。

実際にはきっとそれ以上の屈辱と恥辱を与えられるのだろうが、性知識が少ないメルティアには声を聴かれるだけでもとても恥ずかしいことだった。

グラバルトの神殿でも、肛門は犯されていた。しかしそれは絶頂に次ぐ絶頂で意識が朦朧《もうろう》となり、自分が何をされていて、どういう状況なのかすら不確かな状況でのことだ。

しかしいまは意識もしっかりとしていて、拘束されているが身体の感覚も失われていない。

その状況で肛門を嬲られる――その恐怖と嫌悪感に声を張り上げた。

「い、いぃ……っ。そ、んな……き、汚いところ……ぉ」

なにもない空間に、メルティアのすすり泣く声と、ニチャニチャと粘液を吸って濡れたショーツと触手がこすれ合う音が響く。それが何度も何度も続き……。

「いや、いや……ぁ」

（気持ち、悪い……っ。そんな、そんなところを舐めるなんて……っ）

それは快感にはほど遠い。嫌悪感が積もり、吐き気を覚えるような——そんな刺激の集まり。元よりものを『入れる』場所ではないというのに、下着越しに滲《にじ》んだスライムの粘液が括約《かつやく》筋《きん》に触れ、ショーツの薄布を透過して腸内へ入り込んでくる。

（うう、おしり、お尻がヒリヒリしちゃう……）

何度も執拗《しつよう》に舐められ、しゃぶられ、揉《も》まれ、粘液を吸った桃色のショーツはすでに肌色に透け、その下にある肛門……美しいハーフエルフの姫が家族どころか恋人にすら生涯《しょうがい》見せないであろう窄《すぼ》まりまでうっすらと見えてしまっている。

その窄まりは外からの刺激にピクピクと小さく痙攣《けいれん》し、しかし汚らわしい異物に抵抗しようとするメルティアの意志を汲《く》み、いまだ固く閉ざされている。

舐めるだけでは肛門の堅牢《けんろう》な壁を突破するのは難しい——わけがない。

実際には糸のように細くなり、無理やり侵入することも可能で……これも、スライムからするとお遊びのような愛撫《あいぶ》。

ただただ、一国の姫の痴態を見ようとする、スライムに取り込まれた男たちの邪《よこしま》な感情。

「んっ、くっ……」

（マリア、マリア……っ）

脳裏《のうり》に愛《いと》しい妹の姿を思い浮かべ、いつか助けにきてくれると強く信じる。

声を出せば喜ばせるだけだと思い、メルティアは唇を噛《か》み、周囲にある粘液を睨みつけた。

その抵抗こそが、男の、スライムの本能を刺激してしまうというのに。

「あっ、あひっ……だめっ、だめぇっ!?」

けれど、そんな抵抗は触手が邪魔なショーツを横へズラしただけで悲鳴に変わった。

たった薄布一枚。けれど、最後の守りが失われた肛門に直接粘液が触れると必死に尻を左右に振って逃れようとしても、無駄だと思い知らされる。

「やめてっ、そんなところを舐めないでぇぇ!」

視線を正面に固定されたメルティアには、声を張り上げることしかできない。

ハーフエルフの姫の願いは無慈悲《むじひ》に無視される。

尻の谷間に潜り込んだ触手は執拗に肛門をしゃぶり、吸い、突き、舐め回す。

窄まりの線を数えるような執拗さ。少しでも気を抜けば侵入される……その恐怖に肛門へ意識が向いていしまい、余計鮮明に刺激を認識する。

「だ、めっ。だめ、だめっ、だめっ!」

目を見開いて叫ぶメルティアの意志を無視し、何度も、何度も、何度も。

触手が美姫《びき》の不浄の場所を刺激する。

しつこく、しつこく。

どれだけ許しを乞《こ》うても触手はやめず、むしろその反応を楽しむように激しさが増していく。

「いや……だめ、はいって、こない、でぇ」

普通に生活していて、肛門に力を込めていられる時間は、どれほどだろうか。

試したことがある人など、いないだろう。そもそも、そんな必要などほとんどないのだから。

そんな努力などしたことがないメルティアは、初めて感じる種類の疲労に額だけでなく全身に脂汗《あぶらあせ》を滲《にじ》ませるが、努力とは裏腹に肛門の動きはヒクヒクと激しくなりつつあった。

（お、しり……っ。お尻、がっ）

力が入らない。こんなにも肛門を閉じようと頑張っているのに、疲労した括約筋がその意志に反応しない。

メルティアは焦った。なんとか腰を振って逃げようとする。だが、微々たる抵抗だ。

ずっと肛門を嬲っていた触手に、メルティアの肛門が力を失くしたことなど丸分かりである。

「う、ぅぅう……やめ、てぇ――はなれてぇ……」

スライムは、触手の先端をわずかに硬くすると、ヒクヒクと伸縮を繰り返す肛門についに先を侵入させた。

「ひぅ!?」

（あ、だめ、だめ……ぇ）

同時に疲労が限界に達し、カクン、と腰が落ちそうになる。膝立ちの体勢のまま両足を大きく開いて身を支えると、汗と粘液に濡れた桃色のショーツが大きなお尻にキュッと食い込む。

長時間嬲られた肛門はわずかに色づき、空気が触れるだけでもヒリヒリと痺れてしまう……

未知の刺激を、最初は脳が快感だと認識できなかっただけ。

肛門からの快感は、性経験がほとんどないメルティアの肢体には刺激が強すぎた。

「だ、めっ。あふ――んっ!?　なか、なかっ。ダメ、そんなに舐《な》めないでぇ!?」

（お、おなかのなか!?　お尻のなかっ、なっ、なめ、舐められてっ）

入り込んだ触手が腸内でわずかに曲がり、腸壁を刺激する。

その微々たる刺激だけでメルティアは訳も分からず、自分のものとは思えないほどの嬌声を上げてしまった。

（ありえないっ！　こんな、こん、こんなのっ――ありえないぃぃ!?）

お尻の中を、身体《からだ》の中を舐められる。そんな経験などあるはずがないメルティアは目を白黒させ、反射的に触手を押し出そうと肛門へ力を込めてしまった。

「んんぃぃぃ!?」

追い出そうと締め付ける肛門と粘液の塊《かたまり》である触手がグポ、グポと気持ち悪い音を奏でる。

自分の肛門がそんな音を出している現実を認めたくないのに、耳を塞ぐことすらできない。

（いや、こんな、こんなっ――わ、わたくしのお尻、おしりがぁ……）

括約筋に力を込めても、触手の律動を止められない。

それどころか、力を込めたせいで余計に肛門を抉《えぐ》る触手の感触を感じてしまい、メルティアは脂汗で額を濡らしながら悶《もだ》える。

何よりたまらないのは、だんだんと力が抜けていく感覚だ。

吐息は乱れ、全身に汗が浮かび……時折、地面から生えた触手が汗を舐めとっていく。

スライムにとって体液……そして老廃物は大切な食糧だ。それが魔導士なら――しかもメルティアほどの強者《つわもの》なら、なおのこと。

大切に、大切に。腸液の一滴。それすら見逃さないよう、丁寧《ていねい》に舐める。

「ひぃぃ!? やめっ……はっ、ぁぁぁあああっ」

(どこっ、どこ舐めて——!?)

「だっ、そっ……そんなところっ、舐めないでぇ!?」

尻穴の中を舐められる屈辱《くつじょく》にメルティアは絶叫し、それでも必死に耐えていた。

屈辱に舌を噛むこともせず、ただひたすら、助けを求める。

(マリア、マリア……っ!!)

心のなかで、何度もその名前を呼ぶ。何度も、何度も……。

「は、ぅ……」

それから、どれくらいの時間が過ぎただろうか。

メルティアの目尻は力なく垂れ下がり、解放された口は開いたまま。ただ顔を伏せることしかできなかった。

大きな魔導士の三角帽子がその表情を隠してくれていることだけが、唯一の救いか。

王族らしからぬ、尻穴を嬲られて情けない表情を晒《さら》さずに済んだのだから。

「はあ、はぁ……」

(だ、め……これ、だめ。なんで、わたし……ぉ、おしり。お尻、なのに……舐められてるのに、こんな……気持ち……っ)

「ん、んぅ……は、はぁ……」

肛門の締まりが緩《ゆる》くなり、まるで咀嚼《そしゃく》するように触手を優しく食《は》み始めた。

「はぅ……ぁっ、ぁっ……っ」

グポ、グポと浅ましい音が美しい姫の肛門から発せられる。

「あひ！　ひぅ、ひっ、ひぃぃぃいい！」

触手の凹凸《おうとつ》が括約筋《かつやくきん》を刺激するたびにメルティアは嬌声を上げ、何もされていない股間《こかん》から潮を吹き、スライムに食事を与えていく。

（ま、りょく――まりょく、がぁ……）

肛門からのあり得ない快感で思考を歪ませながら、しかし魔導士であるメルティアには自分の身体から力が抜けていくのが分かった。

力――魔力が抜けていく。抵抗する手段が失われていく。

母であり最強の魔導士である女王レティシアに匹敵するほどの魔力を有しているからこそ、いままで気づかなかった。

その膨大《ぼうだい》な魔力が回復せず、自覚できるほどにまで奪われ、減っていく。

「だ、ぇ――だめ、やめぇぇぇえ!?」

（ま、りょく。魔力っ！　まりょく、が、なくなったら……っ）

抵抗できなくなる。戦えなくなる……しかし、そんな恐怖など――。

「はひぃぃぃいいいい!?」

肛門から与えられる快感で霧散する。簡単に絶頂し、愛液と一緒に魔力を吐き出してしまう。

(だめっ、だめっ！　き、もちよくなったらぁ、きもちよくなったら、魔力が奪われる……っ)

絶頂すると、力が抜ける。力が抜けるとさらに魔力が奪われてしまう。

そのことにようやく気づいたが、しかし媚薬《びやく》で身体の感覚が狂わされたメルティアには、いまさらどうしようもない。

むしろ、理解したことで耐えようとする気持ちが強くなり、しかしそれでも我慢できず――屈辱に喘《あえ》ぎながら絶頂させられてしまうだけ。

被虐《ひぎゃく》的な快感がメルティアを苛《さいな》み、唇を噛んで我慢しようとしても喘がされ、よりいっそう深い快楽にさらされる。

「ひゃぁっ！　いゃあああっ!!　も、う。もう、きもちよくしないでぇぇぇぇぇ!!」

ビグン、と身体が強く痙攣し、メルティアはいままでで一番勢いよく潮を吹いた。

強すぎる快感と数度の潮吹きによって体力が奪われ、意識が朦朧とする。

(だ、め……だめぇ……)

それでも肛門を貫く触手はその動きを緩めず、むしろさらに激しくグボグボといやらしい音を奏でながら媚薬と腸液が混じった液体を泡立《あわだ》てる。

視界が霞んでいく。肛門の感覚がなくなり、ただただ熱い。ヒリヒリする。

いままで排泄《はいせつ》にしか使っていなかった器官を、このわずかな時間で性器に変えられてしまう。

「ひぃぃ、ぃぃぃぃぃぃいいいっ!?」

ブボ、と腸内のガスをひり出しながら、メルティアはもう何度目になるか分からない絶頂に目を白黒させた。魔力が奪われ、脱力感に襲われる。

「いやあ……きもひ、きもひぃいの、もうひやあ……」

一国の姫にあるまじき舌足らずな声を漏《も》らしながら、また絶頂。痙攣が収まらないうちに肛門の触手が腸壁を刺激し、また絶頂。

メルティアにはそれを堪える方法がない。不可能だ。

「ひぃいぃいいいいい……!?」

メルティアが、呆《ほう》けた声を上げた。

原因は、下半身を襲う新しい触手。それが、まだ触れられていないのにしとどに濡れそぼった陰部へ伸び、淫《みだ》らに花開いた陰唇をこすり上げたのだ。

長さを活《い》かして陰唇と陰核を同時に刺激され、待ちに待った前への刺激にメルティアの身体はあっさりと悲鳴を上げる。

「な、ひ……？　なに、こえ……？」

思考が回らない。舌が回らない。自分が何をされているのか理解できない。

（マリア、マリア……）

エルフの美姫は、それでも、必死にその名前だけを呼び続けていた。

第七章 ― 結末～一つの終わりへ～

外は城内に負けず劣らず広い有様で、手入れがされていない花壇《かだん》は雑草が生い茂り、いたるところに崩壊した王城の残骸《ざんがい》と……おそらくスライムに襲われ、溶かすことができなかった持ち主がいなくなった鉄の鎧兜《よろいかぶと》や武器が転がっている。

その中をマリアベルは駆ける。全力で。周囲を見回しながら。

（どこっ!?　どこに行った!?）

ブラックウーズの姿が見つからない。

二階から逃げた時点でかなりの小ささだった。マリアベルが泣き、カーラが叱《しか》り、さらに時間が経っている。……今、どれだけ小さくなっているのか。

それともすでに『核』が露出し、動けなくなったまま瓦礫《がれき》に紛《まぎ》れているのか分からない。

（逃がさない、逃がさない、絶対逃がさないっ）

おおよそこっちだろう、という勘に従ってマリアベルは駆ける。

他の者なら到底信用できない、不確かな、マリアベル自身にも言葉にしづらい『勘』だが、不思議と確信が持て、躊躇《ためら》うことなくその『勘』に身を委《ゆだ》ねることができた。

勇者としての力。女神ファサリナが授けた聖剣、鎧、盾。

そして形のない『予知』能力。それは勇者を助け、魔を倒すためのもの。その本質は理解できないものの、マリアベルは本能でその意図を理解し、彼女はブラックウーズを追う。

生まれてから今日まで、約半年の時間で蓄《たくわ》えた粘液のほとんどを失ったブラックウーズは生まれたての頃と同じく、もう人を一人殺せるほどの力もない。

追いつき、『核』を踏み潰せばそれで終わる……マリアベルにはもう、それしかなかった。

姉の安否も分からず、母の無事も分からない。

あとはもう、勇者として魔物を倒す――それしか残っていない。

「はあ、はあっ」

息が乱れる。額に汗が浮く。いくらマリアベルでも、体力は無尽蔵《むじんぞう》ではない。

特に、姉を失って魔物を見失った今は焦りと緊張で余計に体力を消耗《しょうもう》する。

一度疲れたと思うと、心臓の高鳴りが、呼吸の乱れが、どんどん酷《ひど》くなっていく。ソレを理解して余計に息が乱れる悪循環――それでもマリアベルは足を止めなかった。

「こっちよ、勇者様!!」

「フェネルリエカさん!?」

頭上からの声に顔を上げると、淫魔《いんま》の翼を使って空を飛んでいたフェネルリエカが、ある方向を指して叫んでいる。

「向こうに逃げたわ！」

「ありがとうございます!!　お姉様を知りませんか!?」

「いや、知らないけど……」

「探してください!!　がっ……瓦礫と一緒に、一階に落ちてしまったみたいなんですっ!!」

思い出すとまた涙が溢《あふ》れそうになって、それを必死に我慢した。

フェネルリエカは、世話が焼ける妹へ向けるような呆《あき》れ混じりの表情を浮かべて小さく笑う。

マリアベルを安心させるために。心配させないために。

「……世話が焼けるわねえ、まったく。それで、勇者様は一人で良いのかしら？」

「はいっ!!　絶対、絶対に倒しますからっ」

「ん……分かったわ。気を付けなさい」

マリアベルはそう告げて、今まで以上の速さで駆けだした。——途中、服の袖《そで》で涙を拭《ぬぐ》う。

（大丈夫。お姉様はきっと生きている。フェネルリエカさんが見つけてくれる——だから、大丈夫っ）

自分に言い聞かせるように、何度も心の中で『大丈夫』と繰り返す。

思い出すのは、楽しかった王城での暮らし、家族との生活。

そして、辛《つら》かった旅路——いつも隣にいた。ダメな妹を支えてくれた、綺麗《きれい》で美しくて優しい姉の姿。

（大丈夫だからっ、思い出さないでっ）

涙が出そうになる。けれど足は止めない全力で駆ける——

「見つけたっ!!」

ブラックウーズは、王都へ向かって地面を這《は》っていた。もう姿を変える余裕もなく、その形状は普通のスライムと同じ楕円形《だえんけい》。

「待ちなさいっ!!」

そのブラックウーズが向かう先は、下水へと繋《つな》がる排水溝《はいすいこう》。人が落ちないよう格子《こうし》状の鉄蓋《てつぶた》が置かれているが、軟体……しかも小さく縮んだブラックウーズには無意味なものだ。

逃げられる――そう思い、マリアベルは走る速度を上げた。

ブラックウーズは遅い。石畳《いしだたみ》一枚分を進む間に、マリアベルはすぐに追いついた――。

「この――っ!?」

その剝《む》き出しになった『核』を踏み潰す――その瞬間、マリアベルの左腕に何かが巻き付いた。――触手だ。

「え!?」

そのまま一気にマリアベルは空中へ持ち上げられた。

ブラックウーズに意識が向いた隙《すき》を狙われ、無防備なまま身体《からだ》が浮き上がる。

両足が地面から離れ、浮遊感――直後、背中に衝撃。投げられたと理解するまでに、数秒の時間を要した。

「な、に……?」

痛みはほとんどない。運良く茂みに落ちたおかげだ。

彼女を投げ飛ばしたのは、二階建ての建物ほどもある巨体のスライム。しかも、一体だけでなく、別方向からも集まってきていた。

「そんな……っ」

ブラックウーズと戦う前。王城の窓から見えていた、城へ向かってきていた巨体たち。

それが、ついに王城へ到着したのだ。

「邪魔を、しないでっ」

マリアベルは聖剣を構え、スライムたちを牽制《けんせい》する。

聖剣も、毒を防ぐ鎧も効果を発揮し、腕を掴《つか》まれたというのにマリアベルは自分の身体が健康そのものだと理解する。

（――また見失ってしまった……っ）

ブラックウーズを見失った焦りに、格下のスライムたちに集中することができない。

少し離れた場所に倒さなければならない元凶のスライムがいると考えてしまうと、無警戒に周囲を見回してしまう。

油断ではない。今のマリアベルにはブラックウーズを追い、倒すことしか頭になかった。

「邪魔をしないでっ」

向かってきた触手を斬り払い、自分が投げ飛ばされた方向を探す。

王城内、そして庭は自分の家だ。方角はすぐに見当はついた。そこから、どのあたりに下水へ繋がる排水溝があったのかを思い出そうとする。

「くっ、このっ⁉」

戦いの最中に別のことを考えていたマリアベルの左腕が、また触手に摑まれた。

今度は投げ飛ばされないよう両足で踏ん張ったが、しかしスライムの狙いは別。

粘液の身体を利用して手甲《てっこう》の内側へ染み込むと、服を透過して肌を直接撫《な》で始めた。

「ひっ⁉　そんなっ、どうしてっ⁉」

ブラックウーズの攻撃、そして最後の魔法の嵐を防いだことで防御の効果が弱まっていたことにマリアベルは気付いていなかった。

毒こそ防げるが、しかし攻撃……いや、攻撃ともいえない撫で擦《さす》る刺激までは防げず、あろうことか肌へ触れることを許してしまう。

「そんなっ⁉　こんなところで足止めされるわけには……っ⁉」

しかし、ブラックウーズを追うか先にスライムを倒すか――迷っている間に今度は両足にも触手が絡みつき、鎧の隙間から内側に侵入されてしまう。

これはさすがにマリアベルも無視できず、聖剣を振って触手を斬り裂き拘束《こうそく》から抜け出した。

「くっ、そんなっ⁉」

しかし、鎧の内側へ侵入した粘液までは斬り裂けない。

『核』がない粘液はすぐに行動できなくなるとカーラから聞いていたが、その『すぐ』がいったいどれほどかまではマリアベルは知らなかった。

そうしている間に左腕と両足を上り、鎧の内側に潜り込んだスライムが活動を開始する。

——何をされるか理解したマリアベルは頬を赤くした。服の下を粘液が這っている気持ち悪さに、今すぐ肌を拭いたい衝動に駆られる。

けれどスライムに囲まれた状況で鎧や服を脱ぐわけにもいかず、とにかくまずは周囲の……今は三匹に増えた巨大スライムを倒そうと剣を向けた。

（でも、早く追わないとスライムが……っ）

ブラックウーズに逃げられてしまうという意識を隠すことができず、注意が周囲のスライムから逸《そ》れてしまう。

「くっ」

しかも今は、自分の不注意からスライムによって肌を撫でられてしまっている状況だ。麻痺毒《まひどく》こそ無効化しているものの、その感覚はとても無視できるものではなく、余計に注意力が散漫になる。

マリアベルは周囲を見回し、まずは改めてブラックウーズがいる方向を確認。

移動の遅さから、『核』が丸出しになったあの粘液の塊《かたまり》が、まだ下水に逃げていないだろうと予想する。

事実、ブラックウーズはまだ石畳《いしだたみ》一枚分も移動できておらず、その進みは遅々《ちち》としたもの。

走れば余裕で間に合うが——。

「うぅ……」

三匹の巨大スライムが、そして肌の上を這う粘液が思考の邪魔をする。

特に服の下に潜り込んだ粘液は少量だというのにそのまま上へ上へと進み、今では左の二の腕、そして膝の位置にまで上ってきている。

目指している場所は明白だ。

女を犯す……辱《はずかし》めるスライムは、マリアベルの性感帯を目指して進んでいる。

（そんなこと……っ）

嫌だ。絶対に嫌だ。女としての本能がスライムを今すぐ清めたいと思い、それがまた勇者としての使命——ブラックウーズ討伐《とうばつ》の邪魔をする。してしまう。

勇者といわれ、信頼し、尊敬されても、マリアベルは恋もしたことがない乙女《おとめ》なのだ。

処女こそ奪われてしまったが、自分の身体が汚されるとなれば、使命だけを追い求めることができない。

（まず、この三匹を倒す——）

覚悟を決める。目を細める。

羞恥《しゅうち》に染まっていた頬から熱が引け、聖剣を握る手に力が籠《こ》もる。

その一歩は、神速。二歩目は音すら置き去りに、そして一瞬でスライムに肉薄。

巨大だが、マリアベルには『核』の位置がなんとなく分かる。

その勘に従い聖剣を振り抜き——まず一匹。

疲労しているとはいえ、ただのスライムに相手が務まるはずもなく、淡い光を放つ聖剣はなんの抵抗もなくスライムの巨体を両断した。

二匹目。三匹目も同様だ。

神速の踏み込みから放たれた斬撃で『核』を砕《くだ》かれ、崩壊する。

「ふう――」

しかし、スライムたちの目的は足止めだった。

親であるブラックウーズを護るために。ブラックウーズさえいればまた増えることができると理解しているからこそ、死を恐れない。

そもそも、恐れを感じる思考などないのだから、最初から捨て身だ。自分の身を守るという意思すらない。

ただ親を生かして勇者の邪魔をする――その本能に従っての行動は、巨大スライムをマリアベルの元に集め、そして時間稼《かせ》ぎをすることを目標とした。

三匹のスライムを倒し終えた後も続々とマリアベルの元へスライムが集まり、大小合わせて十匹を超える数が視界に映ると、凛《りん》とした表情に苛立《いらだ》ちの感情が浮かぶ。

「邪魔をしないでっ」

これにはマリアベルも堪《たま》らない。

何匹群れようがこの程度のスライムなら物の数ではない――が、時間が掛かる。

ブラックウーズに逃げられてしまうという焦りが剣筋を鈍《にぶ》らせ、踏み込みを浅くさせる。

それでもマリアベルは善戦した。

ついには巨大スライムだけでも十匹を超える数を退治し、息を乱しながら額の汗を拭う。

……ブラックウーズとの戦い、そしてスライムとの連戦。ブラックウーズに逃げられてしまうという焦りから体力は失われ、息は乱れ……汗が全身に浮く。

それは、服の下に潜り込んだスライムにとって極上《ごくじょう》の餌《えさ》だった。

勇者の汗を吸った『核なし』の粘液はその動きを活発にし、マリアベルが十匹以上のスライムと戦っている間に、ついに股間《こかん》と左乳首に到達したのだ。

「ひぅ⁉」

カリ、と齧《かじ》られたと思った。

痛みはない。刺激は弱々しく、だからこそ明確な性感となって黒髪の勇者の足を鈍くさせる。

目に映るスライムを退治したことによる一瞬の油断を衝《つ》かれた形でマリアベルは引き攣《つ》った悲鳴を上げると、鎧《よろい》に守られたままの肢体《したい》を大きく震わせた。

「そんなっ」

勇者の鎧と黒衣に包まれた自分の肢体を見下ろす。

左胸と股間に違和感……そこにスライムが移動したのだと悟り、背筋に嫌な汗が流れる。

(でも、あのスライムを追わないと……っ)

マリアベルに足を止めることは許されない。

今日まで犠牲《ぎせい》になった人々の為に、せめて大元となるスライムを撃破して少しでもスライムの軍団に打撃を与えなければならない。

でなければ、これから先……人類はスライムに抵抗できなくなってしまう。

ここで一矢《いっし》報いなければいけないのだ、必ず。その為にカーラはマリアベルを送り出したのだから。だというのに――。

（うぅ……）

服の下を異物が這い回っていると分かると、どうしても気になってしまう。

マリアベルは無意識に鎧の上から左手で胸を隠しながら駆け出した。

本気で走っているのだが、足取りは先ほどまでよりも明らかに遅く、息もすぐに乱れてくる。

頬《ほお》は戦いの興奮とは別の理由で赤くなり、額といわず頬といわず、全身が汗ばみ不自然に体温が上がっていくのが分かった。

（こんな時にっ、私はなんてことをっ）

胸と陰部に張り付いたスライムを意識してしまう自分がとてもはしたない女に思え、マリアベルは泣きたくなった。

たくさんの人が戦って、命を落として、その身を危険に晒《さら》しているというのに……自分は恥ずかしくて身体が重くなっているのだ。

その感情は不謹慎《ふきんしん》とも思えるほどで、マリアベルは気を引き締めて走り出そうとする。

だというのに服の下のスライムはそんなマリアベルの変化を感じ取ったかのように、彼女が力強く一歩を踏み出そうとすると下着の上から陰部を擦り上げ、たったそれだけで巨大スライム十数匹をあっさりと討伐した勇者の足がまた鈍る。

勇者といっても女なのだ。

恥ずかしいと感じてしまうし、乳首と陰部に張り付かれて擦られると、どうしてもそこから刺激を感じてしまう。

しかもその刺激はだんだんと強くなっていく。

マリアベルの汗を吸って『核なし』のスライムは少しだけ力を増し、生き残ることよりもマリアベルを足止めすることを優先する。……つまり、女を辱めて動きを鈍らせるのだ。

この国最強の騎士フィアーナ、大陸最強ともうたわれる獣人フォーネリス、そして最強の魔導士でありマリアベルの母親であるレティシア……強く気高い女性たちに効果的だった攻撃方法は、スライムにとって常套《じょうとう》手段ともいえるもの。

「くっ……だめ……っ」

息を乱しながら懸命に走っていたマリアベルが、小さく声を上げた。

鎧の上から胸を隠す左腕に力が籠もり、僅《わず》かに身体が前屈みになる。

乳首を包み込んだスライムがその全身を使って、乳輪と乳首全体を大胆《だいたん》に擦り始めたのだ。

汗を吸ったことでわずかにだが体積が増し、そして時間が経つごとに力強さが増していく。

『核』がないので寿命《じゅみょう》こそ短いが、行動理念は他のスライムと同じ。

女に快感を与え、それによって溢《あふ》れた様々な体液を吸収して力を高める――魔導士たちから魔力を奪ったものと同じ原理。

ブラックウーズが欲した勇者の体液はスライムにとって極上《ごくじょう》の餌で、力の上昇が止まらない。

同時に、限界も近いのか動きは緩慢《かんまん》なままだ。

力強く、けれど焦らすようにゆっくりと乳首と乳輪全体が揉《も》み、擦られていく。

「は、ンぅ……っ」

マリアベルが小さく声を上げ、左手に力を込めて鎧の上からスライムを握りつぶそうとした。

もちろん、勇者の鎧はその程度で砕けず、スライムを握り潰すことなど不可能。

今日まで自分を守ってきてくれた鎧をまるで拷問《ごうもん》器具のように感じながら、マリアベルは前に進み続ける。……変化は下半身でも起こっていた。

『核なし』のスライムは固く閉じた陰部に潜り込むほどの力もなく、下着の上から陰部を擦る程度の動きしかできない。

けれど一度スライムの存在を意識し、そこに快感を覚えつつある勇者の肢体は確かな反応を示し、うっすらと陰核を勃起《ぼっき》させてしまう。

汗とスライムの粘液に濡れた下着にその突起が浮かび上がる。

あろうことか、下半身のスライムは下着の上からマリアベルの陰核に絡みついた。

「はぅン!?」

素《す》っ頓狂《とんきょう》な声が漏《も》れ、走っている途中で不格好に腰が引けた。

完全に足が止まり、はあはあと息を乱しながら転倒することだけはなんとか我慢する。

けれど、ようやく女体の弱点を見付けたスライムは、今度は重点的にそこだけを責め始める。

スライムに犯された女たち全員が体験させられる、終わりのない責め。

唯一の救いは相手が死にかけのスライムで、力はともかく動きが緩慢なことだ。

（この程度なら、まだ歩ける……っ）

本当なら鎧と服を脱いで、肌に張り付くスライムを今すぐにでも引き剝《は》がし、踏みつぶし、消滅させてやりたかった。

けれどいまだ周囲の安全は確保できておらず、ブラックウーズも仕留めていない。

鎧と服を脱いだところで襲われたら、いくらマリアベルでもただのスライムに不覚を取りかねない。……彼女は服の下にスライムを張り付けたまま、進むことを余儀《よぎ》なくされているのだ。

それが分かっているからこそ、マリアベルは力が抜けそうになる全身に活《かつ》を入れ、少しでも早く歩こうと両足に力を籠める。

ブラックウーズを倒す――この騒動の元凶を消滅させる、ただその為だけに。

しかし、十歩も進む頃には息が乱れ、額には太陽の光を反射するほど大量の汗が浮いていた。

「はあ、はあ……っ」

当然だ。乳首と陰核を責められながら進むというのは、想像以上に体力を消耗《しょうもう》する。

しかも相手は機械のように一定の律動ではなく、マリアベルの反応に合わせて責め方を変える怪物なのだ。

マリアベルは乱暴にされるよりも、優しくされると意識が集中し、快感を覚えるようだった。

乳首を強く引っ張ったり搔《か》いたり押したりするよりも、優しく転がし、撫《な》で擦り、舌で舐《な》めるようにゆっくりと刺激する方が足の動きが鈍くなる。

陰核も同様だ。乳首以上に敏感な女性の弱点というのはマリアベルも同じだったが、普段から自慰《じい》もあまりしない性格だからか、陰核は敏感過ぎて痛みを感じているようだった。

だから最初は下着の上から撫でる程度で、擦ったり弾いたりなどしない。

ゆっくりと、優しく、何度も何度も柔らかく擦り、撫で、下着の上から直接触れないようスライムは注意していた。

マリアベルが感じると全身に汗が浮き、陰部からは愛液が僅かにだが滲《にじ》むようになっていく。

『核』がないのでこのまま死を待つよりほかにないが、スライムはそれが分かっていてもマリアベルを乱暴に扱わなかった。

自分が死んででも勇者の体液をより多く吸収し、なんとか同族に受け継がせようとしての行動だったのかもしれない。

「はぁっ、はぁ……ッ」

ビクンとマリアベルが全身を強張《こわば》らせ、また足が止まった。

いくら周囲にスライムがいるとはいえ、これでは進むのが遅すぎる……そう思っても、鎧と服は脱げない。

ついには聖剣を杖《つえ》のようにして身体《からだ》を支えるようになり、両足は内股《うちまた》気味になって弱々しい歩みになっていく。

それでも、ようやっとマリアベルはブラックウーズを見付けた排水溝《はいすいこう》の傍まで戻ってきた。

そのことに気付いて目を細めれば、死にかけのブラックウーズはまだ下水に逃げておらず、地上を這っていることが分かる。

もう完全に『核』が露出していて、自力で動くこともできない状態だ。

「見つけた……っ」

マリアベルの瞳に強い意志の光が――怒りが灯る。

自分が住む国を、王城を、母を……姉を奪った憎い敵。その意志が、肢体を辱《はずかし》めるスライムの刺激を一瞬だけ忘れさせ、マリアベルに一歩を踏み出させる。

あと十歩――というところで、また腰が折れた。

「はひぃっ!?」

口からは悲鳴が漏れ、憎しみを浮かべていた表情が意志に反して俯《うつむ》いてしまう。

完全な不意打ちだった。

ここに来るまでに開発された乳首が力強く抓《つね》られ、乳輪ごと引っ張られた。

たったそれだけで気の抜けた嬌声《きようせい》が漏れ、足取りが一気に重くなる。

下半身では下着の上からでもそうと分かるほど固くなった陰核が同様に抓られ、マリアベルは腰が引けて体を『く』の字に曲げて動きを止めてしまう。

「まっ、まっ……て……っ!?　くぅン!?」

それが二度、三度と繰り返された。

引いた腰がビクンビクンと痙攣《けいれん》し、杖にした聖剣を支えにしなければ立っていられなくなる。

グラバルトの遺跡で襲われて以降、一度も触っていない乳首と陰核が急速に開発されていく。

これが『快感』だと勇者の身体に教え込み、ズボンの下――大好きな父親の色と同じ黒い下着はまるでお漏らしをしてしまったかのようにぐっしょりと濡れてしまっている。

『核なし』のスライムにはもうその愛液を吸収するだけの能力もなく、ただ必死に親を……ブラックウーズを護るためだけにマリアベルを喘《あえ》がせ続けた。

乳首の扱《しご》きはだんだんと激しく乱暴になり、陰核もまるで乳首のように根元から先端までを乱暴に扱きあげられる。

いまだ自分でも触るのが恐ろしいほど敏感な陰核が扱き上げられると、ソレは驚くほど赤く太く、文字通りの『肉真珠』へと磨《みが》き上げられていく。

「く、ウんぅ!?」

全身が震え、首を仰《の》け反《ぞ》らせ、マリアベルはポニーテールに纏《まと》めた黒髪を振り乱しながら天空を仰《あお》ぎ見た。

目の奥がチカチカする――腰の奥が熱くて、全身が信じられないほど敏感になり、服が擦れるだけでも気持ち良いと思ってしまう。

絶頂した。

引いた腰は今にも崩れ落ちそうになりながら、それでもマリアベルは必死に一歩を踏み出す。

「ひぃいいっ!?　そ、そんなに乱暴にっ――しないでっ!!」

唇の端から涎《よだれ》を飛ばしながら、マリアベルはスライムにお願いした。

磨き上げられた肉真珠が上下左右に転がされ、それが黒ショーツの裏地に擦れてビリビリとした刺激を放つ。

まるで至近距離で電撃の魔法を受けたような衝撃が陰核から脳天まで突き抜け、それから遅れて全身がガクガクと痙攣する——また、絶頂した。

それでもマリアベルは必死に足を進める。

「ひぃっぃあああ!?　もっ、そ、こっ——そこはやめてぇぇええ!?」

「いやっ、いやっ——またクルっ、またっ……また——っ!?」

「ふっぅぅぅぅうううう!?」

それでもマリアベルは進み続けた。

一歩進むごとに小さく痙攣してしまう様子はマリアベル自身でも情けなくなるほどで、自分の身体は他の人よりも敏感なのではないだろうかとすら思えてくる。

事実、レティシアやフィアーナのように長時間犯されて開発されたわけでもないマリアベルの連続絶頂は、確かに過敏ともいえるだろう。

勇者として身体能力と、そして五感に優れているからこその弊害《へいがい》か。

戦闘の最中は神経が過敏になり、精神が高揚《こうよう》する——だからこそ、戦いの意識を持ったまま凌辱《りょうじょく》されると、敏感な神経と高揚した精神が悪い方に働いてしまうのかもしれない。

これぱかりはマリアベルが悪いというわけではなく、運が悪かった——本当なら勇者の鎧《よろい》に防がれてスライムは肌に触れることなどできず、そもそも凌辱などされなかったのだから。

けれど運悪く、数滴の粘液が鎧の下に染み込んでしまった……それだけの不運。

その不運が、あとほんの数歩という距離を進もうとするマリアベルの邪魔をしてくる。

「はあ、はあ……ま、だっ」

ブラックウーズの『核』はもうすぐ目の前。あと一歩進んで聖剣を振り下ろせば、それで終わる距離――けれど、それが遠い。

かつてないほど聖剣を重く感じ、そもそも支えがなければ立っていられない。

引けた腰は情けなくビクンと痙攣し、両足は生まれたての動物のように弱々しく震えている。

「たお、すっ。ぜったい……絶対っ」

表情を怒りに染め、激情が原動力となる。

マリアベルは最後の一歩を踏み出そうとして、しかし肌に張り付いた死にかけのスライムも最後の力を振り絞《しぼ》ってマリアベルの陰核を全力で、乱暴に、本来なら痛みを感じるほどの勢いで引っ張った。

剝《む》き出しになった肉真珠から僅かに皮で隠れていた根元までが引っ張り出され、黒ショーツの裏地へ乱暴に擦り付けられる。

一瞬だけ、厚手のズボンを透視できたならマリアベルの陰部、その少し上……陰核が硬く尖ったように見えただろう。

乱暴さにマリアベルは黒曜石《こくようせき》を連想させる瞳を見開いて、その目じりから涙を零《こぼ》した。

胸も同様だ。ぴったりと張り付いてマリアベルの肢体《したい》を護る青の鎧が胸元の薄い谷間を覗《のぞ》かせるほどの勢いで持ち上がり――陰核と同様、乱暴に左乳首が引っ張られた。

「くっ、ひぃ――っ!?」

嬌声も漏れなかった。目の奥で星が瞬くように光が散り、完全に腰が抜ける。

ペタン、と無力な女の子のようにマリアベルが地面に腰を落とすと、怒りに染まっていた顔は忘我《ぼうが》に惚《ほう》け、瞳からは涙が、口からは涎が垂れる。

「は、ひ……ッ」

全身がビクンビクンと痙攣し、彼女の絶頂の深さがどれほどのものだったのかを物語る。

「はあ、はあ……」

(すらい、む……)

それでも、マリアベルは前を見た。

世界が涙で歪み、下半身に力が入らない。度重《たびかさ》なる絶頂で腰が抜けてしまっていた。

──けれど、腰を落としたことで聖剣を杖《つえ》にする必要はなくなったのだ。

喜悦《きえつ》の涙に濡れた瞳が、蠢動《しゅんどう》によって少しずつ下水道へ逃げ込もうとするブラックウーズの姿を捉える。

その姿は弱々しく、一時とはいえ国を支配した魔物の姿というにはあまりにも哀れで無力。

「これでっ、さい……ごっ!!」

泣きながら、涎を垂らしながら、全身を痙攣《けいれん》させながら──それでもマリアベルは聖剣を振り下ろした。

何度も、何度も、何度も。

剣技と呼べるものは何もない、力任せに聖剣を叩きつけるだけ。ブラックウーズの『核』はすぐに砕《くだ》け、それでもマリアベルは聖剣を振り下ろすことを止めなかった。

駄々《だだ》を捏《こ》ねる子供のように、何度もブラックウーズの『核』を砕き……それを十回ほど続けてから、ようやく聖剣を叩きつけることを止めた。

「や、った……勝った、やった……」

嬉しいはずなのに、その声には力がない。

勝利を確信し、肩が落ちる――だが。

「ひグゥ!?」

マリアベルは腰を落としたまま全身を大きく痙攣させると、自分の身体を見下ろした。

蒼い鎧、男っぽい黒色をした厚手の服。

その下で蠢《うごめ》くスライムはまだ健在で、ブラックウーズが倒されたというのに動きを止める様子はない。

『核なし』のスライムはマリアベルの左乳首と陰核を体内に納めると、その上下左右、あらゆる場所から敏感過ぎる二点を責め続けた。

舐め、しゃぶり、引っ張り、擦り、摘《つ》まみ、転がし、全身を使って小刻みな蠢動を続ける。

「ヒッ、くヒィイイ!?」

敏感な二点を様々な方法で虐《いじ》められると、マリアベルは耐えきれず前屈みになって上半身を石床に倒してしまう。

ブラックウーズを倒すだけで体力の限界だったのだ。

すでに身体を支えるだけの気力も残っておらず、黒髪の勇者は鎧を着たまま身体を倒し、床の上で悶《もだ》えてしまう。

右手に聖剣を握っていることがほとんど奇跡のようなもので、左手は鎧の上から胸に重ねたまま動かせない。

そのままお尻を後ろへ突き出すような格好になると、汗と粘液を吸ってうっすらと下着の線が浮いて見えるほどまで肌に張り付いた黒のズボンが露《あらわ》になる。

その股間《こかん》部分では何もしていないのに、ズボンの布が僅《わず》かに蠢動しているのが見えた。

厚手のズボンが動いて見えるほど激しく蠢動しているスライムの動きは、陰核の一点のみを狙ったもので、そこから与えられる刺激はどれほどのものか――。

今まで性的な刺激など一度しか感じたことがないマリアベルに耐えられるはずもなく、黒髪の女勇者は後ろにお尻を突き出し、着衣のまま、また絶頂する。

「くっ、ふううっ、ふぅううぅっ!!」

(こんらっ、こんなっ、ことっ、でぇえっ……!!)

歯を食いしばり、目の前の石畳《いしだたみ》を睨みつけ、必死に嬌声《きようせい》だけは我慢する。

けれど処女同然の肢体は『核なし』スライムの蠢動に抵抗どころか我慢もできず、首から下は情けない痙攣を繰り返してしまう。

(なんとかっ、どうにかしないっ、とっ!)

このままでは戦えない――そう分かっていても、マリアベルにはどうしようもなかった。

魔王のごとき『新しいスライム』を生み出すスライムを倒したというのに、その勇者は情けなく石畳の上に倒れ伏したまま、全身を痙攣させることしかできない。

なんとか手を動かして鎧を脱ごうとする。

喜悦《きえつ》の涙が濡らす瞳で周囲を確認すれば、他にスライムの姿はない。

(だいっ、じょうぶ……っ。はやくっ、はやく……っ)

マリアベルは聖剣を手放し、自分の身を守ってくれる鎧の留め金に手を伸ばすと絶頂の興奮と焦燥《しょうそう》に震える指で慌てながら鎧を外していく。

「はぁあっ、はぁっ……はひぃ……っ」

緩急《かんきゅう》をつけたスライムの動きに翻弄《ほんろう》されながら、胸当てとベルトの金具を外す。

そのまま一気に上着とズボンのボタンも外せば、その下から日焼けしていない真っ白な肌と、対照的な黒色の下着が露《あらわ》になった。

少女らしい可愛《かわい》いフリルが目立つ黒の下着はマリアベルの凜《りん》とした雰囲気《ふんいき》と真逆の意匠《いしょう》に感じるが、マリアベルという人物を知るものからすればよく似合っていると思うだろう。

勇者として求められてはいるが、中身は普通の女の子なのだ。

むしろ、誰よりも普通に憧れている節すらある。

そんなマリアベルが決戦の際に選んだ下着は、自身の汗と肌の上を這《は》い回る『核なし』スライムの粘液に濡れ、湿って肌に張り付いてしまっていた。

小さいが形の良い胸と肉付きの良い締まった下半身の形が露になり、外気に触れた肌寒さと羞恥《しゅうち》で首から上が一気に赤くなる。

マリアベルに露出の趣味はない。すべては乳首と陰核を責めるスライムを排除するためだ。

「くっ、ふっ……このっ」

マリアベルは右手をブラの上に重ねて乳首を責めるスライムを牽制《けんせい》し、左手は慌ててズボンを脱がしながら石畳の上で身を捩《よじ》る。

更に衣服が乱れると白い肌の露出面積が増え、下半身ではお尻までが丸出しに。

ブラは肩紐までが露になり、黒色のショーツはたくさんのフリルの飾りと可愛らしさを際立《きわだ》たせるワンポイントの赤いリボンが日の光に晒《さら》された。

「これで……っ」

まず、マリアベルはブラの上からスライムを潰そうと手に力を込めた。

けれどそこは軟体の生物である。

マリアベルがどれだけ手に力を込めてもスライムは形を変え、その圧迫から逃れてしまう。

むしろ、その刺激に息を乱す様子は、小さいが形良く膨《ふく》らんだ胸に自分の手を重ねて自慰《じい》をしているかのよう。

「あ、んぅ……この……っ」

武骨な手甲《てっこう》に守られた手でブラの上から胸を揉《も》む仕草は痛みを伴《ともな》うが、マリアベルの口から漏れるのはどこか甘く熱い吐息。

そうしている間にも『核なし』のスライムはマリアベルの乳首を舐《な》めしゃぶり、刺激を与えてくる。その甘い刺激に眩暈《めまい》のような感覚を感じながら、マリアベルはただ必死に、スライムを殺そうとしていた。

それは下半身も同様だ。

右手と同じく、手甲に包まれた左手をショーツの上から股間に這わせ、必死に陰核へ絡みつくスライムを潰そうとする。

それはまるで不器用な指先で陰核を刺激しているようにしか見えず、今のマリアベルを見れば白昼堂々服をはだけ、下着の上から自慰をしているようなもの。

しかも彼女は熱い息を漏《も》らし、頬といわず全身を興奮で紅く染め、スライムを捕まえやすいようにと膝立ちになってお尻を後ろへ突き出してしまっているのだ。

マリアベル本人は気付いていないが、興奮に火照《ほて》る黒い下着に包まれたままのお尻は左右に揺れ、まるで男性を誘っているかのよう。

手甲に包まれた指先が陰核と乳首を刺激しながらの格好に、もし見る者がいれば不用意に興奮させてしまうことは間違いない。

「はぁ、はあ……これっ、これ……でっ」

ようやくその指先が、乳首を舐めしゃぶり陰核を虐《いじ》め続けるスライムを完全に捕らえた。

けれどそれは自分自身で乳首と陰核を摑《つか》んだということでもあり、あと少し力を籠《こ》めればスライムを潰せる――それと同時に、自分自身の指で敏感になった性感帯を刺激しなければならないということでもある。

「ふぅ、ふぅ……っ」

マリアベルは一瞬だけ逡巡《しゅんじゅん》し——。

「ふっ、くぅぁああっ!?」

そのまま一気に、自分でも知らないほど勃起《ぼっき》した乳首と陰核を、自分の指で押し潰した。

硬く冷たい手甲の感触を下着越しに感じながら、スライムが与えたものとはまた違う強い刺激に喉《のど》から勝手に声が漏れてしまう。

それでも、ようやくマリアベルは自信を苛《さいな》んでいたスライムを全部退治することができた。

膝立ちの体勢でお尻を後ろへ突き出したままという情けない姿のまま荒い息を繰り返し、しばらくして絶頂の余韻《よいん》が引くとそのまま横になる。

下着と肌を隠す余裕もなく、マリアベルは服を開《はだ》けさせたまま王城の庭へ横になると、深呼吸をして息を整えて……それから全身を脱力させた。

「……おわった」

呟《つぶや》く。そう、全部が終わったのだ。

やれることはやった。この後どうなるかは、まだ分からない。

ただ、元凶だろう異形《いぎょう》のスライムを倒し、自分も体力を使い果たして満身創痍《まんしんそうい》。

そのまま、手放していた聖剣に手を伸ばし……抜き身のソレの柄《つか》に頬を寄せる。

……次は、悲しみの涙が出た。

「おねえさま……っ。う、ぅぅ……っ」

肩が震える。涙が止まらない。

涙を拭《ぬぐ》うという行動すら億劫《おっくう》で、両腕が重い。

「マリア、こっちなの!?　大丈夫、マリア!!」

その声には聞き覚えがあった。

大切な、最愛の姉……メルティアの声だ。

「ああ、マリア!!　よかった、無事だったのね――よかったっ」

しばらくして、ぼうと横になったまま動けなかったマリアベルの上半身を影が隠した。

そして、首の下に優しく手が入れられ、起き上がると……自分と同じく肌が露になっている豊満な胸に抱きしめられる。

優しくて温かな腕から柔らかくて甘い、姉の香りがした。

「おねえ、さま……？」

「良かった、貴女《あなた》が無事で。カーラさんから、一人であの巨大なスライムの後を追ったって聞いて、心配していたのっ」

「どうして……？」

「私、あの後、地下まで落ちてしまったの。覚えてる？　地下牢《ちかろう》。悪い人を捕まえておくところ……そこはスライムが集まっている場所で、スライムが落ちた私を受け止めて助かったの」

「で、襲われていたところを私が助けてあげたってわけ……お疲れ様、勇者様」

「フェネルリエカさん……」

「あらあら、ひどい顔。そんな顔をしていたら、心配されるわよ？」

「え？」

マリアベルはフェネルリエカが何を言っているのか、最初、理解できなかった。

そんなフェネルリエカの背には足を怪我《けが》しているカーラが背負われていて、そしてフォーネリスとジェナに支えられながら、美しい銀髪の女性が歩み寄ってくる。

「あ、ああ……」

知っている。覚えている。忘れるはずなんかない。

大切な、本当に、本当に大切な——自分の母親。

「おかあさま……」

「本当にマリア、貴女なのね。貴女が、メルティアと一緒に助けに来てくれたのね」

涙が止まらない。声が出ない。

マリアベルは先ほどとは全然違う、喜びの涙で顔をくしゃくしゃにしながら笑みを浮かべた。

嬉しいのに涙が出て、言葉にならない。

そんなマリアベルと、彼女を抱きしめるメルティアをレティシアは両手を広げて包み込んだ。

その力は弱々しくて、この一年間でどれほどの凌辱《りょうじょく》に晒されたのか……同じくスライムに襲われたマリアベルとメルティアには痛いほどよく分かる。

けれど、嬉しかった。母親が無事で。こうやって再会できて。

嬉しくて、涙が止まらない。

エピローグ ―― 新しいマモノ

「サティアは、リシュルアに運ばれたみたいね。ブラックウーズとずっと一緒だったし、重犯罪者と同じように、これからずっと結界の中なのかしら？」

その言葉に、返事はない。

薄暗いこの空間は埃《ほこり》っぽくて、声の主――金髪の女魔導士フレデリカは、この場所があまり好きではなかった。

グラバルトの古い遺跡。勇者の剣が安置されていた場所。

その勇者の剣がマリアベルの手元にある今、この遺跡には誰も近寄らず、身を隠すにはちょうど良い場所だった。

森へ入れば食べ物はあるし、近くに川も流れているので身を清めることもできる。

少し歩けばグラバルトの森の中に点在しているいくつかの村があり、欲しいものがあればそちらの村へ行って調達する――そんな生活が、約半年。

「さ、てぃあ……」

「そう、サティア。覚えているかしら？　貴方《あなた》のお母さんよ、アルフレド」

フレデリカがアルフレドと呼んでいた魔物が『声』を発する。

濁音《だくおん》交じりの聴き取りづらい声だが、それはしっかりと言葉となり、意志の疎通《そつう》が図れる。

魔物は二本の足で立っていた。

身体《からだ》は薄汚れた灰色に近い黒色で、うっすらと向こう側にある松明《たいまつ》の明かりが透けて見える。

身長はフレデリカよりも頭ひとつ高く、肩から上には頭部まである。

その体色はブラックウーズそのもので、けれど形は……人間に近い。

この場所でマリアベルが処女を散らし、地面に落ちていた破瓜《はか》の血を吸収したスライム。

マリアベルの血で新しい意志を得たスライムは人型を取り、そしてサティアとフレデリカの卵子を介してその姿形を人間に近付けていった。

壊れたサティアはブラックウーズこそをアルフレドだと認識し、共にいることを選んだ。

更に進化し続ける人型に興味を抱いたフレデリカは勇者の血と卵子から生まれた新しいヒトガタが求めるままにフォンティーユを離れ、この場所でヒトガタの変化を見守り続けた。

ついには言葉まで発するようになり――フレデリカは、自分の子供がどこまでも成長している……その興奮と感動に、打ち震える。

同時に、どうしようもないほど力強い『雄《おす》』を感じていた。

力強い、誰にも負けない、最強の男。

自分の美しさに自信があるフレデリカは自分よりも強い存在に惹《ひ》かれ、ブラックウーズに屈服させられた彼女はスライムに傾倒していた。

そのブラックウーズを超える存在。

魔物の天敵である勇者の血を吸収したスライム……そのヒトガタは、いつものようにフレデリカに向き直った。

ブラックウーズは魔物と生物の本能で、子供を増やしていった。

魔王が滅び、魔物は滅びの一途をたどっていたからこそ生まれた突然変異。

ならばこのヒトガタは？

ヒトガタには子供を増やそうという意思が薄かった。勇者の血から生まれたからか、その意思は人間に近く、無用な殺戮《さつりく》を抑えてこの古い遺跡に隠れ住んでいる。

この存在に、どれほどの意味があるのだろう？　――ただ、フレデリカは思う。

「……きて」

裸体を松明の明かりで輝かせながら両手を広げ、服を開《はだ》けさせ、ヒトガタを受け入れる。

……この『男』は最高だと。

今日も、フレデリカはヒトガタに抱かれる。力強く、この華奢《きゃしゃ》な女体が壊れてしまいそうなほど乱暴に、気を失うほど何度も何度も……犯されるのだ。

今はそれでよかった。それだけでよかった。

ブラックウーズが滅び、サティアが捕らえられた。

ならばいつか、自分たちも滅びるのだろう――そう感じながら、今はすべてを忘れるために。

あとがき

今回も私の作品をご購入いただき、本当にありがとうございます。

残念ではございますが、本作はこちらでいったんの終了となってしまいました。

私の力が至らず、本当に申し訳ございません。

本当はもっとぼに～先生の素晴らしいイラストを皆様に楽しんでいただきたかったのですが、私の力が及びませんでした。

これから先もマリアベルの物語は続いておりますので、結末が気になる読者の方々はオシリス文庫様より発売されている電子書籍でお楽しみください。

女神様とか新しい女勇者とかが出てきますよ！


それでは、失礼いたします。

また皆様と、どこかでお会いできるのを心より楽しみにしております。

ウメ種

ダッシュエックス文庫

異世界蹂躙―淫靡な洞窟のその奥で―4

ウメ種

2022年5月30日　第1刷発行

★定価はカバーに表示してあります

発行者　瓶子吉久
発行所　株式会社　集英社
〒101−8050　東京都千代田区一ツ橋2−5−10
03(3230)6229(編集)
03(3230)6393(販売／書店専用) 03(3230)6080(読者係)
印刷所　凸版印刷株式会社
編集協力　KADOKAWA オシリス文庫編集部
　　　　　法貴仁敬(RCE)

ISBN978-4-08-631469-5 C0193